U0020520

文學大數據

如何找出暢銷書指紋？
解構1500本經典
與名作家的寫作祕密

Nabokov's
Favorite Word Is Mauve

What the Numbers Reveal
About the Classics, Bestsellers, and
Our Own Writing

Ben Blatt
班・布萊特

林凱雄——譯

獻給我的母親費絲・敏納，
以及我在鮑爾街四十四號的朋友們

Contents

Introduction

亞歷山大・漢彌爾頓（Alexander Hamilton）、詹姆士・麥迪遜（James Madison），還是約翰・傑（John Jay）？

為了《聯邦論》（The Federalist Papers）中十二篇文章的身世，歷史學家曾經爭論了超過一百五十年之久。《聯邦論》是為美國邁向民主制度打下基礎的文集，雖然它舉世聞名，還是為美國歷史定調的標章，但其各篇文章的作者真實身分仍不為人知。這些文章出自哪些開國元勳之手，已引發了無數的爭論，也在史學圈掀起一場筆仗。究竟是誰寫下了這些動人的文字，奠定了美國的治國基礎？

答案就藏在字句裡——不過，要找到這些關鍵字，學者不須詳讀，而是要「細算」——他們只要檢視**數據**就行了。

這個謎團起源於一七八七年末，當時有一系列提倡正式制憲的文章以筆名「聯邦黨人」（Publius）在紐約數家報紙上發表。用這麼愛國的筆名來掩飾作者的真實身分，有種莫名的詼諧感。事實上，在一七八七年的近四百萬美國居民當中，只有三個人可能是幕後寫手。

漢彌爾頓、麥迪遜、傑就是作者——這在當時已是公開的祕密，不過沒人想挺身而出承認自己寫了哪些文章。他們三人都有政治抱負，之後也分別成為美國的財政部長、總統與首席大法官，下筆為文不是沒有好理由。然而，他們的過分謹慎使得作者的謎團牢不可破，在往後多年還不斷撩撥著史學教授與業餘者的心。

你可能會以為，那年代的學者與敏感的政客應該對各篇文章作者的身分自有定奪才對，畢竟可能選項只有三個，他們又各有各的政治傾向與表達風格，就如同《紐約時報》的某篇匿名社論可能是由巴拉克·歐巴馬（Barack Obama）、希拉蕊·柯林頓（Hillary Clinton）或伯尼·桑德斯（Bernie Sanders）所寫的。又比如一份未署名的宣言，作者可能是喬治·W·布希（George W. Bush）、約翰·馬侃（John McCain）或唐納·川普（Donald Trump）。這些人或許分別來自相同陣營，下筆卻絕不會如出一轍。

一八〇四年，解答終於浮現了。同年七月十一日，漢彌爾頓給友人伊格伯特·本森（Egbert Benson）留了一封短箋，上面載明了《聯邦論》每篇文章的作者。那時，漢彌爾頓正在為隔天與亞倫·伯爾（Aaron Burr）的決鬥做準備，他對《聯邦論》的歷史重要性與自己的存活機率顯然心裡有數，所以他決定不讓作者身分的實情隨自身性命一起埋沒。

真相應該就此大白才對，好奇的觀眾沒理由去懷疑漢彌爾頓的第一手知識。然而，十三年後，麥迪遜在結束第二任總統任期時提出了他的《聯邦論》作者名單——內容與漢彌爾頓有別，且漢彌爾頓聲稱自己為作者的十二篇文章，麥迪遜也說自己是作者。

這下子又開啟了新的一波辯論潮，歷史學家為此爭論不休超過了一個世紀。一八九二年，後來成為參議員的亨利·洛奇（Henry Lodge）撰文支持漢彌爾頓；知名的歷史學家 EG·伯恩（E. G. Bourne）則聲援麥迪遜。

大多數歷史學家都想透過文章流露出的政治意識形態來找出作者：麥迪遜真的會用那些字眼，為設立中央銀行說項嗎？漢彌爾頓是否會這般毫無保留地支持國會權力的限制？又或許，這些文章有可能是傑會寫出來的東西嗎？

直到兩世紀後的一九六三年，這樁懸案才終於破解。最終解答來自哈佛大學的費德列克·莫斯提勒（Frederick Mosteller）與芝加哥大學的大衛·華萊士（David Wallace）。然而，與先前曾挑戰解謎的眾多教授相比，莫斯提勒與華萊士的不同之處在於：他們不是歷史學家，他們的學術工作也不是以研究美國開國歷史聞名。他們發表過的論文，從未與史學有過絲毫關係。莫斯提勒和華萊士是統計學家。

莫斯提勒最重要的論文之一是在探討世界大賽（World Series），以及就統計角度而言，其決賽的七場賽事是否足以判定出最佳球隊；華萊士則在探究《聯邦論》作者之謎的幾年前，才發表過一篇名為〈T 分

布與卡方分布之常態近似值界限〉（Bounds on normal approximations to Student's and the chi-square distributions）的論文。這聽起來可能很像在胡扯，就好比一九六三年的歷史教授聽到要用機率函數來解歷史謎團一樣。

莫斯提勒與華萊士用來終結這個作者謎團的方法，與政治或意識形態毫無關聯。他們首開先例，讓文字使用頻率與機率立了大功。

他們的研究過程在某方面來說很複雜，還有許多充滿階乘、指數、加總、對數與 T 分布的方程式，但核心概念其實簡單得出奇：

· 計算已知由漢彌爾頓或麥迪遜所寫的文章中，一般常用字彙的使用頻率。

· 計算作者不詳的文章中，一般常用字彙的使用頻率。

· 比較文章中相同的常用字彙使用頻率，以判斷作者不詳的文章出處。

事後看來，在那些複雜的機率方程式派上用場前，這兩位統計學家得出的結果也已經很一目了然了。《聯邦論》中，在確定出自麥迪遜之手的超過半數文章裡，他都用了 whilst[1]，但卻從沒用過 while；漢彌爾頓則相反，在他執筆的約三分之一文章裡，他都用了 while，whilst 則完全不見蹤影。

1　譯者注：While 的英式拼法。

莫斯提勒與華萊士在分析結果時，靠的可不只一個字而已，這麼做在統計上可站不住腳。反之，他們海選出數十個基本字彙，並計算這些字的使用頻率（在作者有爭議的文章中）。許多字沒有半點政治涵義，但在兩位作者筆下的使用率卻天差地遠，舉例來說，麥迪遜用 also 的頻率是漢彌爾頓的兩倍；漢彌爾頓用 according 的頻率則比麥迪遜高得多。

　　莫斯提勒與華萊士的方法也經得起「否證」（Falsifiability）的考驗。他們證明，以同樣的方式對作者已知的文件進行檢測後，也能得到完全正確的結果。至於那十二篇有爭議的文章，莫斯提勒與華萊士的結論是：皆是由麥迪遜撰寫的，十二篇都是。

　　這兩位數學家在寫研究結果的摘要時很謹慎，或許是怕惹惱好幾世代以來都摸不著頭緒的歷史學家。他們的實驗數據顯示的結果很不一樣，但他們也對自己的研究方法信心十足，因為拿這套方法來測試作者已知的文章，預測結果百發百中；測試作者未知的文章，結果也很一致。漢彌爾頓的說法是錯的。

　　時至今日，在更多大量的研究之後（無論是不是用統計的方法），莫斯提勒與華萊士的研究發現──即作者為麥迪遜──已成為統計學家與歷史學家的共識。莫斯提勒與華萊士可謂時代先驅，他們的研究雖然涉及一些複雜公式，但主要仰賴的就是詞彙計算而已。用現代的電腦來計算字的數量與使用頻率可謂小事一樁，但在一九六三年卻並非如此。

在當時，計算字詞需以人工進行，比方說，若想知道「upon」在各篇文章中出現過幾次，他們要一頁頁親手標記清點。為了體會他們兩人的經歷（或至少是他們手下研究助理的經歷），我把整本《聯邦論》列印出來，著手算算 upon 有幾個。三十分鐘過後，我的進度只有全書的八分之一，大約四十頁，點到的 upon 有三十七個。沒多久，我就頭昏眼花了。「upon 在哪裡」簡直是魔鬼版的《威利在哪裡》。

我很快就放棄假裝活在一九六三年，改用只有二十一世紀科技才有的計算法：我用谷歌搜尋「聯邦論全文檔案」，並從跳出來的第一個連結下載檔案，再用微軟 Word 開啟。接著，一個「全部尋找」功能在我親手算過的部分裡找到了四十六個 upon，耗時整整兩分鐘。電腦計算不只快了二十八分鐘，也比我痠痛的雙眼正確多了。

更驚人的是，要在整本《聯邦論》找另一個字需花大約四小時，但是讓電腦來做，即便是計算所有的字，多花的時間也能少到忽略不計。想對莎士比亞全集、《聖經》、《白鯨記》或所有英文文學作品做類似分析，對莫斯提勒與華萊士來說是天方夜譚。但如今，用電腦計算長篇文本裡某一字的出現次數，對大部分青少年來說都易如反掌。

在莫斯提勒與華萊士那篇論文發表後的五十年間，電腦輔助處理文本的領域迅速發展。谷歌在搜尋結果上應用了文本分析（text analysis），也用其決定下什麼廣告給你看，研究員已嘗試用文本分析來定義怎樣的推特文會讓人瘋狂轉發，媒體也會把某個誘人標題的用字稍加修改、弄出數個類似版本，以盡可能提高網頁瀏覽數。然而，科技公司能想到的商業應用，只是文本分析的眾多用途之一。

莫斯提勒與華萊士雖然只考察了一個作者之謎，但他們成功的統計實驗卻有更深刻的意義：作家各自殊異的文風不僅穩定，還能預測。會留下風格指紋的不只是十八世紀的政治家，不論是廣受歡迎、知名度高，或籍籍無名、飽受批評的作者，在數十年的寫作生涯中，所有的作者都會一再重複用字與行文結構。

莫斯提勒與華萊士探問且回答了的那個問題，涵蓋範圍不大。不過，文本分析能回答的問題其實五花八門。長期以來，好奇的作家與讀者也被這些問題吊足了胃口，像是：

· 海明威用的副詞真的比其他作家少嗎？

· 適讀級別如何影響一本書受歡迎的程度？

· 男人與女人下筆時是否有所不同？

· 作家是否會遵循自己給的寫作建議？那些建議又是否真的管用？

· 除了靠拼字這種粗淺的差別，我們還能如何分辨美國與英國小說家的作品？

從納博科夫（Vladimir Nabokov）到 EL・詹姆絲（E. L. James），我們所鍾愛的作家最愛不釋手的又是哪些字？

學術界正漸漸掀起一股探討成功作家寫作模式的風潮，其中，仍有許多課題待探討。不管是對一般讀者、文學主修生或滿懷抱負的作家來說，這些課題都很迷人，也有所裨益。你或許對卜瓦松分布（Poisson distribution）或解析詞性的語法程式興趣缺缺，不過你應該會很想知道心愛的作家是如何下筆的──他們的寫作方式又說明了關於你這位讀者的哪些事？

用統計分析的眼光來檢視寫作，很可能既有趣又饒富知性，不時也令人莞爾。更重要的是，它能讓人更了解我們日日閱讀的作家，也更了解我們自己的用字遣詞，而這些事情就是本書想要探究的。

　　每個章節都是一個嶄新的文學實驗，我做的研究不會複雜得讓人頭痛，研究不用為了自抬身價就弄得很複雜，也不該如此。在經典文學與當代暢銷小說裡，有許多平凡卻迷人的問題能從統計角度加以探討，只不過還沒有人這麼做罷了。這本書就是要用新的方式來處理這些簡單又獨特的問題，這本書也因此有些反常，因為這裡談的是文字，寫的是數字。

Chapter 1

寫作金律第一條：「不用副詞」？

通往地獄的道路，是由副詞鋪成的。
——史蒂芬·金

藝文界有個傳說，史上最好的故事之一，僅用六個〔英文〕字寫成：「售：嬰兒鞋。從未穿過。」（For sale: baby shoes, never worn.）。這就是**少即是多**的極端案例。你也會發現，很多人認為此句出自海明威。

那篇小說是否真的出自海明威，我們並不清楚——直到一九九一年，才有人開始提及它的起源——不過，作家與讀者想將它歸功於這位諾貝爾獎得主也很正常。海明威以用字精簡聞名。那則極短篇中的極短篇，至少很有他的風格。

海明威下筆簡單扼要，是刻意而為的。他曾在給編輯的信裡寫道：「《蓋茲堡演說》如此言簡意賅，並非偶然。寫作定律就如同飛行、數學、物理定律一般，無動搖的餘地。」他認為，寫作就該刪修到只剩文眼要義，多餘字詞只會壞了最終成果。

與海明威有志一同者，所在多有。不論是在中學課堂上或五花八門的寫作指南中，都有人提到這個主張。此外，曾經在英文課遭逢嚴師的人也都知道，眾多詞類中最惹人嫌的，就是**副詞**了。

聽多了專家與書迷的說法後，很容易讓人以為海明威就是簡練楷模了。然而，他真的比旁人更善於化繁為簡，抑或只是虛名？就拿人人避之唯恐不及的副詞來說吧，與同行相較，海明威不用副詞的功夫有多高？

我想知道海明威是否名符其實。若事實不然，是誰用了最少的副詞？哪位作者又用得最多？進一步宏觀來看，我們是否能證明，優秀的文學作品確實都堅守了收效宏大的「寫作定律」？最好的書，用的副詞就比較少嗎？

放眼四顧，我發現從未有人去找出這些問題背後的數據。所以，我想一探究竟——我從海明威出版的十部小說，總計近一百萬字開始著手。要是海明威認為，「寫作定律就如同飛行、數學、物理定律一般，無動搖的餘地」，那麼，我相信他應該會覺得我的數學分析既有啟發性又詭異吧。

這種分析手法乍看詭異，是因為我們通常不這麼研究寫作。許多人都曾在國高中與大學英文課堂上花費大把時間，分析海明威小說中某一特別出色的段落。想要研究名家作品，他們最深植人心的片段通常是最好的起點。反之，考察副詞頻率列表恐怕不會讓你對海明威之輩的寫作手法有多少了解。

然而，在統計學家眼中，研究時若只把焦點放在一小撮樣本之上，卻從不檢視作品的整體也很奇怪。你在研究美國人口組成的時候，不會為了瞭解全國狀況，卻只研究新罕布夏州某小鎮的居民吧？不論該鎮看起來多代表了美國精神。想了解海明威如何寫作，你也需要認識他選用的字句裡那些尚未被細究的部分。藉由探討他整體作品的副詞使用率，我們可以對他的用字遣詞更了然於心。

　　我沒有去深究海明威的隻字片語，也沒有拿他用或不用副詞的特定段落來推敲，而是用了「自然語言工具組」（Natural Language Toolkit）的一套函式，來計算海明威在所有小說裡用的副詞數量。這套統計工具會根據特定字詞及字與字之間的關係，來標記這些字的詞性。以上一句〔原文〕為例，自然語言工具組的分析如下：

自然語言工具組並非百分百完美——我們在看以下所有數據時，都該把這點放在心上——不過，我們已經拿前人預先分析過的數百萬個文本來訓練它，它的表現也和任何人能達到的程度一樣好。想要查出一個字是形容詞、副詞、人稱代詞或其他任何詞類，「自然語言工具組」是極佳的判斷標準。

所以，拿這套工具來分析海明威全部作品，會有什麼發現呢？

海明威多常用副詞？

海明威的所有小說，總計字數略高於 865,000 字，其中有 50,200 個副詞，使用率約達 5.8%。平均來說，海明威每寫十七個字，其中就有一個是副詞。

光看數字不比較背景，沒有意義。5.8% 算多還是少？史蒂芬金對副詞直批不諱，他的副詞使用率是 5.5%。

用副詞使用率當衡量標準，我們會發現史蒂芬金與海明威並未遠勝同行。要是拿大家覺得（純粹根據刻板印象）會用很多副詞的一大票當代作家來比較，史蒂芬金與海明威也沒有鶴立雞群。EL・詹姆絲，情色小說《格雷的五十道陰影》（Fifty Shades of Grey）的作者，副詞使用率為 4.8%。史蒂芬妮・梅爾（Stephenie Meyer）曾被史蒂芬金評為「不怎麼樣」，她在《暮光之城》（Twilight）系列裡的副詞使用率是 5.7%，恰好使她躋身於驚悚大師與傳奇海明威之間。

再擴大調查範圍，海明威用的副詞比約翰・史坦貝克（John Steinbeck）與馮內果（Kurt Vonnegut）多；他也比童書作家羅德・達爾（Roald Dahl）與 RL・史坦恩（R. L. Stine）多。而且，你沒看錯，這位一代簡練宗師的副詞使用率高於梅爾與詹姆絲。

以上說的都是真的——只不過，旁邊要加上一個很大的星號與完整的解釋，因為答案不如數據乍看下那麼簡單。這些數據是所有副詞的總計。任何用來修飾動詞、形容詞或另一個副詞的都是副詞——統計時無一被排除，也沒有例外。不過，當史蒂芬金說「副詞不是你的朋友」（The adverb is not your friend），他指的不是那種隨便用來修飾動詞、形容詞或另一個副詞的副詞。在「副詞不是你的朋友」這句話裡，「不」（not）就是副詞，但這不是史蒂芬金的意思。沒有人在讀「售：嬰兒鞋。從未穿過」時，會覺得「從未」（never）是個副詞、應該刪掉。當史蒂芬金在《史蒂芬金談寫作》（On Writing）裡對副詞滿腔怨言時，他說的是那些「通常是 ly 後綴」的副詞。就統計觀點而言，他說「通常」其實不太對（每個作家不同，但他們用的副詞只有約 10% ∼ 30% 以 ly 後綴），不過，ly 後綴副詞確實較為顯眼。

恰克・帕拉尼克（Chuck Palahniuk）最為人知的作品是《鬥陣俱樂部》（Fight Club），他也曾撰文批評過 ly 後綴副詞。當他在探討極簡風格對他的作品《口白人生》（Stranger than Fiction）來說有多重要時，這麼寫道：「拜託，不要用『想睡地』（sleepily）、『易怒地』（irritably）、『難過地』（sadly）這些蠢副詞。」他的基本看法是，作者應該提供更多線索讓讀者意會到某個角色想睡、易怒或悲傷，而不是光用一個字搞定

而已。使用 ly 後綴副詞會過度干擾，因為這等於在告訴讀者該怎麼想，而不是在描述背景的同時讓意義藉由敘事脈絡浮現。

把我們的研究範圍縮小到只有 ly 後綴的副詞上，就能直指問題核心，情況也會大為改觀。平均每寫 10,000 字，詹姆絲會用 155 個 ly 後綴副詞；梅爾 134 個；史蒂芬金則是 105 個。至於海明威呢？他不負美名，僅有 80 個。

為了比較方便，以下是十五位作家的副詞使用分析表：

每10,000字的ly後綴副詞數

作者	統計書籍	
厄尼斯特·海明威	10本小說	80
馬克·吐溫	13本小說	81
譚恩美	6本小說	83
約翰·史坦貝克	19本小說	93
寇特·馮內果	14本小說	101
約翰·厄普代克	26本小說	102
薩爾曼·魯西迪	9本小說	104
史蒂芬·金	51本小說	105
查爾斯·狄更斯	20本小說	108
維吉尼亞·吳爾芙	9本小說	116
赫爾曼·梅爾維爾	9本小說	126
珍·奧斯汀	6本小說	128
史蒂芬妮·梅爾	4本《暮光之城》系列	134
JK·羅琳	7本《哈利波特》系列	140
EL·詹姆絲	3本《格雷的五十道陰影》系列	155

以這嚴格的「壞副詞」標準來衡量，海明威確實領先群倫。在本章繼續深入探討的同時，我在之後所謂的副詞指的都是這種「壞副詞」，即 ly 後綴副詞。

海明威是否言之有理？

上一個名單涵蓋了各類型作家，從諾貝爾獎得主到超級暢銷書作者都有。海明威在下筆樸素不矯飾這方面十分突出，也很符合一般人對他的印象。只不過，範圍放大來看就沒這麼明顯了。詹姆絲的 ly 後綴副詞使用率在上表中高居第一，但諸如梅爾維爾與奧斯汀等名家所用的 ly 後綴副詞也偏多。如果加入更多資料，我們是否更能抓準作家使用副詞的模式？

我想知道，作家使用副詞的方式除了能用來衡量個人風格與偏好，是否還有更多意義？我好奇的是：海明威所謂的「寫作定律」真有道理嗎？一本書的好壞與其副詞的使用頻率，其間的關聯是否真有意義？

想著手回答這些問題，要注意一個重點：不同作者使用副詞的方式不同，而在同一位作者的不同作品中，副詞的使用方式也不同。ly 後綴副詞的使用比例其實很低──低於 2%──就算是那些副詞用得比同行多的作家也一樣。一位作家在生涯不同時期所寫的書，也常有很大的差別。

比方說，海明威自己的小說就有很大不同。他有好幾本小說的副詞使用率比那些在伯仲之間的大部分作家都低得多，但他其他小說的副詞使用率就和別人的平均值差不多。《True at First Light》這本小說描述了海明威的非洲見聞，也是他副詞用得最多的書——此書在他死後三十年才問世。

海明威：每10,000字的ly後綴副詞數

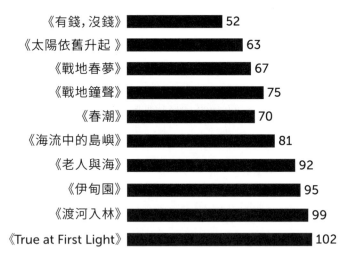

《有錢, 沒錢》	52
《太陽依舊升起》	63
《戰地春夢》	67
《戰地鐘聲》	75
《春潮》	70
《海流中的島嶼》	81
《老人與海》	92
《伊甸園》	95
《渡河入林》	99
《True at First Light》	102

《True at First Light》的風評不佳。它在海明威過世時尚未完稿，後來由他的兒子編修成書。有些人認為，這本書對這位知名作家來說毫無出版的必要，而它剛好也是海明威的小說中副詞用得最多的一本。該說是巧合嗎？

光憑副詞使用率來判斷一本書的好壞，當然是很差勁的標準，但若我們綜觀海明威全部作品，可以發現他大部分的經典作品中，副詞用得也最少。《太陽依舊升起》、《戰地春夢》、《戰地鐘聲》的副詞率之低名列前茅，也被公認是他最出色的幾部作品。《老人與海》為海明威贏得普立茲獎，也常獲評為他的巔峰之作，但此書在副詞量方面卻是例外。

　　海明威贏得諾貝爾獎其後十年間，另有威廉‧福克納（William Faulkner）、史坦貝克兩位美國作家獲此殊榮。我們也把這兩人的數據挑出來看看。

　　就史坦貝克而言，其副詞使用率也實至名歸。《憤怒的葡萄》（The Grapes of Wrath）或可說是他最出名的作品，副詞使用率排名第三低。《人鼠之間》（Of Mice and Men）與《伊甸園東》（East of Eden）的副詞也很少（見下頁）。

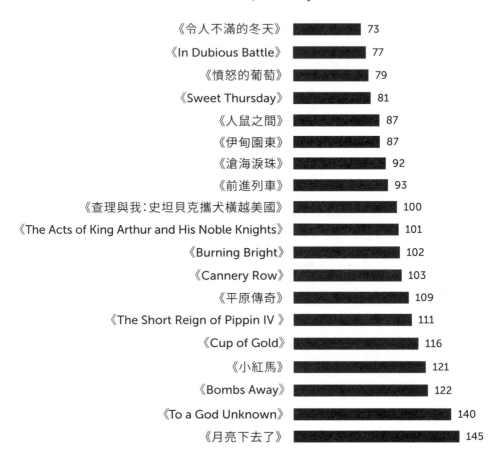

史坦貝克：每10,000字的ly後綴副詞數

《令人不滿的冬天》	73
《In Dubious Battle》	77
《憤怒的葡萄》	79
《Sweet Thursday》	81
《人鼠之間》	87
《伊甸園東》	87
《滄海淚珠》	92
《前進列車》	93
《查理與我：史坦貝克攜犬橫越美國》	100
《The Acts of King Arthur and His Noble Knights》	101
《Burning Bright》	102
《Cannery Row》	103
《平原傳奇》	109
《The Short Reign of Pippin IV》	111
《Cup of Gold》	116
《小紅馬》	121
《Bombs Away》	122
《To a God Unknown》	140
《月亮下去了》	145

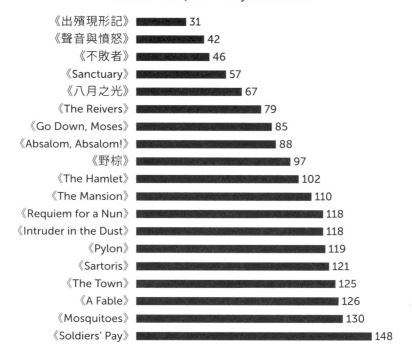

福克納：每10,000字的ly後綴副詞數

《出殯現形記》	31
《聲音與憤怒》	42
《不敗者》	46
《Sanctuary》	57
《八月之光》	67
《The Reivers》	79
《Go Down, Moses》	85
《Absalom, Absalom!》	88
《野棕》	97
《The Hamlet》	102
《The Mansion》	110
《Requiem for a Nun》	118
《Intruder in the Dust》	118
《Pylon》	119
《Sartoris》	121
《The Town》	125
《A Fable》	126
《Mosquitoes》	130
《Soldiers' Pay》	148

福克納的作品也看得出這種模式。他最著名的《聲音與憤怒》，每10,000字只有42個副詞，名列第二低。《出殯現形記》與《八月之光》的副詞之少也名列前茅，《Absalom, Absalom!》僅稍高於平均。

不過，我們只討論了三位作家。這個用字模式究竟有多普遍？要是擴大範圍來看，各個作家最出色的作品，平均副詞量都比較少嗎？

前面各表格列出的作家與重點作品是基於我個人偏好所選，都是我最喜歡的。要測試副詞使用率與文筆高下是否有任何相關性，我需要更大量的一組作品與作家，而且大家都要覺得他們「傑出」才行。

為了建立新樣本，我參考了以下四個單位提出的二十世紀最佳文學名單：《圖書館學刊》（Library Journal）、柯恩出版集團（Koen Book Distributors）、現代圖書公司（Modern Library）、雷地克里夫出版學程（Radcliffe Publishing Course）。以上四份名單都列舉了至少一百本英語文學最佳小說。史丹佛大學的圖書館員布萊恩・昆德（Brian Kunde）曾想用量化方法選出二十世紀最佳書籍，他也用了這四份名單（根據他的計算結果，《大亨小傳》〔The Great Gatsby〕勝出）。對我來說，某本書只要名列這四份名單的至少兩份，就算是公認的「傑出好書」。然後，我再挑出著有至少兩本傑出好書的作家，如此一來，就能比較他們筆下「傑出」與「普通」的作品了（當然了，這個挑選方式略過了很多出色的作家，不過我需要盡可能「客觀」的標準，也需要有多部作品的作家當作研究對象）。

經過這輪篩選，我找出十五位公認的「傑出」作家，以及他們總計一百六十七本的小說中[1]三十七本「傑出好書」。以下就是這三十七本「傑出好書」名單：

---

1 作者注：辛克萊・劉易士（Sinclair Lewis）有幾本小說找不到數位版本，因此排除。

公認「傑出好書」名單		
維拉·凱瑟 《總主教之死》 《我的安東妮亞》	EM·佛斯特 《印度之旅》 《窗外有藍天》 《此情可問天》	童妮·摩里森 《寵兒》 《所羅門之歌》
約瑟夫·康拉德 《黑暗之心》 《吉姆爺》	厄尼斯特·海明威 《戰地春夢》 《戰地鐘聲》 《老人與海》 《太陽依舊升起》	喬治·歐威爾 《動物農莊》 《一九八四》
西奧多·德萊賽 《美國的悲劇》 《嘉莉妹妹》	詹姆斯·喬伊斯 《一位青年藝術家的畫像》 《尤利西斯》 《芬尼根守靈》	艾茵·蘭德 《阿特拉斯聳聳肩》 《源泉》
威廉·福克納 《出殯現形記》 《八月之光》 《聲音與憤怒》	DH·勞倫斯 《查泰萊夫人的情人》 《兒子與情人》 《戀愛中的女人》	約翰·史坦貝克 《人鼠之間》 《憤怒的葡萄》
史考特·費茲傑羅 《夜未央》 《大亨小傳》	辛克萊·劉易士 《巴比特》 《大街》	伊迪絲·華頓 《伊坦·弗洛美》 《純真年代》 《歡樂之家》 (改編電影名)

我做的測試雖簡單卻能見微知著，也能從語法分析的角度檢視文學名著與一般作品間是否有顯著的差異。我把公認傑出作家的一百六十七本書集合起來，並以每 10,000 字 50 個副詞當組距，再來看看每組「傑出好書」相對於「普通之作」所占的百分比：

・每 10,000 字中，使用 0 ～ 49 個副詞的書有 67% 獲得大好評。
・每 10,000 字使用 50 ～ 100 個副詞的書，得到好評的有 29%。
・每 10,000 字使用超過 150 個副詞的書，獲好評的只有 16%。

這張逐組遞減的圖表證實了海明威、史蒂芬金與眾作家的建言。雖然事情沒有絕對，但當副詞使用量增加時，仍然凸顯了這個趨勢：最好的書籍中（百強小說中之強），ly 後綴副詞的使用率**確實**比較低；反之，ly 後綴副詞一旦用得過度，「傑出好書」的頻率就少得多。

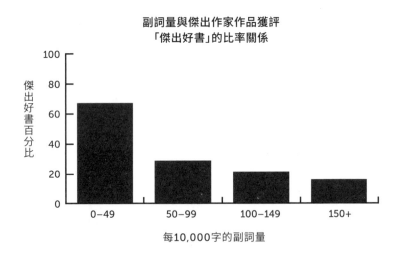

**副詞量與傑出作家作品獲評
「傑出好書」的比率關係**

經典作家的副詞使用頻率

把所有文學巨著集中在同一圖表中,看起來雖然很有說服力,但仍只呈現部分的事實:好書的副詞量或許偏低,但書籍或作者顯然**不需要**採取低副詞策略,也能很出色。就拿劉易士來說吧,他是諾貝爾獎得主,也是公認傑出的作家之一,他平均每寫 10,000 字就用了 142 個副詞。**好多啊!**這比海明威的平均量高出 75%。

劉易士是個很特殊的例外,或許還是主流的反證。不過當我們深究他的作品後,會發現一種模式,這種模式似乎也能套用先前討論過的其他例外。劉易士作品有趣的地方在於,他最出色的兩本著作——《大街》與《巴比特》,都是公認的「傑出好書」——所用的副詞比他其他任何一本小說都來得少。換句話說,就算劉易士的副詞使用率很高,他最受推崇的作品,用字遣詞也最精簡。

至於海明威、史坦貝克與福克納,我們已經看到,他們的經典之作通常也是副詞較少的書,我們也能從這三人以外的傑出作家找到很多類似例子:

· 《大亨小傳》是費茲傑羅副詞率最低的書;他第二知名的書《夜未央》,副詞率也在個人作品中排名第二低。

· 摩里森最為人稱道的小說《寵兒》,是她副詞率最低的書。

· 《雙城記》(A Tale of Two Cities)、《遠大前程》(Great Expectations)打敗了狄更斯的其餘十三部小說,位居最低副詞率冠亞軍。

· 馮內果寫了十四部小說,其中最享盛譽的《貓的搖籃》(Cat's

Cradle）、《第五號屠宰場》（Slaughterhouse-Five）、《冠軍的早餐》（Breakfast of Champions），副詞率也依序是他個人作品中排名第一、第二、第三低。

・厄普戴克寫了二十六部小說，其中副詞率最低的就是得到普立茲獎的那四部——獲獎無數的「兔子四部曲」。

這類例子還有得舉，但明顯的例外也不是沒有。譬如DH‧勞倫斯寫了兩本傑出好書：《查泰萊夫人的情人》與《戀愛中的女人》，而這兩本書所用的副詞比勞倫斯其他作品**更多**。要是我們繼續查下去，可以為副詞率高或低這兩種典型都找到有趣的例證。

我接下來想深究的就是「劉易士」這一大流派。關於作者如何善用或濫用副詞，我們似乎能從劉易士身上窺得更多真相。不論某位作家對副詞的個人好惡如何——整體副詞率偏高或偏低都無妨——他們下筆最精簡時，是否也造就了**最成功**的作品？

要驗證此事，我的選書範圍必須超越「傑出」與「普通」的簡單二分法。我需要依序排列比較某位作家所有的小說，測量其中「傑出」的書究竟有多好、「普通」的書又有多糟。這麼一來，在我們逐一檢視某位作家寫過的每本書時，就能找出副詞與寫作品質是否有更多關聯。

話雖如此，我們能夠隨便拿兩本書，就對其加以客觀比較嗎？要是那兩本書從沒上過任何書評的「傑出」名單呢？若說史坦貝克的《滄海淚珠》（The Pearl）比《To a God Unknown》來得好，是依照什麼標準？

我所仰賴的解決方案，就是去鑽研亞馬遜（Amazon）和好讀網（Goodreads.com）這類書評網站的讀者評價。好讀網是讓大家為書籍分門別類、評價與討論的網站。一本熱門書籍在這裡能得到超過百萬個評價，比在亞馬遜上能得到的評價量高出很多。既然好讀網的資料量大，我們就來研究一下上面的評價。

我特別關注的是：一本書在好讀網上可得到**多少次評價**。這個衡量標準並不完美，但我們可以藉此比較某本書的讀者反應與受歡迎程度。事實上，比起一本書得到的平均評價（讀者給的平均星數），評價數是較好的衡量標準[2]。有了好讀網的數據，我們就不再受限於「傑出」與「普通」的二分法。書籍的熱門程度可以漸次排列，讓我們把它的好壞與排名看得更全面。

我們現在可以再畫一次史坦貝克與福克納的圖表，使其更有深度。位在下一頁圖中最左邊的書，得到的評價次數最多，位在最右邊的評價次數則最少。越靠最上方的書，副詞越少，最下方的副詞則最多。史坦貝克的《憤怒的葡萄》得到很多次評價、副詞很少，所以位於左上方。《Bombs Away》的評價次數很少、副詞很多，所以位在右下方角落。

---

2 作者注：這麼說可能有點深奧，想知道用平均評價來衡量的缺陷何在，請見第363頁的詳細解釋。

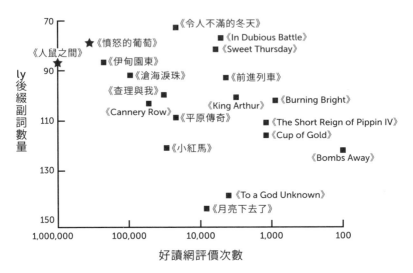

史坦貝克的副詞量

- 70 《令人不滿的冬天》
- 《憤怒的葡萄》　《In Dubious Battle》
- 《人鼠之間》　《Sweet Thursday》
- 《伊甸園東》
- ly後綴副詞數量
- 90 《滄海淚珠》　《前進列車》
- 《查理與我》
- 《Cannery Row》　《King Arthur》　《Burning Bright》
- 110 《平原傳奇》　《The Short Reign of Pippin IV》
- 《Cup of Gold》
- 《小紅馬》
- 《Bombs Away》
- 130
- 《To a God Unknown》
- 《月亮下去了》
- 150
- 1,000,000　100,000　10,000　1,000　100

好讀網評價次數

　　如果好讀網評價數與副詞量完全相關，這些書籍在圖表上就會呈現自左上到右下的一直線排列。圖中所示雖非完全如此，但相關性確實存在。

　　圖中顯示評價數用的是對數刻度，意思是：一本書有十萬次、一萬次或一千次評價，在圖上的相對距離是一樣的。不用對數刻度的話，書與書之間的距離會太遠，比較難看出意義。如果你覺得對數刻度很難懂，下面這個福克納的圖表也顯示出相同走向，但我用來分析資料的方法則是「書籍排名」——在好讀網得到最多次評價的，排在橫軸上的刻度一；次多評價的排在刻度二，依此類推。如果評價次數與副詞量完全相關，每本書都會落在那條虛線上。

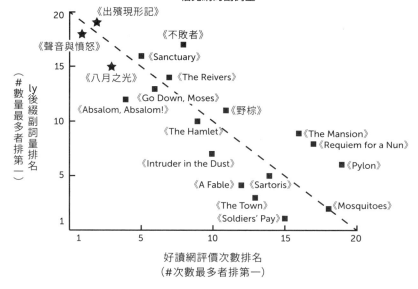

福克納的副詞量

縱軸：ly 後綴副詞量排名（# 數量最多者排第一）

橫軸：好讀網評價次數排名（# 次數最多者排第一）

《出殯現形記》
《聲音與憤怒》
《不敗者》
《Sanctuary》
《八月之光》
《The Reivers》
《Go Down, Moses》
《Absalom, Absalom!》
《野棕》
《The Hamlet》
《The Mansion》
《Requiem for a Nun》
《Intruder in the Dust》
《Pylon》
《A Fable》《Sartoris》
《The Town》
《Soldiers' Pay》
《Mosquitoes》

就算只看「普通」的書——排除《出殯現形記》、《聲音與憤怒》、《八月之光》不計——評價次數與副詞量的關聯之密切，也很令人驚訝。從圖中空盪盪的左下角看得出，福克納的作品裡完全沒有 ly 後綴副詞率高、口碑又好的。

但不是每位作家都有這種驚人的模式。要是前面的作家名單裡有哪位可以挺身表示反對的，那就是勞倫斯了。這位英格蘭男士是我們十五位傑出作家中，唯一一位用了最多副詞卻獲評為「傑出」的——他副詞用得第二多的書也很傑出。你接下來可能會預期勞倫斯的其他作品也有相同走向，排成一條從左下至右上的線（與福克納相反）。

情況卻並非如此。勞倫斯的十二本著作不足以讓人得到確切結論。史坦貝克與福克納的圖表所顯現的清晰模式（不論評價次數與副詞量是否有相關性），在勞倫斯較為雜亂的圖表中都看不到。

勞倫斯的副詞量

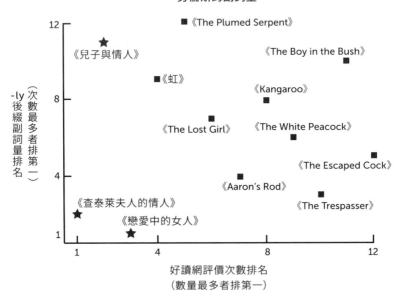

乍看之下，我們不能否認福克納的圖表顯示出某種走向。不過，大腦有時就愛看圖說故事來唬弄自己，所以我們測一下原始數據的顯著性總比沒測好。在福克納的例子裡，數據結果與我們看見的模式相符：他的副詞使用率與書籍評價次數（這裡再次使用對數刻度）在測試後顯示有相關性。勞倫斯的圖表就沒有特別走向可言了。不過，哪一個圖表才是常態呢？究竟勞倫斯是特例，還是福克納與史坦貝克反常？

當我們把所有作家集中在單一圖表中，並把副詞使用率和好讀網熱門程度標準化[3]後，就更能看清全貌。我們因此可以一覽所有傑出作家與他們的全部作品，並去探討每位作家的著作品質與副詞是否有相關性。

拿前述一百六十七本書的完整樣本組來看，會發現兩者確實相關，雖然畫出來的不是完美的直線，但還是很顯著，也比純粹是隨機因素造成的變異更明顯。從這些樣本看得出來，作家用了最少副詞的書就是他們最受歡迎的書；用的副詞較多，得到的評價次數也偏低。

下張圖表顯示出整體的趨勢，同時也看得到很多例外。左上格是在作家最熱門的作品中，評價次數排名前半段、副詞使用率居後半段的作品，其中有五十本書落在這個範圍。反之，評價次數落在前半段、副詞使用率也很高的，只有三十一本書。言簡意賅廣受歡迎，行文冗長則常遭人遺忘。

好讀網排名**高** 副詞率**低** 50	好讀網排名**低** 副詞率**低** 30
好讀網排名**高** 副詞率**高** 31	好讀網排名**低** 副詞率**高** 50

注意：表格中的書籍加起來不到一百六十七本，因為有些書恰好落在分界點上，也就是無法被分入任何一組。

---

3 作者注：在本章前面段落裡的總計圖表中，不同作者的書籍在未經調整的情況下集合計算。本表則經過標準化處理，讓我們在比較人氣與副詞率各異的作家時，不會讓例外情況左右了整合圖表。我們把每位作家的副詞率與人氣視為相同，好專注來看每個作家自己的作品所呈現的趨勢。

專業作家 VS 業餘寫手

現在我們已經知道在經典文學中，副詞的使用方式的確會影響頂尖作家與他們最出色的作品。自文學界頂峰脫穎而出的名著，確實有賴於作者對副詞的謹慎使用，就算只看每位作家各自的作品，副詞最少的作品也是最成功的。

只不過，我心裡還有一個疑問：那我們呢？

大作家與一般人相較，善用或濫用副詞的情況有何不同？不搞清楚，我還不能滿足。從得獎名家、暢銷書作者到業餘人士，海明威的「寫作定律」是否能在文學世界的各個角落一體適用？我做了最後一搏，以探究竟。

我從同人小說網（fanfiction.net）下載了超過九千本由粉絲創作、篇幅堪比小說（六萬字以上）的作品，做為我的「業餘組」，也就是二○一○到二○一四年間，此網站上最熱門的二十五部同人作品（從《哈利波特》系列、《暮光之城》系列、《歌劇魅影》〔Phantom of the Opera〕到珍妮・伊凡諾維奇〔Janet Evanovich〕的作品都有）。會寫這麼長篇幅的人都很投入，其中許多人也寫得很好。但一般而言，他們還不到文學界的暢銷或得獎作家那個程度。所以，我拿同人小說當樣本，與自二○○○年起曾登上《紐約時報》暢銷榜第一名的書來比較，另外也與近年來得過重要文學獎的一百本小說比較[4]。

---

4 作者注：得獎書籍的篩選方式將於第二章詳述。

差異一比立見。同人寫手每 10,000 字的 ly 後綴副詞，中位數落在 154 個，比前述兩類專業作家的樣本都高出許多。《紐約時報》排行榜那一組的三百多本超級暢銷書中，平均每 10,000 字只有 115 個 ly 後綴副詞；文學獎組一百本書的中位數則落在 114 個。

　　雖然這麼做是拿蘋果比橘子，可是比起網路業餘寫手的作品，書店暢銷書的平均副詞率還是低了 25%。在所有暢銷小說中，只有不到 12% 的書在每 10,000 字裡用了超過 154 個副詞，同人創作卻有一半超過這個數目。

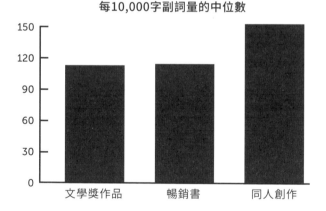

每10,000字副詞量的中位數

小結

本章的結論有一半符合常識，另一半則令人跌破眼鏡。大多數作家和老師都會告訴你，用副詞很不好，這種說法沒有太大爭議。從很多方面來說，前述的統計數字就證實了這件大家早就知道的事。

不過，副詞量與作品優劣的相關性竟然達到量得出來的程度——就算我們只檢視了傑出作家——仍然很令人驚訝。有些新人寫手比專業作家更倚仗副詞可能不足為奇，但這種特徵有時甚至很顯著。如果我們逐一檢視傑出作家在生涯中所寫的作品，也會看到這種差異。

當然啦，統計上的相關並不意味著因果。費茲傑羅的《大亨小傳》每 10,000 字有 128 個副詞，他知名度較低的《美麗與毀滅》（The Beautiful and Damned）則是每 10,000 字 176 個。如果我們在《大亨小傳》裡多塞進兩百個副詞，大約比一頁篇幅還少一點，它的副詞率就會超過《美麗與毀滅》了。那麼，這個版本的《大亨小傳》還能遠近馳名嗎？要是我們反過頭來刪減《美麗與毀滅》裡的副詞，那麼李奧納多‧狄卡皮歐（Leonardo DiCaprio）要出鏡飾演的是否就是安東尼‧派屈（Anthony Patch）[5] 了？

答案自然沒那麼簡單。光是副詞率本身，無法對一本書成功與否有如此直接的影響，還有其他無數的因素。海明威式的副詞刻板印象或許屬實，但明顯的反例也是有——有些作家的副詞用得多，還是寫出了成功的作品。比方說，納博科夫在《蘿莉塔》（Lolita）中所用的副詞就比

---

5 譯者注：《美麗與毀滅》的男主角。

他其餘八本小說都要多。

　　有個可能的解釋是，就我們眼前的整體趨勢來看：**副詞可以指出作家關切的重點何在**。一個作家如果會為了營造鮮明的場景與動作，力求所需的明晰感，並避用副詞及花時間刪減贅字，那麼他可能也會花上更多時間與精力，讓作品的其餘部分也盡量完美。又或許，他背後有個稱職的編輯在幫忙刪修。

　　這個「關切假說」能從某些不用副詞、貨真價實的大師級作家得到支持。不過我說的可不是海明威。

　　數據為我們揭露了一位極簡派的冠軍——根據前面綜合了大批作家的數據，有一位傑出作家比海明威更厲害，她就是童妮・摩里森。摩里森或許跟海明威一樣得過諾貝爾獎與普立茲獎，但我們不常在英文課堂上提到她下筆精簡的功力有多高。摩里森每 10,000 字 76 個副詞的比率，勝過了海明威的 80 個，更遠遠超前史坦貝克、魯西迪、沙林傑、華頓等其他作家。

　　摩里森曾在多場訪問中提過，她寫作不用副詞。為什麼？因為當她處於巔峰時，就是用不著副詞：「我絕對不會寫『她輕柔地說』。」摩里森告訴大家。「如果那個角色說話還不夠輕柔，又何必這麼寫，你懂吧。我必須留下很多空間，好讓讀者去聽出她的輕柔。」

　　這就是重點了。我手上雖然沒有確切證據，顯示使用副詞的道理也能套用在根據統計資料寫出來的阿宅文章上。不過，在寫了五千多字以後，我還是把本章從頭看過一遍，找找哪裡有 ly 後綴副詞，並看那些

副詞有多差勁。我也發現，這些副詞絕大部分都沒有必要，還經常削弱了句子的力道。所以，我把引用他人發言以外的 ly 後綴副詞全刪了。

結果就是除了引言，你會發現這一章完全沒有 ly 後綴副詞。這使得本章每 10,000 字的副詞有 0 個，成為有史以來副詞率最低的文章（或至少跟某些毫無副詞的文章打成平手）。

但是，難道這就會使得這一章不論內容如何，仍躍居芸芸眾文之上嗎？從這裡就能發現我們做的統計有其侷限了。然而，想要寫出佳作，刻意地避用這個棘手的詞類，也不是壞事囉！

Chapter 2

寫作者的性別會影響作品嗎？

> 寫作者思及自身性別，至關緊要。
> ──維吉尼亞‧吳爾芙，《自己的房間》

假設我們手上有兩條臉書動態，一條是女人寫的，一條是男人寫的。如果你能猜到哪一條是誰寫的，就能得到五美元。可是，我只會從兩條動態各取幾個字給你看。你能根據以下樣本，贏得那五美元嗎？

片段一：狗屎、聯盟、刮鬍子

片段二：買東西、男朋友、<3

你應該很有把握自己能猜中，對吧？

現在，要是我請你做相同的測驗，只不過把各片段的三個字調換成如下這般：

片段三：實際上、每件事、他們的

片段四：以上、有些事、那（這）

線索就比較少了。不過要是我告訴你，答案其實很明顯呢？

＊　　＊　　＊

學者已經花了好幾個世代研究男女寫作有何不同——但卻屢屢找不出明確證據。然而，近年的電腦科學家有多不勝數的社群媒體資料可以爬梳，以判別兩性間的微妙差異。這不只是一項學術研究，背後的獎賞也不只五美元——精準投放廣告（targeted ad）帶來的可是數百萬美元收益。這類研究得到的某些結果，既老套又充斥著刻板印象（女性較常寫**買東西**，男性較常寫**聯盟**），但另一些就很令人費解了。片段三與片段四那些平凡無奇的字眼確實因男女而有差異，學者也已經能用它們來推測性別，還準確得嚇人。

我也想用這種方法來檢視文學作品，不只是看推文與臉書動態而已。不過，在跨出這一大步前，我們先來瞧瞧上面兩個例子中，把發文者分成「男性」與「女性」的著眼點在哪裡。

頭兩個片段裡的詞彙——狗屎、聯盟、刮鬍子、買東西、男朋友、<3——都來自賓州大學（University of Pennsylvania）的學者發表的一篇論文。論文作者檢索了幾百萬條臉書動態，以找出**最具性別指示性**的幾個字（你可能已經猜到了，片段一包含的是最「男性化」的詞彙，片段二則是最「女性化」的）。

然而，這不代表全天下男人都在臉書動態裡講狗屎、女人都在聊購物。事實上，不論男女，「買東西」都不是他們很常用的詞。這些「最具指示性」的統計在測量一個族群會用的某些詞彙時，通常還會比較其他族群有多**少用**這些詞彙。**買東西**會在名單上出現，在某方面更意味著男人比女人多**不常**聊到購物。這個分辨性別的方法，就是要找出男女書寫內容的最大差異。因此，前述研究結果及下表顯示的是性別常態中最極端的那些詞彙。

我們在以下表格中，看到兩性分別在臉書動態中最常用的五個詞彙，以及研究人員在不同社群媒體上的類似發現。

語料來源	男性傾向用字	女性傾向用字
臉書動態消息	幹、聯盟、狗屎、他媽的、刮鬍子	買東西、興奮、<3、男朋友、可愛
聊天室表情符號	;)	:D
推特上的同意或反對用語	「是，長官」、才怪、沒人、哪有	Okay、是、沒錯、沒錯~~、沒錯~~~、不~~、不~~~~、不行
部落格	Linux、微軟、打電動、伺服器、軟體	老公、先生、可愛、裙子、男朋友

＊此處呈現的研究結果出處，列於第 380 頁。

前面片段三、片段四顯示的詞彙（實際上、每件事、他們的、以上、有些事、那）乍看起來不太一樣，因為這些詞並不符合我們對任何一種性別的刻板印象，而是每個人都會用的詞彙。不過，在一篇二〇〇三年

的論文中，電腦科學家藉由英國國家語料庫（British National Corpus）的樣本（虛構與非虛構語料都有）來研究兩性書寫的差異，得到了一些耐人尋味的結果。他們最重大的發現就與這些微不足道的詞彙有關。比方說，那篇論文聲稱：不論哪種文體，「女性用的代詞（I, yourself, their）都會多很多」；「男性用的指示詞（a, this, these）則多很多」。

要得出這麼一體適用的結論，靠的竟全是毫不起眼的字，聽起來頗荒謬的。然而，那篇論文又繼續闡述：只要利用一小撮簡單字彙的使用頻率，就能創造出一套演算法，而且拿它來測試隨機處理過的文件，預測作者性別的正確機率可達 80%──這個百分比非常高！靠的還全是些短小的字，像是我們在片段三與片段四看到的那六個（而且，我就直說了，你最好是賭片段三是女人寫的、片段四是男人寫的）。

前述兩篇論文的統計取樣都很廣泛又生活化，不過我在深入閱讀之後就更好奇了。如果我們把這些計量與預測性別的方法用來分析更龐大、更困難的樣本，結果還有效嗎？這些方法又是否能為我們揭露文學界某些值得注意之處？

我決定用統計法來比較經典與通俗小說裡的男男女女，看看會有什麼發現。哪些詞彙或書籍會成為「最男性化」、「最女性化」的代表？拿二〇〇三年那篇論文的研究成果來預測小說家的性別，是否能得到可靠的結論？

為了探討這些問題，我拿出三組書籍樣本。在本章接下來的部分，我們會不斷使用這些書：經典文學小說、近代暢銷小說、近代文學小

說。接下來我只會用簡稱提及這三類書籍，而我選取各組樣本的精確條件則如下所述（完整名單請見本書末的參考資料）：

經典文學小說

　　我從史丹佛圖書館員布萊恩・昆德（Brian Kunde）的「二十世紀最佳英文小說」這份名單著手（他的名單綜合了許多文學調查活動的結果）。根據這個多方總計得來的名單，我從男女作家撰寫的小說中各選出前五十名，也就是：海明威、薇拉・凱瑟（Willa Cather）、福克納、童妮・摩里森（Toni Morrison）等名家。

近代暢銷小說

　　我從二〇一四年年末回推，找出《紐約時報》小說排行榜上最新的榜首，分別從男女作家的作品中各取五十本，多人合著者則剔除。我得到的這組書籍名單均出自超級暢銷作家之手，像是諾拉・羅伯特（Nora Roberts）、史蒂芬・金、茱迪・皮考特（Jodi Picoult），以及詹姆斯・派特森（James Patterson）。

近代文學小說

　　我從二〇一四年年末的獎項回溯之前的年度，並從男女作家的小說中各選出五十本。篩選標準是這些小說必須出現在以下任一獎項名單中：《紐約時報》年度十大好書、普立茲獎決選名單、曼布克獎（Man Booker Prize）入圍名單、美國國家圖書獎（National Book Award）決選名單、美國國家書評獎（National Book Critics Circle Award）決選名單、

《時代》雜誌年度好書。最終得到的一百本書籍名單，獲獎時間介於二〇〇九到二〇一四年間，涵蓋了諸如珍妮佛・伊根（Jennifer Egan）、強納森・法蘭岑（Jonathan Franzen）、麥可・謝朋（Michael Chabon）、莎娣・史密斯（Zadie Smith）等多位作家。

我先用前述的第一個研究方法，找出兩性使用的字彙中比例落差最大者。這種手法比較容易找到極端與刻板印象式的字彙——像是「買東西」、「刮鬍子」等字眼，因為某一性別很少用，所以另一性別相較之下很常用。

舉例來說，在經典小說組的一百本書裡，**連身裙**[1]（dress）總共出現了 2,069 次，也在其中九十七本裡出現過至少一次，平均出現頻率略高於每一萬字一次。有三十五位女作家使用**連身裙**的頻率高於這個平均；男作家則只有七位。所以，我把連身裙的女性化分數定在83%（35：7）。上述的那些字彙也依此比方法判斷。

我會用這個方法（而不是依詞彙在男女作家筆下出現的純粹比例來判斷），是因為有些作家常會為了情節使用特定字彙，而我想排除這個狀況。比方說，托爾金（J. R. R. Tolkien）在《魔戒》三部曲裡用了超過七百五十次**戒指**（ring）（這三部曲在「經典組」樣本裡被視為同一本著作），比經典組五十本女作家之書用這個字的次數總和還要多，但《魔戒》是個例外。沒有證據顯示男人比女人更常寫**戒指**（排除《魔戒》不計，在經典組的所有書籍裡，女性作家寫**戒指**的次數是男性的兩倍）。

---

1 譯者注：另有穿衣、打扮、包紮等意思。

我還另外設限，「最男性化」與「最女性化」的字必須出現在樣本組一百本書裡的至少五十本中，以證明不是特殊例外。用上這些條件後，以下就是我從經典組一百本書收集到的、兩性使用落差最大的字彙：

經典小說中 最具性別指示性的字	
男性	女性
領袖	枕頭
後面	蕾絲
公民的	捲髮
比較大的	連身裙
絕對地	瓷器
敵人	裙子
夥伴	窗簾
王	杯子
公共的	床單
聯絡	聳肩

　　這些字有些看來是出於小說的劇情與主題所需：男性化的字較偏向軍事或政治；女性化的字則偏向家居生活。雖然每個性別只取五十本書，樣本數很小，但男女書寫的常態似乎並未因時光流轉而有所變化（至少不同性別會選擇書寫的主題維持得相當一致），以至於就算在近代文學小說組與近代暢銷小說組中，這些字仍有性別指示作用。在暢銷組與近代文學組中，男作家比女作家更常寫**領袖**；女作家則比男作家更常寫**枕頭**。

上頁表格中，二十個字中有十六個在暢銷組出現相同的性別使用偏向，有十八個在近代文學組中也有相同偏向。如果這些字只是隨機出現，在我們看不同樣本組時，它們應該有一半機率會落入另一個性別偏向裡。然而，即便樣本數不大，某一性別比另一性別更常用其中某些字的情況仍然很一致。

這些字或許顯示了作者對某些主題的偏好，卻未必真的是因為兩性用字有別，所以我下一步就決定來嘗試第二種統計研究法，也就是比較古怪的那個——用簡單的字，例如 it 或 is，來預測作者的性別——來瞧瞧這用在小說上能否生效。根據二○○三年那篇論文，有位名叫尼爾‧克拉維茲（Neal Krawetz）的程式設計師建立了一套快捷的演算法，僅憑五十一個字就能猜出作者性別。根據此論文，克拉維茲用了一些常用又平凡的字彙。

男性使用率較高的有以下這二十四個字：

a, above, are, around, as, at, below, ever, good, in, is, it, many, now, said, some, something, the, these, this, to, well, what, who

女性使用率較高的則是這二十七個：

actually, am, and, be, because, but, everything, has, her, hers, his, if, like, more, not, out, she, should, since, so, too, was, we, when, where, with, your

克拉維茲用來預測性別的簡化方式，是根據每個字預測性別的相對程度訂出「點值」（point value，these 是男性值八分，since 是女性值二十五分）。當一個字在文本中出現時，點值就會被記錄下來，最後研究人員再列表計算總值。

　　如果我寫「**這**方法**是**既簡單**又**粗糙」（**The** method **is** simple **and** crude），這套演算法會說此句話的男女比是 91%（the 有二十四點男性值，is 有十八點男性值，and 有四點女性值）。我若寫「**這**方法**不是太**複雜」（**The** method **is not too** complicated），就會得到 39% 的男女比（**the** 有二十四點男性值，**is** 有十八點男性值，**not** 有二十七點女性值，**too** 有三十八點女性值）。

　　我們或許該花點時間想想這套演算法有多初階。它把行文脈絡或其他類似干擾都完全排除了，也不會將其他細節納入考量。這套演算法會推測「這個句子是由一個女人寫的」（This sentence is written by a woman）是由一個男人寫的。接下來的測量結果，是我在移除 her, hers, him, she 等代名詞後得到的，以確保這套演算法不是光靠性別暗示強烈的字來運作（我們稍後會在本章中看到，在辨認小說作者時，顯示出性別的代詞指示作用有多強）。少了這幾個字，剩下的就是些看起來很中性的代詞、連接詞、指示詞。

　　撰寫二○○三年那篇論文的電腦科學家，預測作者性別的正確率達到 80%。我把克拉維茲的方法用來分析經典文學作品，結果沒有那麼準，但這套演算法還是成功了（或許能說是相當成功），正確率比全憑運氣猜測要顯著高上許多。

在經典組的一百部作品裡，這個簡單的方法成功辨認出其中五十八位作者的性別、六十六位暢銷組、近代文學組則是五十八位。下表所列的是經過這套方法計算後，經典組中最有可能為男性或女性作家所寫的書。換句話說，根據克拉維茲演算法，它們是「最男性化」與「最女性化」的小說：

最男性化經典小說	最女性化經典小說
《一位青年藝術家的畫像》 喬伊斯	《愛倫的故事》 凱伊·吉本絲
《夏綠蒂的網》 EB·懷特	《Rubyfruit Jungle》 麗塔·梅·布朗
《歐蘭朵》 維吉尼亞·吳爾芙 *	《發條橘子》 安東尼·伯吉斯 *
《動物農莊》 喬治·歐威爾	《他們眼望上蒼》 柔拉·涅爾·賀絲頓
《真情快遞》 安妮·普魯勒 *	《麥田捕手》 沙林傑 *
《小城畸人》 舍伍德·安德森	《來自卡羅萊納的私生女》 朵拉思·愛麗森
《蒼蠅王》 威廉·高汀	《紫色姐妹花》 愛麗絲·華克
《阿特拉斯聳聳肩》 艾茵·蘭德 *	《夢迴藻海》 珍·瑞絲
《總主教之死》 薇拉·凱瑟 *	《查泰萊夫人的情人》 DH·勞倫斯 *
《太陽依舊升起》 厄尼斯特·海明威	《The Death of the Heart》 伊莉莎白·鮑恩

「*」表示作者性別與數據預測的結果相反。

以下則是近年暢銷書經分析後，其中最男性化與最女性化的書（所用樣本為近代暢銷小說樣本組）。在這組樣本中，我用的演算法只在前二十名裡猜錯**一位**作者的性別。

最男性化冠軍暢銷書	最女性化冠軍暢銷書
《地獄》 丹・布朗	《Kiss the Dead》 羅芮兒・漢彌頓
《The Fallen Angel》 丹尼爾・席爾瓦	《Power Play》 丹妮爾・斯蒂
《The English Girl》 丹尼爾・席爾瓦	《Hit List》 羅芮兒・漢彌頓
《The Heist》 丹尼爾・席爾瓦	《直到時間盡頭》 丹妮爾・斯蒂
《Act of War》 布萊德・索爾	《控制》 吉莉安・弗琳
《第一桶白骨》 凱絲・萊克斯 *	《小謊言》 黎安・莫瑞亞蒂
《來自天堂的第一通電話》 米奇・艾爾邦	《吸血鬼童話》 莎蓮・哈里斯
《Kill Alex Cross》 詹姆斯・派特森	《New York to Dallas》 JD・羅勃
《Cross My Heart》 詹姆斯・派特森	《Frost Burned》 派翠西亞・布麗格
《時光守護者》 米奇・艾爾邦	《精靈的聖物》 莎蓮・哈里斯

「*」表示作者性別與數據預測結果相反。

那篇二〇〇三年論文的作者群全是男性學者，可能是怕提出什麼政治不正確的理論而遭到訕笑，所以在文中寫道，他們不會對造成性別差異的原因加以揣摩，「以避免在詮釋資料時做出毫無根據的推想」。然而，他們確實也引用了來自一九八〇～九〇年代、研究男女交談差異的幾篇論文。那些論文提出的理論認為，男性會使用較多「資訊式」語言來討論物件（object），女性則會使用較多「涉入式」語言來討論人際關係（他們的說法是，「『涉入式』對話紀錄通常包含某些特徵，能顯示發話者（作者）與聽者（讀者）有所互動，像是第一與第二人稱代名詞」）。

　　這類歸納結論暗示著，就算這些字看似與對話內容無關，仍可能指涉性別常態以及其中的極端情形，就如同本章開頭所舉的第一個例子。比方說，above、around、below 都是有男性指示性的字彙，根據八〇、九〇年代那些學者的標準，它們顯然也是「資訊式字彙」。然而，我們並不清楚男性更常用這些字是因為男性一般**就是**比較會交流資訊——抑或是男性作者出於各種文化歷史因素，會選擇書寫更多與戰爭與體能行動有關的故事，所以需要交代相關細節、使用這些字。

　　你可能不是都很熟悉上表所列的書籍，不過你大概知道丹‧布朗專寫跨國陰謀的懸疑小說，丹妮爾‧斯蒂寫的則是富裕名流的羅曼史。這種類型差異便能解釋克拉維茲看似中性的研究方法為何行得通。派特森的二十二本「艾利克斯‧克羅斯」系列與漢彌頓的二十七本「安妮塔‧布萊克」系列基本上都是懸疑小說，不過漢彌頓主打的是布萊克的情路起伏，而在派特森的小說中，克羅斯的愛情生活只是無關緊要的支線。

研究人員嘗試了幾十年，想揪出造成男女寫作有別的謎樣 DNA，卻遇上了雞生蛋蛋生雞的難題。就算我們在這邊使用了微調過的預測方法，似乎仍只追溯到作者為書籍主題下的原始設定——我們在小說中選擇聚焦的人與事——而沒有更深入的發現。因此，看來可能有點奇怪，但我們在預測小說作者的性別時，成功率為 80% 或略差的 60%。然而，關於不同性別的作者會選擇描寫**怎樣的人**，不妨來看看下面這個例子。

　　康拉德在小說《Chance》中寫道：「身為女人是難上加難的差事，畢竟這差事主要是為了與男人打交道。」這句話不論解讀成同不同情女人皆可通。康拉德一方面顯示他對不公的性別差異有所體悟，還對女人常得忍受男人的掌控表達同理。另一方面，這句妙語的概念其實很狹隘——暗示了女人主要的人生目標不是自立自強，而是依靠男人，從而更強調了原本的不公：男人為首，女人為副。

　　康拉德寫了十四本小說，每一本的主角都是男性——由此已能看出懸殊差異。不過，只有單一主角的書，在選擇主角性別時也會因此受限，只能選一個嘛。

　　我想要找出更好的標準，來計算小說中的男女角色比例。考量過一些比較複雜的方法之後，我決定採取一個很簡單的：計算作者使用**他**與**她**的比例。這方法並不完備，但我認為這能讓我們對一本書的性別偏向有個概觀。計算**他**與**她**，能大致分析出男女角色的舉止、想法與作者對他們的描寫差異。

以《哈比人歷險記》（The Hobbit）為例，托爾金在這本書裡用了將近一千九百次的**他**。那**她**呢？一次。在本書剛開頭，托爾金用來指稱比爾博·巴金斯（Bilbo Baggins）的太太。你讀過《哈比人歷險記》就知道了，說此書的男性化程度達 99% 並不為過。我們看到的每個人物——舉凡精靈、矮人、哈比人，就連鳥類——都是男性。

康拉德創作小說的年代是二十世紀初，他也很男性導向。在康拉德全部的十四本小說中，**他**的次數是**她**的三倍。他每描述男性角色的動作思想或特質三次，只有一次提及女性。

我決定擴大範圍，檢視經典組所有的一百本小說。下頁圖表顯示的是每本書的**他**與**她**使用百分比。如果有哪位作者像康拉德一樣，每寫三個他，只有一個她，對應的百分比就是 75%。破折號則表示他她使用率是 50：50。

男作家的書由黑色長條圖代表，女作家的書則是灰色長條圖。花個一分鐘看過一遍，你會發現提及最多女性人物的書顯然都是女作家寫的；反之，提及最多男性人物的書則出於男作家之手。

說作家只愛書寫自身性別的故事，也是過於簡化。首先，大部分聚焦於女性的書其偏向女性的程度，都遠不及聚焦男性的某些書那麼極度偏向男性。《春風不化雨》有 21% 的**他**與 79% 的**她**，已屬女性偏向中的極端。於此同時，一本男女比相反的書（79% 的**他**與 21% 的**她**）在男性偏向的書籍裡只算中間程度而已。還有**二十**本書的男性比例更極端。

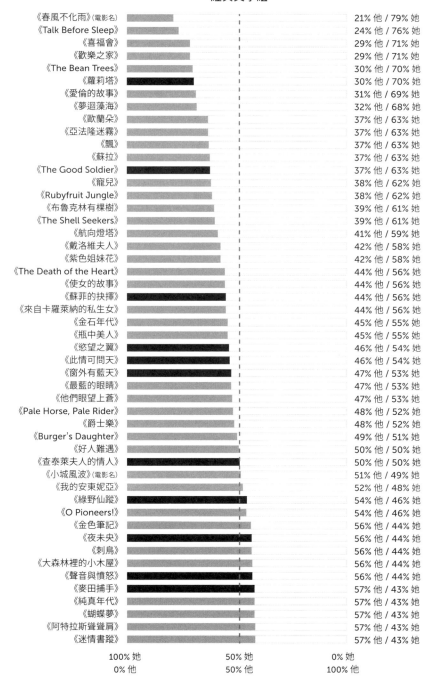

他 / 她 的使用率比較
經典文學組

作品	比例
《春風不化雨》(電影名)	21% 他 / 79% 她
《Talk Before Sleep》	24% 他 / 76% 她
《喜福會》	29% 他 / 71% 她
《歡樂之家》	29% 他 / 71% 她
《The Bean Trees》	30% 他 / 70% 她
《蘿莉塔》	30% 他 / 70% 她
《愛倫的故事》	31% 他 / 69% 她
《夢迴藻海》	32% 他 / 68% 她
《歐蘭朵》	37% 他 / 63% 她
《亞法隆迷霧》	37% 他 / 63% 她
《飄》	37% 他 / 63% 她
《蘇拉》	37% 他 / 63% 她
《The Good Soldier》	37% 他 / 63% 她
《寵兒》	38% 他 / 62% 她
《Rubyfruit Jungle》	38% 他 / 62% 她
《布魯克林有棵樹》	39% 他 / 61% 她
《The Shell Seekers》	39% 他 / 61% 她
《航向燈塔》	41% 他 / 59% 她
《戴洛維夫人》	42% 他 / 58% 她
《紫色姐妹花》	42% 他 / 58% 她
《The Death of the Heart》	44% 他 / 56% 她
《使女的故事》	44% 他 / 56% 她
《蘇菲的抉擇》	44% 他 / 56% 她
《來自卡羅萊納的私生女》	44% 他 / 56% 她
《金石年代》	45% 他 / 55% 她
《瓶中美人》	45% 他 / 55% 她
《慾望之翼》	46% 他 / 54% 她
《此情可問天》	46% 他 / 54% 她
《窗外有藍天》	47% 他 / 53% 她
《最藍的眼睛》	47% 他 / 53% 她
《他們眼望上蒼》	47% 他 / 53% 她
《Pale Horse, Pale Rider》	48% 他 / 52% 她
《爵士樂》	48% 他 / 52% 她
《Burger's Daughter》	49% 他 / 51% 她
《好人難遇》	50% 他 / 50% 她
《查泰萊夫人的情人》	50% 他 / 50% 她
《小城風波》(電影名)	51% 他 / 49% 她
《我的安東妮亞》	52% 他 / 48% 她
《綠野仙蹤》	54% 他 / 46% 她
《O Pioneers!》	54% 他 / 46% 她
《金色筆記》	56% 他 / 44% 她
《夜未央》	56% 他 / 44% 她
《刺鳥》	56% 他 / 44% 她
《大森林裡的小木屋》	56% 他 / 44% 她
《聲音與憤怒》	56% 他 / 44% 她
《麥田捕手》	57% 他 / 43% 她
《純真年代》	57% 他 / 43% 她
《蝴蝶夢》	57% 他 / 43% 她
《阿特拉斯聳聳肩》	57% 他 / 43% 她
《迷情書蹤》	57% 他 / 43% 她

```
100% 她          50% 她          0% 她
0% 他            50% 他          100% 他
```

寫作者的性別會影響作品嗎？　59

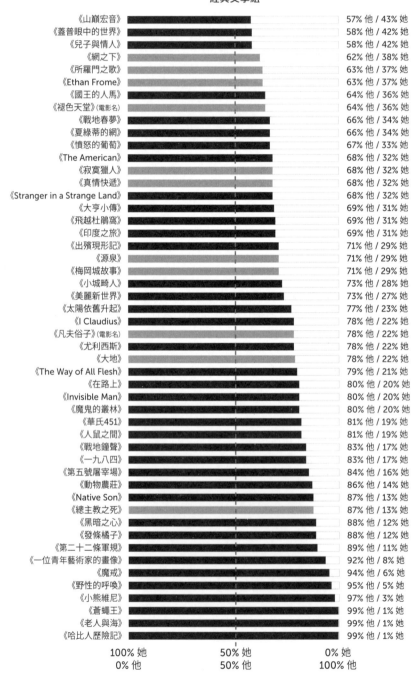

他 / 她 的使用率比較
經典文學組

作品	比率
《山巔宏音》	57% 他 / 43% 她
《蓋普眼中的世界》	58% 他 / 42% 她
《兒子與情人》	58% 他 / 42% 她
《網之下》	62% 他 / 38% 她
《所羅門之歌》	63% 他 / 37% 她
《Ethan Frome》	63% 他 / 37% 她
《國王的人馬》	64% 他 / 36% 她
《褪色天堂》(電影名)	64% 他 / 36% 她
《戰地春夢》	66% 他 / 34% 她
《夏綠蒂的網》	66% 他 / 34% 她
《憤怒的葡萄》	67% 他 / 33% 她
《The American》	68% 他 / 32% 她
《寂寞獵人》	68% 他 / 32% 她
《真情快遞》	68% 他 / 32% 她
《Stranger in a Strange Land》	68% 他 / 32% 她
《大亨小傳》	69% 他 / 31% 她
《飛越杜鵑窩》	69% 他 / 31% 她
《印度之旅》	69% 他 / 31% 她
《出殯現形記》	71% 他 / 29% 她
《源泉》	71% 他 / 29% 她
《梅岡城故事》	71% 他 / 29% 她
《小城畸人》	73% 他 / 28% 她
《美麗新世界》	73% 他 / 27% 她
《太陽依舊升起》	77% 他 / 23% 她
《I Claudius》	78% 他 / 22% 她
《凡夫俗子》(電影名)	78% 他 / 22% 她
《尤利西斯》	78% 他 / 22% 她
《大地》	78% 他 / 22% 她
《The Way of All Flesh》	79% 他 / 21% 她
《在路上》	80% 他 / 20% 她
《Invisible Man》	80% 他 / 20% 她
《魔鬼的叢林》	80% 他 / 20% 她
《華氏451》	81% 他 / 19% 她
《人鼠之間》	81% 他 / 19% 她
《戰地鐘聲》	83% 他 / 17% 她
《一九八四》	83% 他 / 17% 她
《第五號屠宰場》	84% 他 / 16% 她
《動物農莊》	86% 他 / 14% 她
《Native Son》	87% 他 / 13% 她
《總主教之死》	87% 他 / 13% 她
《黑暗之心》	88% 他 / 12% 她
《發條橘子》	88% 他 / 12% 她
《第二十二條軍規》	89% 他 / 11% 她
《一位青年藝術家的畫像》	92% 他 / 8% 她
《魔戒》	94% 他 / 6% 她
《野性的呼喚》	95% 他 / 5% 她
《小熊維尼》	97% 他 / 3% 她
《蒼蠅王》	99% 他 / 1% 她
《老人與海》	99% 他 / 1% 她
《哈比人歷險記》	99% 他 / 1% 她

100% 她　　　50% 她　　　0% 她
0% 他　　　50% 他　　　100% 他

在出自男作家的經典小說中，**她**的使用次數總計超過四萬八千次，**他**則達到十萬八千次。男作家筆下的角色性別比例非常懸殊，反之卻不然。出自女作家的經典小說共使用八萬九千次的**她**，**他**則是九萬次。從男女代名詞使用率看得出，在女作家所寫的書中，描述男人與女人的比率很接近。然而，男作家在描述男性角色的同時，只花了不到一半的比例描寫女性角色。以下顯示的是作家有多偏好書寫自身性別的故事：

- 在男人撰寫的 50 部經典小說中，44 本用**他**的比率大於**她**；6 本的比率相反。
- 在女人撰寫的 50 部經典小說中，29 本用**她**的比率大於**他**；21 本的比率相反。

男人撰寫的經典文學作品都與男性有關，這不僅算得出來，比例還很懸殊；女人撰寫的經典文學作品雖然關注女性多於男性，但差距甚微，幾乎還可說是平均分配。

下頁圖表就顯示出這種失衡，請看分別由兩性撰寫的書籍在各個**他 / 她比例**組別中占的數量。比方說，男作家撰寫的經典小說中，有十三本他高於她的比例落在 80 ～ 90% 之間；女作家所寫的書卻只有一本落在這範圍內。女作家筆下的他 / 她比恰好落在 50% 左右，男性的他 / 她比卻遠高於此。

經典小說使用「他」的失衡情形

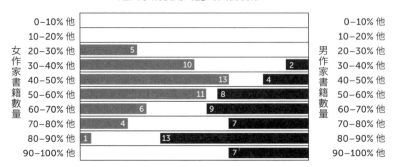

女作家書籍數量		男作家書籍數量
0–10% 他		0–10% 他
10–20% 他		10–20% 他
20–30% 他	5	20–30% 他
30–40% 他	10 / 2	30–40% 他
40–50% 他	13 / 4	40–50% 他
50–60% 他	11 / 8	50–60% 他
60–70% 他	6 / 9	60–70% 他
70–80% 他	4 / 7	70–80% 他
80–90% 他	1 / 13	80–90% 他
90–100% 他	7	90–100% 他

　　看到這裡你可能會想，如此失衡的狀況要歸因於那些小說成書的年代。沒錯，康拉德描述男人的次數是描述女人的三倍，但他寫作的時代在一百多年前。

　　另一個值得注意之處在於，決定何謂「經典」的這些排行榜，是由美國圖書館協會等組織或《圖書館學刊》這類出版品背後的菁英分子選出來的。不是每份榜單的選書程序都是公開透明的，所以我們無從得知排名的那些人是什麼性別。此外，就算你覺得今日應該沒有性別偏見存在了，但在二十世紀早期，女性觀點的書籍還是可能因為當時的社會偏見而難以獲得「經典」的地位。書在那個年代若是沒有熱烈口碑，要讓今日的文學研究者放在心上則更不容易。

　　然而，就算我們來看用其他標準選取的當代書籍，而不只是一小群人回顧過去精選的結果，前述的男女失衡趨勢仍驚人地相似：

· 由男人撰寫的 50 本《紐約時報》暢銷書，有 45 本用**他**的比率大於**她**，5 本相反。

· 由女人撰寫的 50 本《紐約時報》暢銷書，有 17 本用**她**的比率大於**他**，33 本相反。

· 由男人撰寫的 50 本近代文學小說，有 42 本用**他**的比率大於**她**，8 本相反。

· 由女人撰寫的 50 本近代文學小說，有 23 本用**她**的比率大於**他**，27 本相反。

　　不論是《紐約時報》暢銷組或當代文學小說組，我們都再次看到：沒有哪位女作家筆下性別偏向的程度嚴重到**他**的使用率低於 20%。男作家就是另一回事了。

　　愛爾默・李歐納（Elmore Leonard）談到自己作品的時候曾說：「有時候，女性人物是以太太或女朋友的身分出場，然後我會領悟到，『喔不，她才是這本書的重點』，她就變成主角了。我把這本書讓給她。」然而，在參照數據之後，我想李歐納的實際作為並未達到他想的那個程度。李歐納寫過四十五本小說，沒有一本使用的**她**次數大於**他**。

　　這不表示李歐納就沒寫過幾個強大又原創的女性人物，不過他那四十五本書裡的每一本都由男性主導。你可能很熟悉李歐納的《藍鷺大道》（Rum Punch）（或是昆汀・塔倫提諾〔Quentin Tarantino〕根據此書改編的電影《黑色終結令》〔Jackie Brown〕）。女主角賈姬或許令人印象深刻，但有鑑於此書的**他 / 她比**達到 2：1，賈姬身處的仍是相當「男人」的世界，一如李歐納所有的小說。

我在這裡不是要刻意針對李歐納，很多成功的作家也只寫聚焦男性的書。只要你繼續找下去，這份名單大概想列多長就有多長，而我自己的計算結果如下：

康拉德：（14/14）

德萊賽：（8/8）

福克納：（19/19）

費茲傑羅：（4/4）

海明威：（10/10）

喬伊斯：（3/3）

史坦貝克：（19/19）

馮內果：（14/14）

魯西迪：（9/9）

傑克・倫敦：（20/20）

威廉・加迪斯：（5/5）

李歐納：（45/45）

法蘭岑：（4/4）

狄更斯：（20/20）

謝朋：（7/7）

約翰・契弗（John Cheever）：（5/5）

梅爾維爾：（9/9）

戈馬克・麥卡錫（Cormac McCarthy）：（10/10）

雷・布萊伯利（Ray Bradbury）：（11/11）

要找到反例就比較難了。凱瑟、摩里森、蘭德、華頓、華克、弗琳、吳爾芙、夏綠蒂・勃朗特（Charlotte Brontë）、莎娣・史密斯、阿嘉莎・克莉絲蒂（Agatha Christie）、伊根等人，都寫過至少一本**他**多於**她**的書。珍・奧斯汀著有《傲慢與偏見》等六部小說，她是我找到的唯一一位筆下**他**從未多於**她**的作家。

性別偏見查核表

你對貝克德爾測驗（Bechdel test）大概不陌生吧？這個查核表用來檢測虛構作品有無性別偏見（測的大多是電影）。它的標準用白紙黑字寫出來，看起來還蠻簡單的。要「通過」該測驗，一部虛構作品必須要：

（一）包括至少兩名女性

（二）她們會彼此交談

（三）她們必須談及男人以外的話題

貝克德爾測驗網（bechdeltest.com）列出每部電影的測驗結果，而在我走筆至此時，該網站列舉了發行於二〇一四年的二百二十部電影，其中有九十一部未通過測驗。

小說中的**他／她比**也足以揭露書籍有無性別偏差。我認為能據此建立一個標準，來判斷某本書與眾書相較是否過於偏向男性或女性。這個靈感多少有點來自於貝克德爾測驗，而我的測量法是為了確認一本小說是否有明顯的性別失衡。就小說而言，**他／她比**也比貝克德爾測驗更適合，因為書與電影不同，不需要由一連串場景與不同人物組合來構成。代名詞性別比這種測驗，只要算一次就能立即得到結果。

我這個量化測驗很簡單：某本小說描述男性行為舉止的比例要是大於女性三倍，就無法通過。要是有哪本書描述女性的行為舉止大於男性三倍，也不能過關。

　　這個 3：1（或說 75%）門檻是我自作主張的分界點，其不對稱的比例與康拉德筆下極度失衡的男女比例相同。一旦把這個比例放在心上，當我們拿起一本書，又清楚知道其中每描述男性三次只會提到女性一次（反之亦然），感覺就不是很自在了。

　　我也知道，很多名著過不了這個測驗。第 59 ～ 60 頁的表格就顯示出超過或低於 25% — 75% 比數的經典小說數量。有兩本由女性創作的經典小說過於偏向女性，無法通過他／她比測驗（繆麗兒・絲帕克〔Muriel Spark〕的《春風不化雨》和伊莉莎白・柏格〔Elizabeth Berg〕的《Talk Before Sleep》）。同時，有二十七本經典小說超過了 75% 的男性偏差門檻，其中二十四本由男作家撰寫，僅有三部出自女作家之手（凱瑟的《總主教之死》、賽珍珠〔Pearl Buck〕的《大地》、茱蒂絲・蓋斯特〔Judith Guest〕的《凡夫俗子》）。

　　我知道很多人讀到這個結果時會想，一個他／她比的量化測驗結果，與小說成功與否並無關聯。《老人與海》就沒通過測驗。這則故事只有寥寥數個角色，除了老人、幾個漁夫和一條槍魚，就沒啥別的了。《老人與海》的他高達 99%，完全過不了我這一關。

　　但我要指出的是，《老人與海》也很難通過貝克德爾測驗。難道這就表示這本書一定有性別歧視嗎？並非如此。《老人與海》有部分內容

探討的是人際疏離，所以角色與人缺乏互動是一大重點。 一本書過不了這兩個測驗也可以十分出色，但要有合理解釋才行。

對很多人來說，小說是一個用來探索更寬廣的世界的窗口、方式，並了解其中的芸芸眾生如何行事。在我們身處的世界裡，每兩人當中就有一個是女人。我們沒道理去認為每本小說都該緊扣這個比例，尤其是在小說設定十分特殊的情況下。可是如果你是讀者，而你讀到的書連每四人中有一人是女性的比例都達不到時，那麼對於世人的行為思想，你接收到的很可能既不是真實反映，也不是真實評價。

知名犯罪小說作家 PD·詹姆絲（P. D. James）曾說：「所有小說都有大量自傳色彩，自傳當然泰半也有小說成分。」計算字彙使用頻率無法幫我們驗證這句話的後半部，但它的前半部，也就是所有小說都有自傳色彩，指的是作家不論有心或無意，在描繪角色時都是基於某部分的自我。在探究這句引言前半段的可能性時，用字頻率就提供了一個窗口，讓我們得以一窺作家的心靈。

詹姆絲的說法不論玩笑成分多少，都確實部分解釋了男作家筆下的性別比為何如此偏向男性人物。以自身為範本來創造小說人物的確有個優點：作者能有機會書寫他們熟知之事。

但我也無法想像，有哪位作家會建議寫小說的人只寫根據自身性格創造的角色。別的不說，傑出作家該有的才能就是創造出有不同出身背景、不同行事動機、扎實可信的角色。性別是劃分角色的一大重點，對某些作家來說也較為棘手。作家必須讓那些與自己不同性別的角色讀起

來很像一回事，這意味著在下筆時，也要符合讀者對性別的文化常態與相關字彙會有的普遍期待。反之，作家要是拿刻板印象做文章或過度簡化，則是讓讀者棄書的最快方法。

男作家 VS 女作家：誰較常使角色「尖叫」？

檢視作家如何描寫與自身性別相異的角色，能讓我們從新的角度來了解我們看待他人時做的選擇與下意識的假設——以及我們在書頁裡看到的是什麼樣的人。

我們就從**尖叫**（scream）這個字開始吧。

在經典組的一百本小說中，**尖叫**以某種形式出現在他或她之後，共一百五十八次。比方說在《憤怒的葡萄》的結尾，當書中人物蘿絲正努力逃離來勢洶洶的洪水，史坦貝克寫道：「蘿絲‧莎朗失去了自制。她在尖銳的痛苦中大聲**尖叫**。」如果我們檢視男作家所有使用**尖叫**之處，會發現這個詞出現在**她**之後的次數是**他**之後的兩倍。換句話說，男作家會讓筆下的女性人物比男性人物更常尖叫。

不過這不足以讓我們指責男作家耍無賴。你要是看女作家使用**尖叫**的方式，會發現比率幾乎相同——也就是說，女作家也會讓筆下的女性人物比男性人物更常尖叫。

下圖顯示的就是尖叫出現在他或她之後的比率：

· 「她尖叫」的比率在男作家筆下，每 10,000 次她，尖叫出現 6.0 次；女作家則是每寫 10,000 次她，出現 7.0 次尖叫。

· 「他尖叫」的比率在女作家筆下，每 10,000 個他 3.8 次；男作家每寫 10,000 個他 2.9 次。

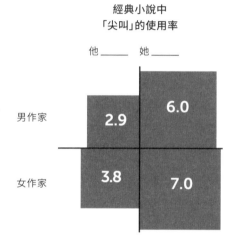

經典小說中
「尖叫」的使用率

尖叫的使用次數不算多，但仍多到足以得出以下結論：作家不論男女，都更傾向描述女性角色尖叫勝於男性角色。我也檢驗了《紐約時報》暢銷書與近代文學小說這兩組樣本，想看看隨著時代與文類的轉換是否有任何改變。但這種模式仍然一致。在後面這兩個樣本組中，女性角色**尖叫**的比率比男性高出 50% — 100%，且不論出於男女作家，皆同。

正如同某些字比較容易隨女性角色出現，有些字也跟男性角色綁在一起。男人可能不那麼常尖叫，但他們肯定很喜歡**露齒一笑**[2]（grin）。下面就是以同類型圖表來顯示「露齒一笑」在經典小說中出現在他或她之後的比率。

經典小說中
「露齒一笑」的使用率

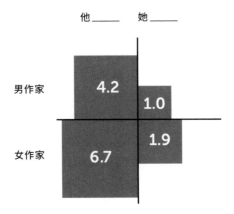

他 ＿＿＿＿＿　　她 ＿＿＿＿＿

男作家　　4.2　　1.0

女作家　　6.7　　1.9

在近代暢銷書與近代文學小說中，生於不同時代、擁有不同風格的作者，統計結果也與經典小說組相符——只不過暢銷書更常露齒一笑罷了。

---

2 譯者注：也有「齜牙咧嘴」的意思。

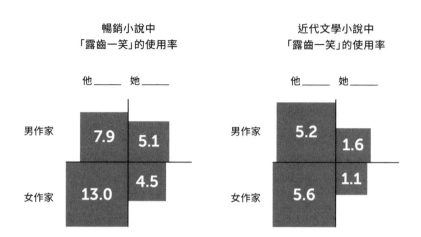

暢銷小說中
「露齒一笑」的使用率

近代文學小說中
「露齒一笑」的使用率

他＿＿＿＿　她＿＿＿＿

他＿＿＿＿　她＿＿＿＿

	他	她
男作家	7.9	5.1
女作家	13.0	4.5

	他	她
男作家	5.2	1.6
女作家	5.6	1.1

　　從這些圖表看得出：不同時代或不同文類，用字遣詞的模式都差不多。我不會直覺認為**露齒一笑**是有性別意味的詞，但數據揭露的趨勢難以否認。男人就愛**露齒一笑**。

　　以下是與**尖叫**相同、在經典文學中最常用來描寫女性勝於男性的五個詞：

最可能出現在「她」而非「他」之後的詞

1. 顫抖（shivered）
2. 哭泣（wept）
3. 低語（murmured）
4. 尖叫（screamed）
5. 結婚（married）

以下則是與**露齒一笑**相同，在經典文學中最常用來描寫男性勝於女性的五個詞：

最可能出現在「他」而非「她」之後的詞

1. 嘀咕（muttered）
2. 露齒一笑（grinned）
3. 大喊（shouted）
4. 暗自發笑（chuckled）
5. 殺（killed）

女人**低語**，男人**嘀咕**。男人**大喊**，女人**尖叫**。女人既不會**露齒一笑**，也不會**暗自發笑**；**她**比較有可能**微笑**。不論是在近代暢銷組或近代文學組中，以上每個字的使用趨勢都一樣。有趣的是，只有一個字相反：在近代文學小說組中，**他比她**更常**結婚**。

不論男女作家都把男人寫得比女人更容易出手殺戮——而這是唯一一個能讓我們比對現實世界資料、檢驗是否符實的字。統計顯示，所有謀殺案的兇手有 90% 是男性。然而，兩性有多常**露齒一笑**或**暗自發笑**就沒有政府機關的統計數字佐證了。無論如何，這些字眼似乎都帶有性別暗示，男女作家也都有所意會。

進一步探究，又會有什麼發現？有沒有哪些字是男人會拿來描寫女人，女人卻絕對不會拿來描寫自己與其他女人的？這些字可能會彰顯出男女看世界的最大差別。

如果你是一個作家，需要描寫與自身性別相異的某個角色，怎麼讓那個角色讀起來真實可信？你會想確定自己描述他（她）們行為思想的方式能反映出他（她）們的世界觀，用的也是他（她）們會說的語言，否則就要露餡了。

有一個字確實符合上面的描述，那就是**打斷**[3]（interrupted）。無論是哪位作家，打斷都不是他們最常用的字，然而，當作者為男性時，特別是在經典文學中，**打斷**用來指涉女性角色的比率非常之高。

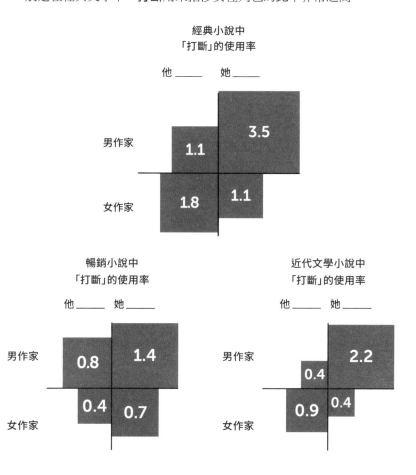

經典小說中
「打斷」的使用率

他 ＿＿＿　她 ＿＿＿

男作家　1.1　3.5

女作家　1.8　1.1

暢銷小說中
「打斷」的使用率

他 ＿＿＿　她 ＿＿＿

男作家　0.8　1.4

女作家　0.4　0.7

近代文學小說中
「打斷」的使用率

他 ＿＿＿　她 ＿＿＿

男作家　0.4　2.2

女作家　0.9　0.4

---

3 譯者注：指打斷他人發言。

在我拿來當樣本的書裡還有一些字，作者鮮少拿來描述與自身性別相異的角色。男作家不論描寫男女角色都會讓他們心生**恐懼**（fear）；女性卻顯著較少讓筆下的男性角色**恐懼**，請見以下圖表：

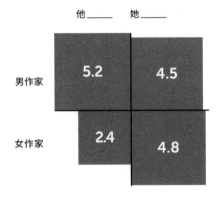

經典小說中
「恐懼」的使用率

他＿＿＿　她＿＿＿

	他	她
男作家	5.2	4.5
女作家	2.4	4.8

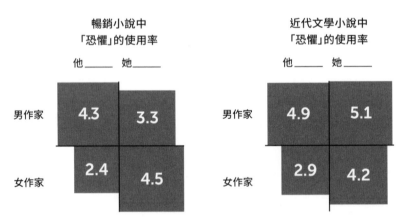

暢銷小說中
「恐懼」的使用率

他＿＿＿　她＿＿＿

	他	她
男作家	4.3	3.3
女作家	2.4	4.5

近代文學小說中
「恐懼」的使用率

他＿＿＿　她＿＿＿

	他	她
男作家	4.9	5.1
女作家	2.9	4.2

或是來看**啜泣**（sobbed）吧。這個字也不是三百本樣本裡最常出現的字，卻頗有深意。女作家既會拿**啜泣**來描述男人，也會拿來描述女人，但男作家不會用這個字描述自己。如果「真男人」不流淚，小說裡的假男人也不**啜泣**。

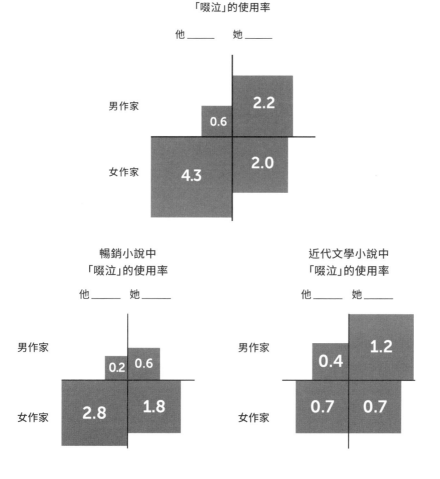

經典小說中
「啜泣」的使用率

他 ＿＿＿　 她 ＿＿＿

暢銷小說中
「啜泣」的使用率

他 ＿＿＿　 她 ＿＿＿

近代文學小說中
「啜泣」的使用率

他 ＿＿＿　 她 ＿＿＿

接下來可能是最有趣的地方——有些字，男女作家都傾向拿來描述與自身性別相異的角色。男作家讓女性角色出現**吻**戲的比率高過男性角色；女作家卻比較常讓男性角色獻**吻**。

所有樣本
「吻」的使用率

他 ＿＿＿＿ 她 ＿＿＿＿

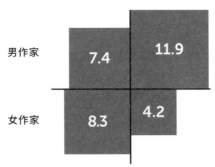

	他	她
男作家	7.4	11.9
女作家	8.3	4.2

在三個樣本組的所有小說裡，有一百五十個詞是作家最常用在與自己性別相異的角色上的，而**吻**在其中獨占鰲頭。這一百五十個詞的前五名如下：

1. 吻（kissed）
2. 叫嚷（exclaimed）
3. 回答（answered）
4. 愛（loved）
5. 微笑（smiled）

就在**吻**、**愛**與**微笑**都跑到與作者性別相異的角色身上時，我們來看看**恨**（hated）這個字吧。在經典文學組中，這個 H 開頭的字較常用在與作者同性別的角色上。

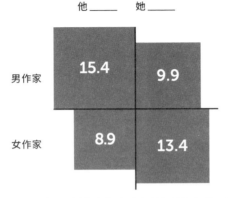

經典小說中
「恨」的使用率

他 _____ 她 _____

	他	她
男作家	15.4	9.9
女作家	8.9	13.4

以下是作家最常用來描述與自身同性別角色的五個詞：

1. 聽見（heard）
2. 猜想（wondered）
3. 躺下[4]（lay）
4. 恨（hated）
5. 跑[5]（ran）

　　若對這些統計結果過度解讀，有點像是在卜茶葉卦。不過要是有人推想，作者會用**愛**與**吻**之類的詞來描述與自己性別相異的角色，多少是為了償一己私願，我認為也不無道理。光靠三百本書就弄出一套愛情理論來，也未免跳得太快，所以我決定檢驗一下更大的資料庫再說。我從情色文學網（Literotica.com）的「火熱交纏」類別中，下載了超過四萬則故事，結果發現**吻**這個詞的使用模式也很類似。

---

4 譯者注：也有放下、布置等意思。

5 譯者注：也有參加、經營等意思。

我把男作家筆下的**我吻**、**他吻**與女作家筆下的**我吻**、**她吻**分別合併計算，以免遺漏了以第一人稱敘述的故事。下圖就是各種組合的吻字使用率。可以看到差距相當懸殊，也與其他樣本組的結果有所不同。

　　女性情色小說家幾乎永遠都讓男性角色主動獻吻，男作家讓男女角色去吻別人的比例則接近平手。箇中原因為何？我就讓讀者自己去尋思了。不過有件事很明顯：在性幻想的國度裡，世間男女的奇思妙想不全然相符。

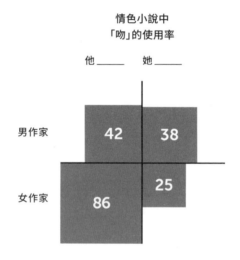

情色小說中
「吻」的使用率

他 ＿＿＿＿　　她 ＿＿＿＿

	他	她
男作家	42	38
女作家	86	25

小結

本章的統計範例，道出了男女作家筆下的世界與性別角色的差異。從心理學的角度來看，本章的發現很引人入勝。作家要是想寫好各種性別角色、吸引更廣大的讀者群，這些資料也值得放在心上。

無論如何，你應該不希望自己筆下的人物只複製了泛泛刻板印象，或僅是在重複你本人。寫自己熟知之事是很重要，但若不考慮他人觀點也會導致作品失敗。

科幻小說作家喬・海德曼（Joe Haldeman）曾譏諷道，沒有「寫你所知」若曾造成什麼後果，市面上滿坑滿谷的「描寫英文教授通姦的平庸小說」就是其一吧。所以，我們還是繼續拓展文學想像力吧。

Chapter 3

大數據下，
作家的風格指紋如何呈現？

> **你的風格即是自身存在的煥發。**
> ──凱瑟琳・安・波特（Katherine Anne Porter）

懸案不只存在於犯罪世界裡，在藝文學術圈也是尋常事。某日早晨，一本書突然出現在編輯的門口，來處無跡可尋。這部作品或匿名或署以筆名、或不知出自誰人之手，都令人難以忽視。

作者是誰？興致勃勃的評論家多少都有私心偏好的人選。心存僥倖的作家甚至還會趁機搶功。不過，最終的答案就如同世上所有的謎團，就藏在冷硬的事證當中──也就是說，有志破案的文學偵探必須回去檢視數據。

讓我們回頭看看本書前言提過的《聯邦論》爭議：這個文學之謎在過去一個世紀以來相當出名，如今已水落石出。一七八〇年代晚期，為

了敦促美國當局正式制憲，麥迪遜、漢彌爾頓與傑各自在紐約幾家報紙上發表了數篇文章，而且都署名「聯邦黨人」。三人共撰文八十五篇，卻沒有人承認自己各寫了哪幾篇文章，直到數十年後，麥迪遜與漢彌爾頓才各自公布了作者名單，爭議也自此浮上檯面——他們都聲稱自己是其中十二篇文章的作者。

一九六三年，莫斯提勒與華萊士（以下簡稱莫華二氏）這兩位統計學教授在〈作者身分之推論〉（Inference in an Authorship）論文中提出證據，終結了一場近兩世紀之爭。他們用的統計機率法則既客觀又詳盡，還將寫作風格量化呈現，並在質性研究難以著手之處獲得了成效。

莫華二氏最大的突破，就是把文字視為隨機變數。他們沒有用畢恭畢敬的眼光看待文字，而是用研究擲骰子、拋硬幣的方式來處理。這兩位學者檢視了數百字的使用頻率——這在一九六三年並非易事。他們把《聯邦論》的每篇文章複印了好幾份，把字句分別剪開，並按照字母順序分類（以手工進行）。莫華二氏在那篇論文中寫道：「做分類工作時，一次深呼吸就會使紙片狂舞、讓人與你反目一輩子。」

他們特別關注的是一位作者會使用、另一位卻不會用的某些字。在作者已知為漢彌爾頓的文章中，漢彌爾頓用的都是 while，從沒用過 whilst；麥迪遜則相反。這兩位統計學教授還列出確定由漢彌爾頓或麥迪遜所寫的文章以及爭議文章中，enough、while 或 whilst 與 upon 的每千字使用率。

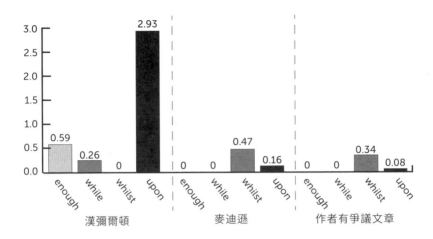

《聯邦論》中每1,000字使用率

根據莫華二氏在上圖中列出的數據，輕易就能導出結論：

· 漢彌爾頓會用 enough 與 while ；麥迪遜與爭議文章卻從來不用。

· 漢彌爾頓常寫 upon，但在麥迪遜作品與爭議文章中，這個字卻少得多。

· 漢彌爾頓從來不用 whilst，但此字在作者不詳的文章中卻出現了。

如此看來，漢彌爾頓不可能是那十二篇文章的作者，不是嗎？不過，莫華二氏覺得只有四個詞彙還不夠下定論。如果你只看到這些數據，可能會覺得沒理由需要再檢視更多資料或進一步分析了。然而，要是莫華二氏再去統計 according、whatever、when 與 during 等字，就會發現相反的證據。

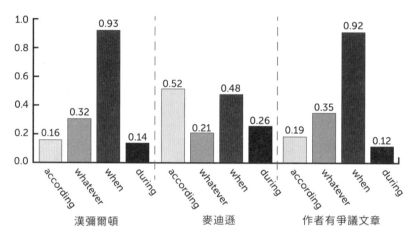

《聯邦論》中每1,000字使用率

漢彌爾頓　　　　　麥迪遜　　　　　作者有爭議文章

　　從上圖看來，作者有爭議的文章又應該是漢彌爾頓寫的。雖然爬梳了數百字所得到的是如此矛盾的數據，但重點還是在於：不是每篇文章的用字頻率都一樣。大部分的字既不完全符合麥迪遜、也不完全符合漢彌爾頓的用字頻率——這邊看到的八個字是少見的特例。如果繼續檢視更多字，就會發現任何一派說法都有效：漢彌爾頓、麥迪遜，甚至你我都能是作者。

　　這就是為什麼莫華二氏創造了一套統計法，來權衡眾多因素的重要性。那套統計法的具體細節與某些數學方程式有關（在這邊不討論），不過它背後的思考過程其實很簡單直接：每個字都能讓兩位學者拿來做點計算，並推測作者可能是誰。將所有的字彙使用頻率差異加總後，特例的影響就被抵銷了。所以，把這些微小的機率計算加乘起來，便成了

可靠的預測：某篇文章要是用了這個程度的 the、這個程度的 during、那個程度的 whatever，那麼除非奇蹟出現，不然不可能是漢彌爾頓寫的，又或者，漢彌爾頓寫作風格的每個因素都突然改變了，他才有可能是那十二篇文章的作者。換句話說，這些文章全都是麥迪遜的文風。

值得注意的是，莫華二氏把文字當骰子看，並下了一個大假設：**作家使用詞彙的頻率在自己所有作品中都差不多**，而此方程式之所以有效，這個假設就是關鍵。要是作家會為了配合不同的主題、角色、情節而改變文風，這兩位統計學家就會屢屢失敗。他們的研究方法要成功，有個前提，那就是同一作家的不同作品就算風格迥異，此作家和其他作家的風格相比的話，這個差異也小到可以忽略。這個假設最後透過漢彌爾頓與麥迪遜得到證實了：莫華二氏的研究方法足以預測作者身分，證明兩位美國開國元勛各有穩定的寫作風格。

不過，我一直很想知道這個理論的預測能力究竟有多強——我想用它來測試諸如知名作家是否真有**文學指紋**這類課題。

本章會用接下來的篇幅，深入探討莫華二氏的假設——也就是**作家的用字會保持一致**。如果此假設正確，即同一人的不同書籍，風格不會變，那麼不論作品類型為何，他們預測作者身分的方法應該會接近百分百準確。鑑識科學家能用指紋鑑定身分，是因為手指上的紋路永遠不會變。然而，每個作家寫作時留下的風格指紋是否夠特殊、夠持久，足以讓莫華二氏成功找出他們的真實身分呢？

以莫華二氏統計法測試小說

數千年來，指紋獨一無二的特性已為人知，世界上也沒有兩枚相同的指紋。古老的巴比倫與中國文明也曾用指紋來畫押為憑。

指紋本身並無法告訴你嫌犯的任何事，且只在已有嫌犯指紋的檔案或資料庫下，與來路不明的指紋對照才能辨識出身分。要是我們也對書籍下同樣的工夫呢？莫華二氏的統計法暗示著：作家也有隱藏的指紋，凡寫過必留下痕跡。我們在前兩章也累積不少例子了。

為了此實驗，我收集了由五十位不同作者所寫、近六百本的書籍，其中文學名著與暢銷書都有。這組書籍就是我全部的資料庫（完整名單請見第 383 頁），然後我挑了一本書——歐威爾的《動物農莊》，從樣本中移除。

莫華二氏的演算法不是專為小說建立的，雖然不時會有人想辨認某本書的作者，卻從未有人徹底把這兩位學者的原創方法，大量重施於作者已知的小說上。為了檢視此方法是否管用，我先做了一個小測試。

我先把《動物農莊》當成一枚身分不詳的指紋，然後把海明威的十本小說與歐威爾的其他五本小說當成作者已知的樣本來比對。針對這兩個可能選項，此統計法指出：歐威爾是《動物農莊》的作者。這是個好的開始。不過，就算是丟硬幣決定，多丟個幾次，正確率也會達到五成。

接下來，我擴大了可能人選名單。我設定好電腦，拿《動物農莊》與樣本組的其他四十八名作家一一比對，其中包括了公認的傑出作家如

福克納與華頓。樣本中也有許多暢銷作家，像是史蒂芬金與 JK‧羅琳。此外，我的樣本還涵蓋了一些近年在文學界嶄露頭角的作家，譬如法蘭岑與莎娣‧史密斯（Zadie Smith）。每一位我都用了他們的整本小說，而這四十八次測驗的結果都一樣：莫華二氏統計法能正確指認歐威爾就是《動物農莊》的作者。

我想知道這是否純屬僥倖，或許《動物農莊》只是風格古怪的例外，所以能測出異常準確的結果。因此，我把歐威爾的其他五本小說（《緬甸歲月》、《A Clergyman's Daughter》、《Keep the Aspidistra Flying》、《Coming Up for Air》、《一九八四》）拿來與樣本組的其他四十九位作者比對。每次我都把用來比對的那本小說視為未知文本，將歐威爾的作品自樣本中移除。我用莫華二氏的方法比對了 245 次，次次命中。歐威爾每一次都被列為較有可能的作者。

我接著再擴大實驗範圍，把樣本組的每本書都拿來測，分別與實際作者和其他四十九位作者比對，總共測了 28,861 次。要確認莫華二氏統計法對長篇小說的有效性，我認為這是最佳方法。

每次測試，莫華二氏的統計法都會比對同樣的 250 個基本字彙，而在將近 29,000 次的測試裡，這個統計法只猜錯了 176 次，正確率高達99.4%。

這麼簡單的方法，怎會如此有效？原因就在於，作家寫到後來確實會發展出特殊又穩定的風格，就像真的指紋一樣，獨一無二、永久不變。

我們可以來看卡勒德·胡賽尼（Khaled Hosseini）、莎娣·史密斯與尼爾·蓋曼（Neil Gaiman）這三位作家。他們的寫作主題與風格迥異，都是當今廣受歡迎的作家，而且他們遍布全球的讀者群也有所重疊。

只要比對 250 字，莫華二氏統計法就能成功分辨出這三人的作品，正確率達 100%（猜中 28 本裡的 28 本）。事實上，就算只檢視 the 和 and，亦即樣本組中最常出現的兩個字，也能看出這三位作家的差別。請見下頁圖表。

The 與 and「指紋」透露的可多了。就算我們把某個資料點的標籤移除，憑資料點落在圖中的位置，要預測作者是誰也沒有太大問題。只靠**兩個最常用的字**，你光是看圖，十之八九還是能猜對作者。

例外當然也有，最明顯的就是《蜘蛛男孩》（Anansi Boys）。這是蓋曼的小說裡（上方標有小星號者），唯一一本每 10,000 字的 the 少於 500 個的──這本書似乎能歸在胡賽尼或史密斯筆下，而非蓋曼。

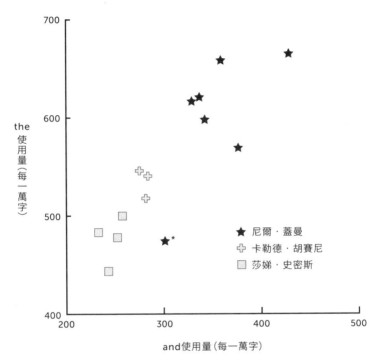

The 與 And 的使用方式：三枚指紋

y 軸：the 使用量（每一萬字）
x 軸：and 使用量（每一萬字）

★ 尼爾・蓋曼
✚ 卡勒德・胡賽尼
□ 莎娣・史密斯

　　不過，莫華二氏也有方法解決這個狀況。能用來分辨作品的字詞很多，the 與 and 只是九牛一毛。如果我們用莫華二氏的研究法，逐一比對樣本組中的五十位作家、推測其作者，並且只用 the 來比對，那正確率是 71%；要是用 the 與 and 一起比對，正確率達 83%。拿最常用的十個字來比對，正確率則高達 96%。

在作家的某本書裡，可能會有某一字的用法難以與他人作出區別或偏離個人使用習慣，但是當我們把兩百多個最常見的字彙納入考量，就能看出不容置疑的風格。要是我們看 these 和 then 這兩個字，蓋曼的資料點就會在圖表上聚成一團。The 與 and 用法有失常態的《蜘蛛男孩》，在下圖中再次用小星號標記出來。這回它就穩居蓋曼的作品當中了。

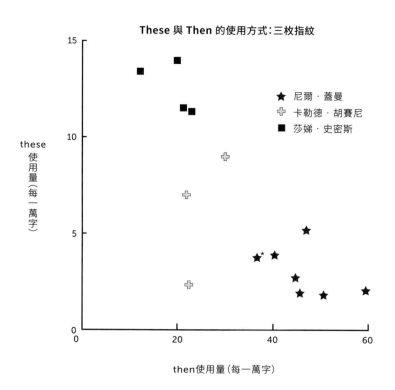

但是，這個預測法不是百分百完美，因為：

· 每次比對時，加迪斯的《The Recognitions》都是最容易被誤判的小說。在加迪斯以外的 49 位作家中，有 39 位被莫華二氏統計法判定為更可能的作者。

· 史坦貝克的 19 本小說中，有 3 本被判為作者較有可能是馬克·吐溫。

但是，平均每 165 次的一對一比較，莫華二氏統計法只會誤判一次。有此正確率，已是神準了。

機率的魔力

從前一節看得出來，莫華二氏有 99.4% 的時間都在分析作者已知的文本，但要是有某位作家刻意偽裝身分，又要怎解？這兩位統計學家提出的統計模型，其核心假設是寫作風格穩定不變。然而，一位作家是否能在為不同屬性的讀者、不同的文類寫作時，讓人認不出來呢？

我們來看看理查·巴克曼（Richard Bachman）與羅勃·蓋布瑞斯（Robert Galbraith）的例子。巴克曼是驚悚小說家，曾在新罕布夏州經營乳牛場多年，同時在晚間寫作。他的人生際遇悲慘，獨生子落井溺斃，他自己則在一九八五年因癌症逝世。還好，巴克曼為他的讀者留下大量作品，至今仍不斷再刷。

巴克曼其實還活得好好的。它是史蒂芬金用的筆名。巴克曼的真實身分會遭到揭穿，是因為有一名讀者注意到巴克曼的風格與另一位他也很喜愛的懸疑小說家頗為雷同。這名讀者查詢了美國國會圖書館的書

目，發現有本巴克曼的書列在史蒂芬金名下——就如同他所懷疑的一樣。懸疑大師這下行蹤曝光了。

只不過，莫華二氏的統計法，可以光憑巴克曼的小說行文，就偵測出作者的真實身分嗎？答案簡單來說是不行。這套研究方法可以在已知作家甲與作家乙的情況下，推論作者是兩人中的哪一個。就巴克曼一例而言，除非巴克曼真有其人，或至少是從未出過書的另一人，不然我們無法用莫華二氏的方法確認史蒂芬金就是作者。

然而，要是一九八五年那位勤奮的讀者，決定親自用莫華二氏的法子來調查，拿巴克曼與一組暢銷作家樣本比對呢？有誰會比巴克曼更可能是幕後寫手？阿嘉莎‧克莉絲蒂或詹姆斯‧派特森？李歐納或湯姆‧沃爾夫（Tom Wolfe）？又或者是史蒂芬金？

雖然此測試無法把真實作者逮個正著，但它能揭露文筆的相似或差異處。要是史蒂芬金與巴克曼最終在數據上沒什麼交集，莫華二氏統計法至少能讓你別再往這上頭想了。

拿巴克曼寫的全部四本書來跟暢銷榜前五十名作家比對，史蒂芬金每一次都被預測為最有可能的作者，也就是在 196 次比對中，答對了196 次。當然啦，其中有很多比對看來都沒啥必要，因為沒有人會把狄更斯跟驚悚小說家搞混。然而，實驗結果如此一面倒，對那位看了文筆而起疑的讀者來說，仍是十足的定心丸。

以下是最有可能為巴克曼小說真實作者的五人名單，以及最不可能的五人名單：

最有可能是巴克曼的作家：

一、史蒂芬‧金

二、詹姆斯‧派特森

三、湯姆‧沃爾夫

四、吉莉安‧弗琳

五、尼爾‧蓋曼

最不可能是巴克曼的作家：

一、蘇珊‧柯林斯（Suzanne Collins）

二、JRR‧托爾金

三、薇若妮卡‧羅斯（Veronica Roth）

四、EL‧詹姆絲

五、珍‧奧斯汀

不是所有匿名的猜測後來都證實為真。一九七六年，美國廣播主持人約翰‧卡爾文‧拜徹勒（John Calvin Batchelor）提出了一個我聽過最激進的文學陰謀論。他在《蘇活週報》（SoHo Weekly）撰文道：

> 我的論點是……沙林傑雖然有名，但要不是葛拉斯家族的故事已無以為繼（也就是他至一九五九年為止最倚重的角色群）、要不就是他再也承受不起享譽全國的名聲……因此，他或許出於妄執、怒氣，所以放棄了「沙林傑」這個署名，改用「湯瑪斯‧品瓊」（Thomas Pynchon）。

文章才發表，拜徹勒就打退堂鼓了，因為品瓊寫了封信給他，聲明這想法是錯的。然而，因為品瓊與沙林傑都極度避世而居，所以這則謠

言仍歷久不衰，即使只傳為笑談。

我們已經看到，莫華二氏的數學統計法用在《聯邦論》與史蒂芬金身上很管用，那要是用在品瓊與沙林傑身上又會如何？如同前例，我們無法完全確定沙林傑與品瓊是同一人，但實驗結果能排除這種想法。

我把沙林傑的作品（排除短篇小說，故只有《麥田捕手》與《法蘭妮與卓依》〔Franny and Zooey〕）與其他四十九位作者比對，再加上品瓊的八本著作，逐一比對，總計 392 次。沙林傑在其中四十二次測試中，被認定為較有可能的作者。比方說，沙林傑比海明威更有可能是品瓊《固有瑕疵》（Inherent Vice）的作者。然而，在這 392 次比對當中的 350 次，沙林傑都比較不可能是作者。

以數據來看，沙林傑的文風與品瓊的小說並無相似之處。這些實驗證實了我們已知的事：品瓊不是沙林傑。電台節目主持人那譁眾取寵的理論，比較可能是虛構的。

我還想測試另一種「筆名難題」：作家轉換文類。最完美的例子就在羅勃・蓋布瑞斯登場亮相時。蓋布瑞斯就像巴克曼一樣，並非真有其人，這是 JK・羅琳的筆名。然而，史蒂芬金用巴克曼這個筆名時，並未改變書寫類型；羅琳卻為了寫蓋布瑞斯的書而改變了風格。

蓋布瑞斯寫的是給麻瓜大人看的偵探小說，而我用的羅琳作品樣本只取了滿是魔法、主打青少年族群的《哈利波特》系列。這是相當大的轉變。要是莫斯提勒晚五十年生，讓他掛念的不是《聯邦論》，而是蓋布瑞斯與羅琳的淵源，會有什麼發現？是否意味著作者向固有風格的告別呢？

結果，莫華二氏的表現也不錯，就算跳出哈利波特的世界，還是認得出羅琳最有可能是蓋布瑞斯名下三本書的作者。

最有可能是羅勃・蓋布瑞斯的作家：

1. JK・羅琳
2. 強納森・法蘭岑
3. 史蒂芬・金
4. 詹姆斯・派特森
5. 珍妮佛・伊根

羅琳用本名寫過一本偵探小說《臨時空缺》（Casual Vacancy），不過它不在我比對用的書籍樣本內。光是她在《哈利波特》系列的用字頻率，就最符合蓋布瑞斯的三本柯莫藍・史崔克（Cormoran Strike）小說，且在這 147 次的一對一比對中，每次都命中。

下圖是拿哈利波特與柯莫蘭・史崔克及另外兩個最熱門的偵探系列小說（根據好讀網的票選）比對的結果，分別是露意絲・佩妮（Louise Penny）的葛馬許警長（Inspector Gamache）系列、麥可・康納利（Michael Connelly）的哈瑞・鮑許（Harry Bosch）系列。我用來比對用字頻率的是 but 與 what 兩個字。

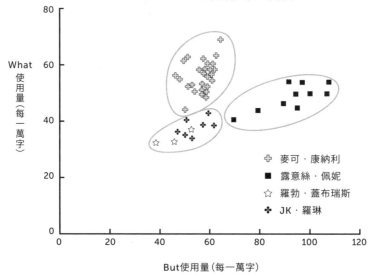

What 與 But 的使用模式:三枚指紋

What 使用量(每一萬字)

But使用量(每一萬字)

⊕ 麥可・康納利
■ 露意絲・佩妮
☆ 羅勃・蓋布瑞斯
�禄 JK・羅琳

　　哈利波特與柯莫蘭的用字頻率或許有微小的差異,不過當羅琳改寫偵探小說時,下筆大抵還是沒變——**用字頻率之別主要還是看作家,而不是看文類**。羅琳寫起偵探小說,風格仍比較接近哈利波特的世界,而非佩妮或康納利筆下的世界。把數百字納入比對計算後(而不是僅僅兩個字),就很難把羅琳的作品誤認為其他作家手筆了。

　　雖然羅琳改行當偵探小說家僅是一例,測驗的結果卻很有力。作家能改變書寫文類,也能試著隱匿身分,卻不代表他們能夠隱藏文風。

如何認出共筆作家？

詹姆斯・派特森是多產的作家，讀者也相當捧場。在《紐約時報》一篇探討派特森的文章中寫道：二〇〇六到二〇一〇年間，美國每賣出十七本精裝小說，就有一本是由他所寫的。從那時起，派特森的產量就逐步攀升。

他寫驚悚小說起家，每年約出版一本書，並同時撰寫數個系列小說。他在二〇一四年間就出版了十六本書。除了驚悚小說，派特森也著手撰寫少年小說，系列名為「Middle School」。

據說派特森曾表示：「我認為，我們應該少花點時間擔心孩子讀了幾本書，而是要引介他們看好書，並藉此激發閱讀樂趣，讓他們成為一輩子的讀者。」然而，這也不表示他對大量出書持什麼反對意見。他在一九九〇年代那十年間總共只出版了十本書，比他近年來的一年出書量還少。

下頁圖表顯示的是在一九七六年到二〇一四年間，派特森各年度的書籍出版數量。

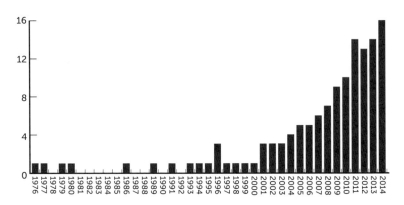

雖然圖表顯示出增長的趨勢，但派特森並沒有要無止境地增加寫書的速度，部分原因是：他把共筆作家都用完了。

一年出版這麼多書，派特森是怎麼辦到的？他並不怯於公開自己的創作過程。在陶德‧普頓（Todd Purdum）為《浮華世界》（Vanity Fair）撰寫的派特森人物特寫中，派特森表示，他和共筆作家的合作方式是由他先列出詳盡的大綱，共筆作家再根據大綱寫出草稿。我從普頓那篇文章節選出一段派特森的大綱描述：「諾拉與高登繼續唇槍舌戰，內容好笑又深情。這一對很討喜。他們很相配——不只是他們人站得好好的時候，因為沒多久他們就來一段天搖地動、超辣的性愛。讀了會讓人感覺很棒、慾火中燒、羨慕不已。」那位共筆作家的責任可不小啊。

為了比較，下圖是派特森**獨自撰寫**的書籍數量。

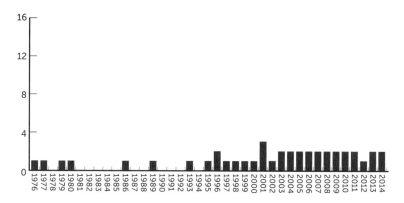

詹姆斯‧派特森每年獨著的書籍出版數量

派特森和四位作家合作，每組搭擋都出版過至少五本書：安德魯‧葛洛斯（Andrew Gross）、霍華‧羅翰（Howard Roughan）、梅可馨‧佩楚（Maxine Paetro）、麥克‧萊德維奇（Michael Ledwidge）。他們總共與派特森合寫了三十七本小說（但四位作家彼此並未合作）。

派特森的共筆作家大都沒有足夠的獨立作品，所以無法拿來與合著作品一同評比。然而，我們可以拿三十七本合著小說來互相比對。用莫華二氏統計法來測試這三十七本書的作者，結果測 111 次 111 次全部料中！我們能用這個方法，測出派特森與葛洛斯合寫的所有小說中，共筆作家都是葛洛斯，也能辨別出哪些書是派特森和葛洛斯合著、哪些又是和佩楚合著的。

此外，在分辨哪些小說是由派特森獨著、哪些又是合著時，莫華二氏統計法的錯誤率也很低。那些計算用字頻率的方程式，正確率達 94%

（125 次測試中答對 117 次）。這套統計法把《Confessions of a Murder Suspect》誤認為由派特森獨力撰寫，但它其實是派特森與佩楚合著的。它也把少數幾本書（像是《Cross My Heart》）誤以為更近於與萊德維奇合著的作品，但這些書其實由派特森獨著。不過整體來說，莫華二氏還是看得很準。

前述統計結果顯示，就算派特森與他的編輯已盡力把每本書的風格潤修到一致，出自不同共筆作家的小說還是有很大的差異。如果你比較喜歡派特森的某些書，可能就該注意一下封面上的第二作者是誰了。

就算是派特森同一系列的小說，共筆作者對它們的風格也有顯著的影響，因為在派特森的作品中，有很多作者與書的不同排列組合，所以我們得以回答下面這個問題：在派特森的作品中，同系列的書或同共筆作家的書，哪個風格會比較一致？

「女子謀殺俱樂部」（Women's Murder Club）系列小說始於《死神首選》（1st to Die），至二〇一四年出版到《Unlucky 13》，其中有兩本是派特森與葛洛斯合寫、十本與佩楚合寫；這兩位作家也都與派特森合寫了此系列之外的書。

《厄運再臨》（2nd Chance）由派特森與葛洛斯合作，莫華二氏會說它比較類似佩楚還是葛洛斯操刀的書呢？即使那些書不屬於「女子謀殺俱樂部」？

統計結果顯示，和「女子謀殺俱樂部」以外的書比對，《厄運再臨》比較接近葛洛斯的風格，而非佩楚。如果我們拿此系列中與佩楚合寫的

那十本來比對，結果也是正確的。就算是不同系列的書，莫華二氏的統計法仍能指出其共筆作者的身分。

若不設一個比較基準，我們就無法判斷出一本由派特森與葛洛斯合著的書，風格比較接近兩人中的哪一個。派特森的共筆作家群中，沒有哪位作家的著作等身。數據顯示每位共筆作家有明顯差別、合著小說也與獨著小說有所不同，每位共筆作家或許只要略盡薄力，就會使得合著小說的風格有別。

然而，許多讀者亟欲知道的是，他們心愛的作家是與人共筆的，或根本就是請人捉刀？捉刀與共筆的界線並不總是那麼分明，也常是每人心中的一把尺。有人認為，就算一位作家只是設定大綱，另一位作家才是真正執筆者，也不算請人捉刀。不論你認為界線何在，派特森與其他紅牌作家的書，用的都是一種模糊的銷售策略。且看下面這本署名「湯姆·克蘭西（Tom Clancy）／馬克·格里尼（Mark Greaney）」的小說封面。

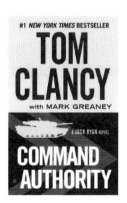

一般讀者在雜貨店看到這本大眾平裝書，怎麼看都會認為克蘭西是主筆。克蘭西大名鼎鼎，著有《獵殺紅色十月號》（The Hunt for Red October）、《愛國者遊戲》（Patriot Games）等知名暢銷書，他在寫作生涯中獨自著有十三本小說，此外還與人合著了不少作品，也涉略「創造」小說。「湯姆·克蘭西之全球大行動」（Tom Clancy's Op-Center）系列小說仍是由克蘭西掛

名，並擔任「系列創始人」。不過，這系列的小說沒有一本出自他手，全是傑夫・羅閔（Jeff Rovin）寫的[1]。克蘭西每親自寫一本書，就會另外「創造」出五本。

克蘭西的確也與人合著，其中最常和他共同掛名的就是格里尼，總共有三本。除了與克蘭西合作，格里尼自己也出版了五本小說。雖然你得瞇著眼睛仔細看，才能在他倆所有合著的封面上找到格里尼的名字，但這些書確實都署有「湯姆・克蘭西／馬克・格里尼」。

如果我們拿莫華二氏統計法，來檢驗兩位作家各自獨著的小說，結果也會不出預料。統計結果正確辨識出克蘭西是他筆下十三本書的作者，而且每本都中；格里尼的五本也全都預測對了。兩人顯然各有各的風格。

克蘭西與格里尼合著的三本書分別是《Command Authority》、《Threat Vector》、《Locked On》，全屬於傑克・萊恩（Jack Ryan）系列。然而，我們統計這三本書的數據卻顯示出，每一本的作者都比較可能是格里尼，而非克蘭西。如果莫華二氏的論文主題不是那十二篇《聯邦論》文章，而是這三本合著小說，那麼，他們倆都會宣稱：每一本的作者都是格里尼。比方說，來看看我們比較 but 與 what 用字頻率的結果吧（見下頁）。

---

1 作者注：克蘭西於二〇一三年過世後，這個在當時已有九年未出新作的系列又復活了，由新作者狄克・考奇（Dick Couch）與喬治・加多里西（George Galdorisi）接手寫續集。

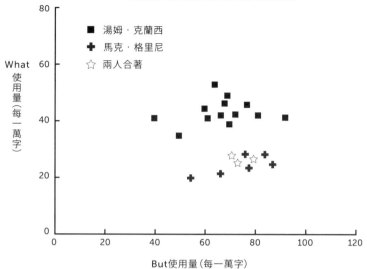

克蘭西、格里尼與兩人合著小說的指紋

- ■ 湯姆‧克蘭西
- ✚ 馬克‧格里尼
- ☆ 兩人合著

（縱軸）What 使用量（每一萬字）

But使用量（每一萬字）

　　與超級大作家合作的共筆作家會簽署保密協議，合約也會禁止透露寫作的分工方式。在無法得知實情的情況下，我們很難做精確分析，不過為了更仔細檢視，我還是把所有署名「克蘭西著」、「格里尼著」、「克蘭西／格里尼著」的書以每五千字切成一段，然後用莫華二氏研究法來測試每段文字。這些片段的作者統計歸納結果，請見第 104 頁圖表。

　　莫華二氏統計法在這些五千字片段上的表現，和推測整本小說作者的那種 99% 神準差得遠了。《獵殺紅色十月號》的部分片段被歸在格里尼名下，但是，格里尼在克蘭西出版此書的時候才十六歲。在合著小說中，有些片段的統計顯示出，這比較有可能是克蘭西所寫的，也就是他

親自操刀的部分。又或許，在每個五千字片段中，克蘭西可能親自寫了大約兩千字的量，所以有幾本書看起來恰巧較像他自己寫的。不論是哪種情況，從「克蘭西╱格里尼合著」小說的用字模式看來，他們的合著小說比較仰賴格里尼，而不是克蘭西。

格里尼曾在訪談中說道，他在與克蘭西合作時，「從未試圖模仿（克蘭西的）風格」，而莫華二氏證實了他的說法。在最終的小說成品中，格里尼的風格確實比克蘭西更為突出。如果你很喜歡其中某本小說的劇情轉折和結構，可能就要同時感謝克蘭西與格里尼兩人。不過，要是你覺得小說充滿絕妙的描述、明快的句子，下次最好買本格里尼的書。

莫斯提勒—華萊士的作者歸納結果

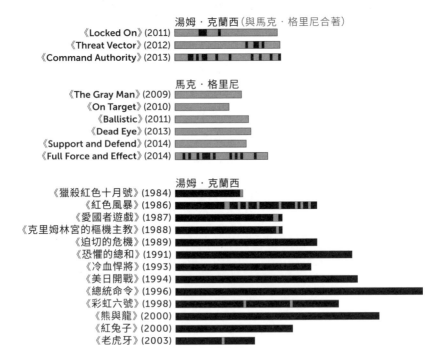

湯姆・克蘭西（與馬克・格里尼合著）
《Locked On》(2011)
《Threat Vector》(2012)
《Command Authority》(2013)

馬克・格里尼
《The Gray Man》(2009)
《On Target》(2010)
《Ballistic》(2011)
《Dead Eye》(2013)
《Support and Defend》(2014)
《Full Force and Effect》(2014)

湯姆・克蘭西
《獵殺紅色十月號》(1984)
《紅色風暴》(1986)
《愛國者遊戲》(1987)
《克里姆林宮的樞機主教》(1988)
《迫切的危機》(1989)
《恐懼的總和》(1991)
《冷血悍將》(1993)
《美日開戰》(1994)
《總統命令》(1996)
《彩虹六號》(1998)
《熊與龍》(2000)
《紅兔子》(2000)
《老虎牙》(2003)

莫華二氏統計法的挑戰：同人小說

　　為了測出莫華二氏演算法的極限，我苦思良久，想找出對數學模型來說最恐怖的文學噩夢。有沒有哪種文學作品可以讓他倆的算式栽跟頭呢？我左思右想，最後想到了一個「理想的挑戰」（或許它一直都在向我招手吧）：《暮光之城》系列的同人小說。

　　我在前一節中探討了文類與風格的問題，不過同人小說有個自成一格之處：這些作品不只是同一種類型或子類型，還根本就屬於同一個子類型中的子類型——不同的作者共用相同的小說人物，而且，所有的文字都在短時間內產出。不只如此，所有同人寫手還都深受某一權威作家的影響。

　　如果莫華二氏能夠辨認出不同作者的身分，就算跨文類也行，那麼拿它來處理隨便哪本長篇小說，應該都頗有勝算吧。在我的想像中，同人小說就是莫華二氏統計法的終極挑戰了。

　　「同人小說網」在眾多粉絲創作網站中的知名度最高，網友已經在上面發表了超過十億字的《暮光之城》同人作。我會選《暮光之城》就是因為它的樣本量極大。下頁圖表顯示的是從《暮光之城》首度問世到二〇一四年底，所有長度達六萬字以上（足以稱為完整小說）的暮光同人小說數量。發表在同人小說網上、有長篇小說份量的暮光同人作有五千部，我就拿它們來與原作的四部曲比對。你可以看到同人小說的發表熱度在原作（標記為 B1 到 B4）出版後逐漸攀升，在第一部改編電影（標為 M1）上映後更立刻飆高。

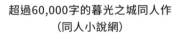

超過60,000字的暮光之城同人作
（同人小說網）

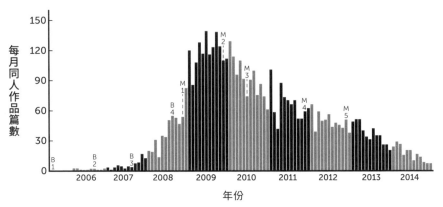

每月同人作品篇數（縱軸）／年份（橫軸）

　　史蒂芬妮・梅爾的《暮光之城》四部曲總計六萬字，而在同人小說網上，有 153 名寫手的暮光同人作字數比她還多。我用莫華二氏統計法來比對暮光原著及同人網上字數最多的五十名暮光寫手（除了梅爾），他們每人都寫了超過一百萬字。

　　我故技重施，用了之前檢測《動物農莊》作者的方式，每次從暮光原作中移除一本書，並且拿它來與（一）原著的其他三本書，以及（二）前述五十位寫手的所有作品分別比對。沒有任何一位作者被誤認成是梅爾。這個紀錄在 200 次測試中，答對 200 次。

　　若你拿其中某位同人寫手（像是 airedalegirl1），來與所有同人寫手彼此比對，結果也幾乎同樣出色：把某部同人作品與其他同人寫手（或梅爾）比對，在總共 24,445 次測試中，我們的演算法答對了 24,365 次。

這個高達 99.7% 的正確率，與我們檢測寫作類型、年代與主題都大不同的作家所得到的結果幾乎相同。要是你覺得推測作者主要靠**文類**，碰上暮光同人小說就很難說得通了，因為即使是像到不行的同人作，莫華二氏還是能辨別出每位作者的差異。

我聯絡了暮光同人寫手中最多產的 airedalegirl1，想了解她的創作過程（以及她花了多少時間）。Airedalegirl1 的本名是茱兒，已經寫出了三十八部超過六萬字的小說，總計字數為 370 萬字。她已婚，五十幾歲，住在英格蘭，「每天會寫兩到三小時」。當我跟茱兒說她的產量高過其他所有的寫手時，她表示：「我從沒認真想過我寫了多少字。我不會打草稿，這些故事自行發展……好像有生命一樣。」

用莫華二氏統計法來檢驗同人小說語料庫會這麼成功，除了樣本量大，我認為 airedalegirl1 的態度也提供了部分解釋。這些寫手幾乎毫無預先構思，就寫出了字數驚人的同人小說，剛想到什麼差不多就立刻下筆了，完成一篇後也會馬上接著寫下一篇。每個業餘同人寫手在短短幾年內寫的字數，幾乎都超過了一個職業小說家一輩子產出的量，並且，同人寫手會想要改變風格去寫新類型小說的機率：甚微。

小結

從暮光系列小說與羅琳／蓋布瑞斯的例子，我們看到了文類如何影響文風的一體兩面：羅琳改變了文類，但風格依舊獨特；同人寫手的創作類型完全相同，但每個人寫法仍與彼此大不同。

拿莫華二氏的數學模型來檢驗暮光系列小說，結果這麼成功，應該不會讓這兩位統計學者太意外。畢竟，他們當初檢測的案例就是背景相似、寫同一系列文章的兩位作者。他們當時就假設：因為作家各有穩定筆法，所以我們能加以分辨。

我在這裡做的實驗，不過是重複那些數學方程式，把他們的理論套在小說家上。而這兩位統計學家在 100 次測試中的 99 次都正確無誤：無論對讀者來說是否顯而易見，每位作家筆下確實都有一枚指紋，使得他（她）與其他作家有所不同。

Chapter 4

暢銷作家的獨門寫作訣竅

你也知道建議是怎麼一回事——
你只會在與你的想法相符時才會接納它。
——史坦貝克，《令人不滿的冬天》

名作家指點一二時，眾人皆洗耳恭聽。道理很簡單，他們是少數能吃這行飯的人，還**出了名**，靠得就是把幾十個字母與標點符號正確排列的功夫。大部分人想為文賺個一塊錢，都還摸不著頭緒呢。所以要是有成功個案願意分享祕訣，我們就該注意了。然而，在採納任何人的意見之前，有簡單幾點值得考慮：

一、那些給予指教的人，確實遵循自己的建議了嗎？

二、有他人聽從他們的指教，結果也成功的嗎？

要是有哪位成功作家交代了某些寫作必備要領，自己卻沒有照做——抑或她是眾多名筆中唯一遵循其道的人——那麼，她說的或許也並非如此必要。另一方面，要是我們檢視的每位名家真的都遵循了某條

規則，我們就挖到貨真價實的最佳寫作祕方了。

思及以上種種，我決定要來看看成功作家和眾人分享的一些寫作訣竅。本章選用的例子從史傳克（William Strunk）與懷特在他們知名《風格的要素》（The Elements of Style）中給的建議，到帕拉尼克對**了解**（understand）與**領悟**（realize）這類「思緒動詞」（thought verbs）的貶斥都有。

寫作金律：不用驚嘆號？

我們先從簡單的開始。李歐納在他的《寫作十大守則》（10 Rules of Writing）一書中，提出一條驚嘆號定律：「驚嘆號的使用，在每 100,000 字裡不能超過 2 ～ 3 個。」用比率寫成的「寫作守則」，真是統計學家的福氣，所以我就對它下手了。

李歐納是多產的作家，在職業生涯中寫了四十多本小說，目前已有十九本改編成影視作品，其中包括《決戰 3:10》（3:10 to Yuma）與《藍鷺大道》。既然他的事業既成功又長青，應該有很多時間來微調下筆偏好，細至為句子結尾的那些小黑點。

李歐納寫過四十五本小說，總計有 340 萬字，要是他遵循了自己的守則，寫作生涯中應該只能允許 102 個驚嘆號出現。結果，他用了 1,651 個驚嘆號 —— 這可是他建議份量的十六倍！（！！！！！！！！！！！！！！！！）

每100,000字的驚嘆號數量

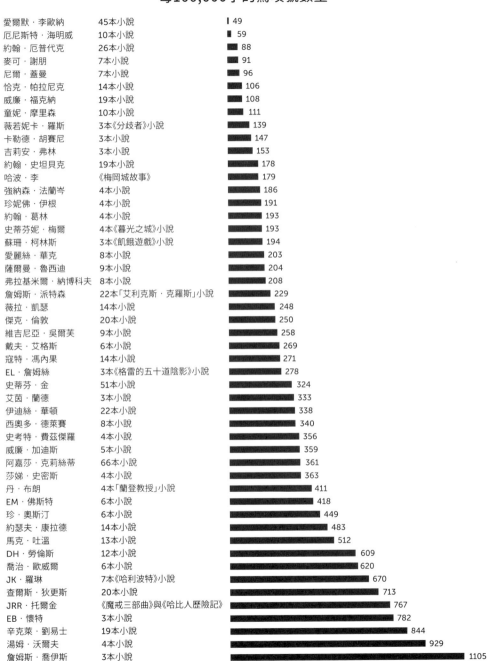

愛爾默·李歐納	45本小說	49
厄尼斯特·海明威	10本小說	59
約翰·厄普代克	26本小說	88
麥可·謝朋	7本小說	91
尼爾·蓋曼	7本小說	96
恰克·帕拉尼克	14本小說	106
威廉·福克納	19本小說	108
童妮·摩里森	10本小說	111
薇若妮卡·羅斯	3本《分歧者》小說	139
卡勒德·胡賽尼	3本小說	147
吉莉安·弗林	3本小說	153
約翰·史坦貝克	19本小說	178
哈波·李	《梅岡城故事》	179
強納森·法蘭岑	4本小說	186
珍妮佛·伊根	4本小說	191
約翰·葛林	4本小說	193
史蒂芬妮·梅爾	4本《暮光之城》小說	193
蘇珊·柯林斯	3本《飢餓遊戲》小說	194
愛麗絲·華克	8本小說	203
薩爾曼·魯西迪	9本小說	204
弗拉基米爾·納博科夫	8本小說	208
詹姆斯·派特森	22本「艾利克斯·克羅斯」小說	229
薇拉·凱瑟	14本小說	248
傑克·倫敦	20本小說	250
維吉尼亞·吳爾芙	9本小說	258
戴夫·艾格斯	6本小說	269
寇特·馮內果	14本小說	271
EL·詹姆絲	3本《格雷的五十道陰影》小說	278
史蒂芬·金	51本小說	324
艾茵·蘭德	3本小說	333
伊迪絲·華頓	22本小說	338
西奧多·德萊賽	8本小說	340
史考特·費茲傑羅	4本小說	356
威廉·加迪斯	5本小說	359
阿嘉莎·克莉絲蒂	66本小說	361
莎娣·史密斯	4本小說	363
丹·布朗	4本「蘭登教授」小說	411
EM·佛斯特	6本小說	418
珍·奧斯汀	6本小說	449
約瑟夫·康拉德	14本小說	483
馬克·吐溫	13本小說	512
DH·勞倫斯	12本小說	609
喬治·歐威爾	6本小說	620
JK·羅琳	7本《哈利波特》小說	670
查爾斯·狄更斯	20本小說	713
JRR·托爾金	《魔戒三部曲》與《哈比人歷險記》	767
EB·懷特	3本小說	782
辛克萊·劉易士	19本小說	844
湯姆·沃爾夫	4本小說	929
詹姆斯·喬伊斯	3本小說	1105

然而，在你把李歐納想成不欲人知的驚嘆號狂熱分子之前，先來看看下頁的圖表。我計算了五十位作家筆下超過 580 本書的驚嘆號使用率，其中有許多是公認的近代文學名家或超級暢銷作家（若未特別說明，我用的樣本即每位作家的全本小說），結果顯示了很大的差異。

李歐納並未嚴格實踐自己的寫作建議，但與其他作家相較，他用的驚嘆號已經極少。李歐納也提出了但書：「如果你有湯姆．沃爾夫那種玩弄驚嘆號於股掌間的本事，就大用特用吧。」這評語真是一針見血，因為沃爾夫的驚嘆號使用率達每 100,000 字 929 個，在我的統計樣本中高居眾人之上，僅次於喬伊斯。

至於李歐納自己，或許只是對估計數量不太在行。他用 100,000 字當標準，我倒是不意外——這數目乾淨漂亮，又剛好稱得上一部長篇小說的分量。另一種可能是，李歐納直到為了出書而伏案收集寫作祕訣時，才注意到自己用驚嘆號的總數。他可能在公開這個嚴格條件以後才開始以此為目標。

下一頁是李歐納四十五本小說中，每本驚嘆號的使用率。二〇〇一年，他首度在《紐約時報》發表那條金律，圖中的灰色長條圖則是他在「金律」問世後出版的書。

在李歐納的寫作生涯初期，他在書裡用了上百個驚嘆號，總平均來說，李歐納二〇〇一年之前出版的書，驚嘆號使用率是每 100,000 字中 57 個，但在二〇〇一年以後，則是每 100,000 字 10 個。李歐納驚嘆號比率最低的八本書，全都是二〇〇一年之後寫的，而在他之後的作品當

中，只有《A Coyote's in the House》用了不少驚嘆號——這是李歐納筆下唯一一本童書。或許他覺得，多點興奮刺激更能引起新的小讀者注意吧。

我樣本組的全部 580 多本書裡，只有兩本的驚嘆號稱得上遵循了嚴格的「每 100,000 字裡不能超過 2～3 個」：一本是海明威的《老人與海》，裡面只有一個「就是現在！」("Now!")；另一本是李歐納於二〇一〇年出版的生涯倒數第二本小說《Djibouti》，全書只有一個驚嘆號。

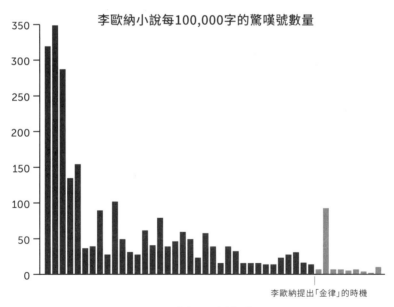

李歐納小說每100,000字的驚嘆號數量

李歐納提出「金律」的時機

以出版順序排列

此頁所列的十本書，是我的五十位作家樣本組中驚嘆號最少的前十名。請注意李歐納小說的出版年份。

李歐納並未解釋他鄙視驚嘆號的原因，不過他絕對不是持此意見的唯一一人。許多寫作風格指南都曾告誡，不要過度使用驚嘆號，因為過多的驚嘆號會稀釋文章的張力，驚嘆號應該保留給少數值得特別注意的行為與敘述。福勒（H. W. Fowler）在《當代英語用法辭典》（Dictionary of Modern English Usage）中建議，「除了詩詞，應少用驚嘆號。在說明文中過度使用驚嘆號，無疑是新手的特徵，或想憑空為泛泛之事加油添醋。」

驚嘆號最少的前十名書籍		
書籍	作者	每 100,000 字的驚嘆號使用率
《Djibouti》（2010）	李歐納	1.3
《老人與海》（1952）	海明威	3.6
《Road Dogs》（2009）	李歐納	4.1
《渡河入林》（1950）	海明威	4.3
《Comfort to the Enemy》（2006）	李歐納	5.4
《True at First Light》（1999）	海明威	5.9
《伊甸園》（1986）	海明威	6.0
《Tishomingo Blues》（2002）	李歐納	6.2
《The Hot Kid》（2005）	李歐納	6.6
《Up in Honey's Room》（2007）	李歐納	6.6

標點符號使用量與寫作資歷的關聯

我想知道福勒所言是否屬實:「老手」與「新手」用起標點符號來,真的不一樣嗎?我大致歸類一下(各位同人寫手,對不住了),為了建立「新手」樣本組,我從同人小說網下載了篇幅至少有六萬字的作品,時間自二〇一〇年開始,作品主題則是該網站最常被改寫的二十五部小說。我下載了九千多部作品,總計超過十億字,然後我拿這些作品的驚嘆號使用率來與「老手」樣本組比較,也就是近年的一百本暢銷小說以及近幾年的一百本文學獎小說。[1]

結果顯示,兩組人馬使用驚嘆號的方式大不同:

· 《紐約時報》暢銷書的驚嘆號使用率中位數落在每 100,000 字 81 個。

· 近代文學獎得主:每 100,000 字 98 個。

· 同人小說寫手:每 100,000 字 392 個——大約是「老手」組的四倍。

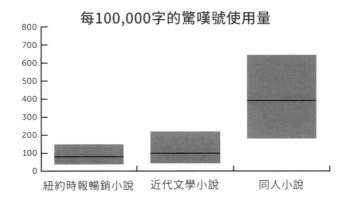

每100,000字的驚嘆號使用量

紐約時報暢銷小說　　近代文學小說　　同人小說

---

1 作者注:這個樣本組就是第二章提過「近代文學小說組」。

太多驚嘆號，可能是作家企圖只靠一招就讓對話更激情的徵兆。請看以下這段對話：

「妳是有什麼問題！」

「讓我走！」

「妳以為我是來見妳的嗎！」

「把你的手放開！」

他瘋狂地搖著她：「妳以為我是為妳來的嗎！」

「我才不管你為什麼要來！」

這些對話不是同人小說的內容，而是摘自李歐納的第二本小說《The Law at Randado》，書中每 100,000 字有將近 350 個驚嘆號 —— 那是李歐納的第二本書，而這位作家絕不會再去硬堆砌那種激烈氣氛了。

要注意的是，任何一個字或標點符號的使用率都沒有非此即彼的差別。許多經典文學的作者絕對是福勒眼中的「老手」，但他們用起驚嘆號來卻特別大方。每 100,000 字 2,000 個驚嘆號相當於大約六頁篇幅 —— 在「老手」組的所有樣本書籍當中，魯西迪獲布克獎的作品《午夜之子》（Midnight's Children）居於首位（見下表）。

驚嘆號最多的前十名書籍		
書籍	作者	每 100,000 字的驚嘆號使用率
《午夜之子》	魯西迪	2,131
《芬尼根守靈》	喬伊斯	2,102
《The Chimes》	狄更斯	1,860
《The Cricket on the Hearth》	狄更斯	1,793
《孽海痴魂》	劉易士	1,352
《小氣財神》	狄更斯	1,351
《查泰萊夫人的情人》	DH・勞倫斯	1,348
《Back to Blood》	湯姆・沃爾夫	1,341
《Dodsworth》	劉易士	1,274
《巴比特》	劉易士	1,144

即便如此，業餘同人寫手的驚嘆號顯然還是比專業作家多得多。整體看來，我會說李歐納的建議站得住腳，因為不只他本人奉行不誤，在值得拜讀的優秀作品中也算是共通之處。

額外加個驚嘆號，真有必要嗎？又或許就像福勒說的，不過是「憑空為泛泛之事加油添醋」？

不要用「突然」這兩個字？

　　驚嘆號能畫龍點睛，也能害人失足。還有一些字眼也是如此，既能營造也能破壞關鍵時刻——它們可以提供適當的戲劇性，或毀了整個畫面。有個再好不過的例子也來自李歐納的《寫作十大守則》：絕對不要用**突然**（suddenly）這個詞。

李歐納小說
每100,000字的「突然」使用率

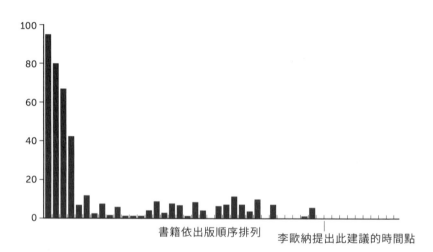

　　每個人幾乎都會用**突然**。李歐納在生涯初期也用了很多，就像驚嘆號一樣，後來才完全棄之不用。李歐納二〇〇一年之後出版的小說，就再也不用這個詞了，他說「絕對不要」的時候可是認真的。

雖然李歐納早期用了很多**突然**，但整體使用率在眾作家中還是排名第三低，只輸給帕拉尼克與珍奧斯汀。位居排行榜另一端的則是托爾金、康拉德與費茲傑羅，每 100,000 字的**突然**使用率大約是 70 次。

在樣本組的五百八十多本書中，只有二十六本書完全沒用到**突然**一詞，其中又有十五本是李歐納寫的，剩下十一本的作者分別是帕拉尼克、馬克吐溫與史蒂芬金。

與驚嘆號不同，同人寫手與專業作家的**突然**使用率沒有很大差異：

‧同人小說組使用**突然**頻率的中位數是每 100,000 字 22 次。

‧暢銷書與文學獎小說組則分別是每 100,000 字 16 次與 19 次。

突然的使用率在專業組雖然稍低，但與業餘組的差距還是太小，無法歸納成一條寫作守則。

每100,000字的「突然」使用量

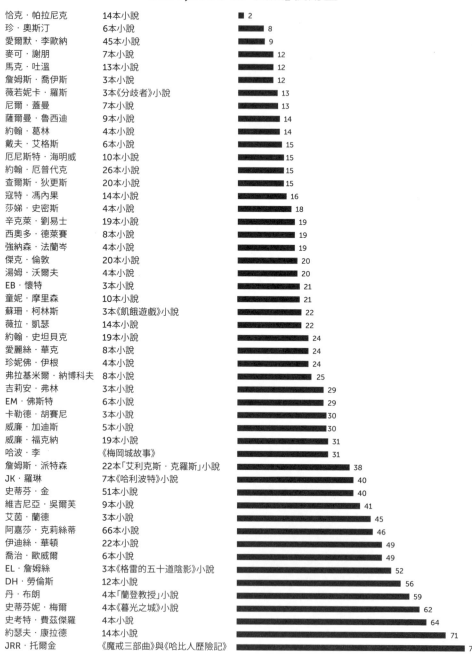

恰克·帕拉尼克	14本小說	2
珍·奧斯汀	6本小說	8
愛爾默·李歐納	45本小說	9
麥可·謝朋	7本小說	12
馬克·吐溫	13本小說	12
詹姆斯·喬伊斯	3本小說	12
薇若妮卡·羅斯	3本《分歧者》小說	13
尼爾·蓋曼	7本小說	13
薩爾曼·魯西迪	9本小說	14
約翰·葛林	4本小說	14
戴夫·艾格斯	6本小說	15
厄尼斯特·海明威	10本小說	15
約翰·厄普代克	26本小說	15
查爾斯·狄更斯	20本小說	15
寇特·馮內果	14本小說	16
莎娣·史密斯	4本小說	18
辛克萊·劉易士	19本小說	19
西奧多·德萊賽	8本小說	19
強納森·法蘭岑	4本小說	19
傑克·倫敦	20本小說	20
湯姆·沃爾夫	4本小說	20
EB·懷特	3本小說	21
童妮·摩里森	10本小說	21
蘇珊·柯林斯	3本《飢餓遊戲》小說	22
薇拉·凱瑟	14本小說	22
約翰·史坦貝克	19本小說	24
愛麗絲·華克	8本小說	24
珍妮佛·伊根	4本小說	24
弗拉基米爾·納博科夫	8本小說	25
吉莉安·弗林	3本小說	29
EM·佛斯特	6本小說	29
卡勒德·胡賽尼	3本小說	30
威廉·加迪斯	5本小說	30
威廉·福克納	19本小說	31
哈波·李	《梅岡城故事》	31
詹姆斯·派特森	22本「艾利克斯·克羅斯」小說	38
JK·羅琳	7本《哈利波特》小說	40
史蒂芬·金	51本小說	40
維吉尼亞·吳爾芙	9本小說	41
艾茵·蘭德	3本小說	45
阿嘉莎·克莉絲蒂	66本小說	46
伊迪絲·華頓	22本小說	49
喬治·歐威爾	6本小說	49
EL·詹姆絲	3本《格雷的五十道陰影》小說	52
DH·勞倫斯	12本小說	56
丹·布朗	4本「蘭登教授」小說	59
史蒂芬妮·梅爾	4本《暮光之城》小說	62
史考特·費茲傑羅	4本小說	64
約瑟夫·康拉德	14本小說	71
JRR·托爾金	《魔戒三部曲》與《哈比人歷險記》	78

我們不時會看到，有些作家顯然用了很多**突然**，托爾金就超愛用（譬如這個例子：「這條山谷彷彿綿延不盡。突然，佛羅多似乎看到一絲希望。」）。然而，就這個詞而言，李歐納說「絕對不要」好像嚴格過頭了。精心琢磨過的暢銷書用起**突然**來，與未經編輯的同人小說相去不遠。即使李歐納確實遵循了自己的建議，但他也是**唯一**一個寫完整本書**完全不用突然**的作家。與「不嫌棄」突然的眾作家相較，李歐納可謂極端，或許，比較好的建議不是**突然**放棄**突然**這個詞——慎用就好。

思緒動詞的使用

帕拉尼克的風格獨特。我們剛才已經見識到了，不論是驚嘆號或「突然」，他都用得極少。在第一章裡，我們看過他避用副詞的觀點——他闡述過許多自己的寫作理論，有些相當有趣，其中之一就是不要用「思緒動詞」。

這位作家在二〇〇三年的一篇文章中解釋道：「與其寫小說人物**知道**什麼事，不如鋪陳更多細節，讓讀者自己知道這些事；與其寫小說人**物想要**什麼東西，不如加強描寫那些東西，好讓讀者自己想要它。」這個概念大致與其他作家排斥驚嘆號、「突然」與副詞的觀點很類似：如果你可以在背景脈絡中創造氛圍，讓字彙與標點符號互相唱和、為你添力，就不要只靠單一手法來做氣氛。

帕拉尼克提出的「反思緒動詞論」，其實就是另一個也常被人掛在嘴邊的寫作建議：「說不如演」（Show, don't tell）。

每10,0000字的「思緒動詞」用量

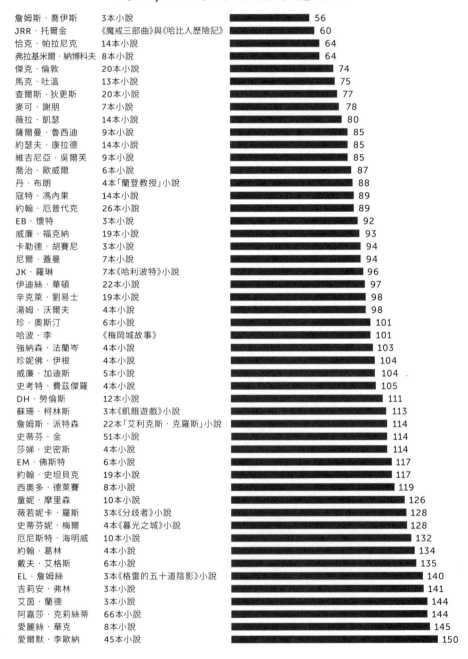

作者	作品	用量
詹姆斯·喬伊斯	3本小說	56
JRR·托爾金	《魔戒三部曲》與《哈比人歷險記》	60
恰克·帕拉尼克	14本小說	64
弗拉基米爾·納博科夫	8本小說	64
傑克·倫敦	20本小說	74
馬克·吐溫	13本小說	75
查爾斯·狄更斯	20本小說	77
麥可·謝朋	7本小說	78
薇拉·凱瑟	14本小說	80
薩爾曼·魯西迪	9本小說	85
約瑟夫·康拉德	14本小說	85
維吉尼亞·吳爾芙	9本小說	85
喬治·歐威爾	6本小說	87
丹·布朗	4本「蘭登教授」小說	88
寇特·馮內果	14本小說	89
約翰·厄普代克	26本小說	89
EB·懷特	3本小說	92
威廉·福克納	19本小說	93
卡勒德·胡賽尼	3本小說	94
尼爾·蓋曼	7本小說	94
JK·羅琳	7本《哈利波特》小說	96
伊迪絲·華頓	22本小說	97
辛克萊·劉易士	19本小說	98
湯姆·沃爾夫	4本小說	98
珍·奧斯汀	6本小說	101
哈波·李	《梅岡城故事》	101
強納森·法蘭岑	4本小說	103
珍妮佛·伊根	4本小說	104
威廉·加迪斯	5本小說	104
史考特·費茲傑羅	4本小說	105
DH·勞倫斯	12本小說	111
蘇珊·柯林斯	3本《飢餓遊戲》小說	113
詹姆斯·派特森	22本「艾利克斯·克羅斯」小說	114
史蒂芬·金	51本小說	114
莎娣·史密斯	4本小說	114
EM·佛斯特	6本小說	117
約翰·史坦貝克	19本小說	117
西奧多·德萊賽	8本小說	119
童妮·摩里森	10本小說	126
薇若妮卡·羅斯	3本《分歧者》小說	128
史蒂芬妮·梅爾	4本《暮光之城》小說	128
厄尼斯特·海明威	10本小說	132
約翰·葛林	4本小說	134
戴夫·艾格斯	6本小說	135
EL·詹姆絲	3本《格雷的五十道陰影》小說	140
吉莉安·弗林	3本小說	141
艾茵·蘭德	3本小說	144
阿嘉莎·克莉絲蒂	66本小說	144
愛麗絲·華克	8本小說	145
愛爾默·李歐納	45本小說	150

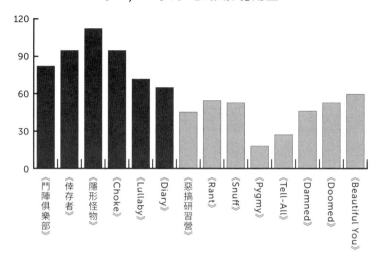

帕拉尼克小說
每10,000字的「思緒動詞」用量

橫軸項目（由左至右）：《鬥陣俱樂部》、《倖存者》、《隱形怪物》、《Choke》、《Lullaby》、《Diary》、《惡搞研習營》、《Rant》、《Snuff》、《Pygmy》、《Tell-All》、《Damned》、《Doomed》、《Beautiful You》

縱軸：0、30、60、90、120

　　帕拉尼克說，思緒動詞是「想（Thinks）、知道（Knows）、了解（Understands）、領悟（Realizes）、相信（Believes）、想要（Wants）、記得（Remembers）、想像（Imagines）、渴望（Desires），還有上百個你喜歡用的那些」。稍後在文章中，他又特別把「愛」（Loves）與「恨」（Hates）挑出來談。本書這一節會把研究範圍限定在以上十一個字（包括它們的各種時態）。

　　帕拉尼克和李歐納一樣，說到做到，用的思緒動詞之少，名列前茅。他的法則跟李歐納的一樣，有個雞生蛋蛋生雞的問題：我們不知道他原本就亟欲屏除思緒動詞，還是提出這條寫作守則之後才付諸行動。

　　帕拉尼克思緒動詞使用率最低的八本書，都是在二〇〇三年那篇文章之後寫的。那篇文章問世後，他的思緒動詞使用率從平均每10,000字88個降到45個，掉了將近一半。上圖中的灰色長條圖就是他在二〇〇三年以後出版的小說。

帕拉尼克的建議與李歐納的不同，因為他提到的是尋常又基本的語言文字。我們只要微調一下就能寫出一本沒有**突然**或**！**的書，卻比較難完全避免思緒動詞，每個人用起這些字的極端差異也小得多。

　　《手札情緣》（Notebook）是羅曼史作家尼可拉斯・史派克（Nicolas Sparks）的暢銷作，裡面的思緒動詞使用率是每 10,000 字 200 個。思緒動詞用得最多的例子，我能找到的幾乎就只有這樣了，而這不過是帕拉尼克提出建議後，個人使用率的大約四倍。然而，史派克的思緒動詞用得大方，有損他的作品嗎？在探討各類型作品如何運用思緒動詞時，應該注意幾個要點：

- ・思緒動詞與驚嘆號不同，業餘與專業作家的使用量沒什麼差別，同人小說寫手的思緒動詞使用率中位數每 10,000 字，112 個；《紐約時報》暢銷書組 113 個；近代文學獎組則是 104 個。
- ・就現代書籍來說，從文類就能看出思緒動詞的使用差異。近年的一百本《紐約時報》暢銷書中，有十三本是羅曼史[2]，而這些羅曼史的思緒動詞平均每 10,000 字有 145 個。許多熱門的羅曼史作家也落在思緒動詞用得最多的那一端——詹姆絲平均每 10,000 字 140 個；羅伯特 143 個；史派克 168 個。

　　帕拉尼克的書滿是怪奇角色與黑色幽默，自然不可能是羅曼史書迷。二〇一一年，他在為《花花公子》（Playboy）撰寫的一則短篇小說中提到：「羅曼史」講的就是一個男人以為約會對象是高功能酒精成癮患者，結果發現對方其實是高功能心智障礙人士。

---

2 作者注：我使用好讀網上的「類型標籤」分類這些書籍，統計標有「羅曼史」的書，但不計跨類型作品如：「奇幻—羅曼史」類。

茱蒂‧布倫（Judy Blume）的《神啊，祢在嗎？》（Are You There God? It's Me, Margaret）是少女成長小說的經典，女主角瑪格麗特在書中要面對種種父母與青春期問題。小說以日記型式呈現，每篇日記都以書名開頭。帕拉尼克的《Damned》則是在諧仿這本書，女主角改成一名身在地獄的十三歲少女，每篇日記的開頭都是「撒旦，你在嗎？」只不過，布倫那本書每 10,000 字有 182 個思緒動詞；帕拉尼克的諧仿版，每 10,000 字只有 46 個。

從帕拉尼克對溫情故事的輕蔑，看得出這位《鬥陣俱樂部》的作者志在講怎樣的故事，但別人想寫的小說就不是由他說了算。就此層面來說，帕拉尼克的建議或許只適用於很小眾的文類。

如果有人志在撰寫主角有違社會常態的故事，又不想直接描寫人物情緒，帕拉尼克的建議可能是最好的。至於其他人嘛，向讀者直說你筆下人物的思緒與夢想，絕對稱不上是世界末日。

《風格的要素》寫作指南

一九二○年，康乃爾大學教授史傳克出版了《風格的要素》，最初這只是一本低調的指南手冊，直到三十九年後，《夏綠蒂的網》的作者懷特將它改版重編，並加入個人見解，從此它就獲得了「史懷書」（Strunk and White）的暱稱。許多人認為它是認識寫作之道的標準入門書籍。

要是你已經讀過一些講寫作的書（包括本書前幾個章節），你對《風格的要素》提出的許多建議應該都不陌生——它告誡大家避免「用驚嘆號來強調簡單的陳述」，也鼓勵讀者「用名詞與動詞，別用形容詞與副詞」。該書也宣稱，下筆最好是鏗鏘篤定。懷特在《風格的要素》新版中寫道：「要是作者只講什麼不是什麼，讀者不論在有意或無意間都會覺得差強人意，因為讀者會希望你告訴他們：什麼是什麼。因此，有條守則就是：即使是否定句，最好也改用肯定的直述句來表達。」

懷特給的一些例子包括：

與其寫「不誠實」，不如寫「虛假」；

與其寫「他不太常準時赴約」，不如寫「他老是遲到」。

所以，我們就來瞧瞧**不**（not）這個字吧。用懷特的建議當標準，他自己的表現如何？

懷特的**不**字之少，名列前茅，在五十位作家中排第七（要是有人想，懷特的**不**很少是因為他寫的都是兒童小說，我認為並非如此。我也計算了其他童書作家的作品，像是達爾的**不**之多就無法和懷特相比）。

每10,000字的「不」用量

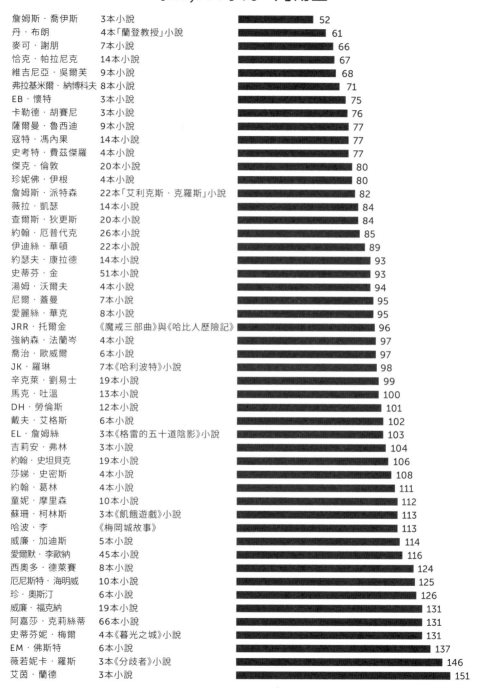

作者	作品	用量
詹姆斯·喬伊斯	3本小說	52
丹·布朗	4本「蘭登教授」小說	61
麥可·謝朋	7本小說	66
恰克·帕拉尼克	14本小說	67
維吉尼亞·吳爾芙	9本小說	68
弗拉基米爾·納博科夫	8本小說	71
EB·懷特	3本小說	75
卡勒德·胡賽尼	3本小說	76
薩爾曼·魯西迪	9本小說	77
寇特·馮內果	14本小說	77
史考特·費茲傑羅	4本小說	77
傑克·倫敦	20本小說	80
珍妮佛·伊根	4本小說	80
詹姆斯·派特森	22本「艾利克斯·克羅斯」小說	82
薇拉·凱瑟	14本小說	84
查爾斯·狄更斯	20本小說	84
約翰·厄普代克	26本小說	85
伊迪絲·華頓	22本小說	89
約瑟夫·康拉德	14本小說	93
史蒂芬·金	51本小說	93
湯姆·沃爾夫	4本小說	94
尼爾·蓋曼	7本小說	95
愛麗絲·華克	8本小說	95
JRR·托爾金	《魔戒三部曲》與《哈比人歷險記》	96
強納森·法蘭岑	4本小說	97
喬治·歐威爾	6本小說	97
JK·羅琳	7本《哈利波特》小說	98
辛克萊·劉易士	19本小說	99
馬克·吐溫	13本小說	100
DH·勞倫斯	12本小說	101
戴夫·艾格斯	6本小說	102
EL·詹姆絲	3本《格雷的五十道陰影》小說	103
吉莉安·弗林	3本小說	104
約翰·史坦貝克	19本小說	106
莎娣·史密斯	4本小說	108
約翰·葛林	4本小說	111
童妮·摩里森	10本小說	112
蘇珊·柯林斯	3本《飢餓遊戲》小說	113
哈波·李	《梅岡城故事》	113
威廉·加迪斯	5本小說	114
愛爾默·李歐納	45本小說	116
西奧多·德萊賽	8本小說	124
厄尼斯特·海明威	10本小說	125
珍·奧斯汀	6本小說	126
威廉·福克納	19本小說	131
阿嘉莎·克莉絲蒂	66本小說	131
史蒂芬妮·梅爾	4本《暮光之城》小說	131
EM·佛斯特	6本小說	137
薇若妮卡·羅斯	3本《分歧者》小說	146
艾茵·蘭德	3本小說	151

文章裡的水蛭

不看似無害，又是很基本的字，好像很難想像老手與新手用起它來會有巨大差異。事實上，我手邊的近代書籍樣本所顯示的差異是微乎其微。當代文學小說樣本組的**不**使用率是每 10,000 字 88 次；當代暢銷小說組是 100 次；同人小說組 103 次。三組雖然有別，但差距實在很小。要衡量現代英文寫作的品質或專業程度，**不**很難稱得上是很好的指標。

不過，史傳克與懷特的另一個建議，就與某些無關宏旨又多餘的字眼有關了。《風格的要素》全書所述都是如何打造「簡潔明快」的寫作風格。懷特在一九五九年的新版中加了很關鍵的一筆：建議作家「避免使用修飾語（qualifiers）」。懷特特別列舉了幾個字：「**頗**（rather）、**很**（very）、**很少**（little）、**相當**（pretty）——這些字是文章裡的水蛭，吸取你文字的血氣。」

好了，有鑑於懷特寫過一本叫做《一家之鼠》（Stuart Little）的書，為求公平起見，**很少**這個字我們就排除不計[3]，只看**頗**、**很**、**相當**三個字，也就是懷特所謂的文章水蛭。這位寫出《夏綠蒂的網》的作家，表現如何？

懷特用起修飾語來沒那麼精簡，表現也不如之前提過的作家與他們的寫作建議。此外，每位作家用修飾語的習慣雖然有別，但在不同的現代文類間，卻沒有很大的量化差異。當代文學小說作家的修飾語使用率是每 100,000 字 108 個；暢銷書是 118 個；同人小說是 103 個。

---

3 譯注：作者在此處略過 little 不計是因為該書主角恰好姓 Little，與很少（little）是同字異義。既然這是主角的姓氏，想必常出現在本書中，這樣計算下來，可能有失公允。

懷特看似落居下風：他自己的修飾語使用率很高，每 100,000 字有 220 個。此外，專業作家跟業餘寫手用修飾語的頻率也差不多。但要是我說，整體看來是懷特勝出呢？有沒有可能，所有人在寫作與演說時其實都遵循了懷特的教誨？

懷特加入修飾語守則的那一版《風格的要素》在一九五九年問世，而六〇年代的暢銷書中，修飾語使用率的中位數是每 100,000 字 152 個；在二〇一〇年以後的暢銷書，修飾語減少了 20%。

拉大時間的軸線來看，這種差異更明顯與極端。拿二十世紀經典文學小說（第二章已詳述過這個樣本組的篩選方式）這一組來計算，會看到修飾語使用量在過去一世紀間逐步下降。二十世紀最早期的經典文學作品如《黑暗之心》與《我的安東妮亞》，其修飾語用量是較晚近經典小說如《寵兒》、《迷情書蹤》的兩倍。

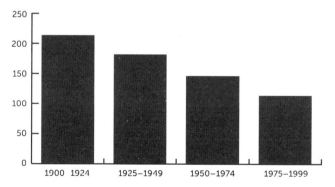

經典小說中
每100,000字的「修飾語」用量

往更早期追溯，這種趨勢依然持續。我檢視了古騰堡計畫（Project Gutenberg）網站電子書中下載次數最多的所有書籍，其中有經典之作如《傲慢與偏見》、《化身博士》（The Strange Case of Dr. Jekyll and Mr. Hyde）、《不可兒戲》（The Importance of Being Earnest）等。

一八五〇到一八九九年間的書，修飾語使用率是每 100,000 字 260 個；一八〇〇到一八四九年間的書，則是 297 個。隨便與一本現代文學或通俗小說相比，那些古書的修飾語幾乎高達三倍多；現代的修飾語平均使用率是：每 100,000 字略高於 100 個。

長遠看來，就算懷特的個人表現稱不上佼佼者，他還是贏了這場較量。數個世紀來，修飾語的使用量持續減少了，而這種下降趨勢主要歸功於**很**的減少，它在懷特提出的三個修飾語中占了 75%。

珍奧斯汀是英語世界中極受推崇的作家，不過她用**很**這類字眼是用到破表了。在她的名著《愛瑪》中，修飾語使用率達每 100,000 字 843 個。請看這段摘錄：

她**很**喜歡唱歌。他自己也能唱一些。她認為他**很**聰明、無所不知。他養的羊也**很**出色，當她與他在一起時，他的羊毛賣得比鄉裡其他人都還好。她覺得每個人都對他讚譽有加。他的母親與姊妹也**很**喜歡他。

珍奧斯汀常用**很**，成把灑在句子裡不手軟。這麼高的使用率在今日就十分刺眼了。不過這一部分歸因於年代。在十八世紀初期，珍奧斯汀的用量雖然高，卻也不算反常。

我們無法確定的是，修飾語減少的現象有多少是因大家遵循史傳克與懷特的建議，開始刪修贅字，還是因為長期以來說話方式的演變。然而，我想這與大家寫作時更注意某些細節有點關係。我從小在美國普通公立學校上課，還記得師長曾要我拿掉作業裡的**很**，此外就沒再學到更精妙的寫作訣竅了。這個「別用**很**」的訣竅甚至出現在《春風化雨》（Dead Poets Society）裡（這本小說源於同名電影，而不是電影改編自小說），書中闡述的理由，聽起來與避用副詞的說法類似（好吧，至少前半段類似）。

所以，別用「很」這個字，這麼寫太懶了。一個人不是**很累**，他是精疲力竭。別寫**很傷心**，改寫心情沉鬱。人會發明語言是有原因的，小夥子——好向女人求愛——要幹好這件苦差事，懶是不行的。要把文章寫好，也由不得你懶。

當然了，這當中的諷刺之處在於，有鑒於**很**字越來越少，《春風化雨》裡的學生在拜讀他們景仰的先賢作品時，所讀到的**很**，可能比自己寫過的**很**都來得多[4]。

---

4 作者注：谷歌圖書字彙搜尋器（Google Books Ngrams）也顯示**很**的用量隨時間減少，1900~2000 年間下降了約 60%。然而，谷歌圖書（Google Books）的內容包羅萬象，除了收錄《特長基線干涉測量法》，也收了《我的第一個鵝媽媽》等書，谷歌未能根據時代演變訂立一個標準化的分類，因此，搜尋到的暢銷與文學小說用字統計結果，可能不具代表性。

小結

在本章中，我探究了一些名作家的寫作祕訣。一般來說，作家會實踐自己的建議，對我們來說比較棘手的是，有些建議常與其他成功作家的風格相牴觸。那麼，這些祕訣是改善文筆的萬用法寶嗎？抑或只是某位小說家的個人忌諱？實驗證明，有些寫作祕訣確實更普遍、更適用。光就數據來看，我會減少使用驚嘆號與**很**這個字，而我其實也早就把這些建議放在心上了。

至於其他祕訣，從數據看來就是作家的獨門癖好了。那些寫作習慣看似迷人，卻不是人人都該收為己用的金律。比較重要的是，這些守則蘊含了一個或許更值得注意的地方：對細節的專心致志。帕拉尼克會出類拔萃，可能不是因為他避用思緒動詞，而是這些字眼看來就算再淺白不過，他還是會詳加檢視它們帶來的影響。傑出作家得以鍛鍊至化境，就在於他們會注意每個字、每個標點符號的效果。或許正因如此，最終能留在經典名著與暢銷書裡的字句，才有了打動人心的力量。

Chapter 5

暢銷書越來越笨了嗎？

有一天，我會找到對的字。而且，它們會很簡單。
——傑克·凱魯亞克，《達摩流浪者》

如果你讀過蘇斯博士（Dr. Seuss）的書，應該對 fizza-ma-wizza-ma-dill、fiffer-feffer-feff、truffula 這些字不陌生。你應該也跟以下這些字很熟：a、will、the。除了押韻與自創字彙，蘇斯博士作品的最大特色就是用字簡單——比其他童書作家都更簡單。這有一部分要歸功於蘇斯博士在霍頓·米夫林出版社（Houghton Mifflin）的編輯威廉·史鮑汀（William Spaulding）。

一九五〇年代中期，在編了一連串暢銷書後，史鮑汀給蘇斯一張只有數百個簡單字彙的列表。當時蘇斯已經出版了《荷頓奇遇記》（Horton Hears a Who!）、《And to Think That I Saw It on Mulberry Street》、《If I Ran the Zoo》等書。然而，就像《紐約客》雜誌〈愛貓人士〉（Cat People）一文的剖析，史鮑汀還想要蘇斯為更年幼的讀者創作：「給我寫

本會讓一年級小朋友愛不釋手的書吧！」多年後，蘇斯博士述說了自己是如何為史鮑汀給的挑戰苦思：

> 他寄給我一張單子，上面列了三百來個字彙，要我用這些字寫出一本書。起初我覺得這既不可能又荒謬，差點就縮手不幹了。然後，我決定再看一次這張單子，一邊想：用排在最前面、互相押韻的兩個字當書名好了——**貓**與**帽子**馬上映入眼簾。我花了九個月寫這本書——寫著寫著把稿子扔到書房另一端，沉澱一下——終究還是完成了。

他的成果就是《戴帽子的貓》（The Cat in the Hat）。這本書只用了 220 個字彙，至今仍是蘇斯寫作生涯中銷售量第二高的作品。哪本書的銷量排在《戴帽子的貓》之前？是《火腿加綠蛋》（Green Eggs and Ham），只用五十個字彙寫成；而且，除了**任何地方**（anywhere），其他四十九個字都是單音節。

蘇斯最暢銷的兩本書都是他用字最節制的書：簡單造就了成功。當然了，蘇斯寫作不是為了所有讀者而寫的——他是為還在學認字的兒童創作。一本書要是未佐以大篇幅插畫，不可能只用五十個字完成。成年人對書籍內容的期待通常也比一年級小朋友多更多。

不過，要是這個想法有更深刻的寓意呢？沒錯，我們成人會讀且愛讀的書比較艱深——但究竟有多艱深？如果你志在撰寫下一本橫掃書市的大書，有沒有理想的用字程度可以參考？經典名著的字彙難度又落在哪裡？

蘇斯博士寫《戴帽子的貓》和《火腿加綠蛋》所參考的字彙列表,是一個名叫魯道夫・弗萊士(Rudolf Flesch)的人擬的。在一九五五年出版的《強尼為何不會讀》(Why Johnny Can't Read)一書中,弗萊士聲稱美國的閱讀教育亟需改革——他引介了自然發音法與自創的字彙列表,最後也如同自己期望的發起了「教學革命」。

弗萊士再接再厲,創造了一個數學公式——弗萊士—金凱德適讀性測驗(Flesch-Kincaid Grade Level test)——能用來衡量各種文本的難易度。公式本身很簡單,只有幾個加權過的分數,再加總起來就得了。

$$0.39 \left(\frac{\text{所有字數}}{\text{所有句數}} \right) + 11.8 \left(\frac{\text{所有音節數}}{\text{所有字數}} \right) - 15.59$$

根據弗萊士,這公式算出來的數字就是了解某文本所需的程度。如果一本書落在第三級,就表示三年級(或以上)的兒童應該可以讀懂它。此公式用在計算長篇文本的效果最佳,不過我們用簡短的例子來解釋比較好懂。以喬治・華盛頓(George Washington)第一次國情咨文的第一段話為例:

> 敝人滿懷喜悅,把握今日良機,為本國公共事務現下榮景,恭賀諸君。
>
> I embrace with great satisfaction the opportunity which now presents itself of congratulating you on the present favorable prospects of our public affairs.

這一句話有 43 個音節，23 個字，適讀程度是 15 級。相較之下，喬治‧W‧布希（George W. Bush）最後一次國情咨文的第一句話如下：

自從我第一次站上這個講台面對各位，已經過了七年時間。

Seven years have passed since I first stood before you at this rostrum.

這一句話有 16 個音節，13 個字，適讀程度是 4 級。

四與十五這兩個數字看似武斷，但把兩句話放在一起對照，就很容易看出第一句的難度分數為何比較高。長篇文字算出來的適讀級別通常比較中肯，前例的短句則顯示出弗萊士—金凱德這類算式的侷限。

有人批評這個公式過於簡單、無法真正掌握文本內容，也可能誤判實際適讀程度。比方說，有些作家的文風獨樹一格，就讓這個簡單的評分系統招架不住。《火腿加綠蛋》用這個公式算出來是負的，準確來說是 -1.3 分。請看下面這段話：

不在盒子裡吃	Not in a box.
也不跟狐狸分享	Not with a fox.
不在房子裡吃	Not in a house.
也不跟老鼠分享	Not with a mouse.
我可不會隨地吃火腿加綠蛋	I would not eat them here or there.

五句話總共有 24 個字，24 個音節，算出來是負分。

難度光譜的另一端則是福克納。他在《聲音與憤怒》裡棄標點符號於不顧，寫出了一個超過一千四百字的「句子」，用弗萊士─金凱德測驗算出來是 551 分。

不過這些都是特例，皆屬於最難評估的文本。作為評量相對程度的工具，弗萊士─金凱德測驗很管用，因為整本書算下來，特殊句子的效應會被平均掉。即便如此，《聲音與憤怒》的適讀級別還是達到 20。很多書都是為了普羅大眾所寫，既非出自福克納也非出自蘇斯之手，適讀程度多落在四年級與十一年級之間。《紐約時報》自一九六○年以來的冠軍暢銷書，每一本的適讀程度都落在這七個級別間 [1]。弗萊士─金凱德公式的簡易性還算是個優點，讓我們可以包山包海地比較不同類型、不同年代的文本。

如果你有在關注美國政治，就會看到佛萊士─金凱德公式每年都會在總統發表國情咨文時出現。這條公式已經成為用來衡量總統發言程度的熱門消遣，而這麼做的結果，就是讓人看到一個不容否認的趨勢──當我們比較美國立國以來所有的國情咨文，弗萊士─金凱德測驗顯示了美國政治演說的語言難度正穩定下降。 如果你是樂觀派，那可以說政治事務能觸及的民眾越來越多；但從悲觀角度來看，就是政界智商逐年下降了。

1　作者注：1960 年代的前幾十年有大約 15% 的暢銷書沒有電子版，故不在樣本內。

《衛報》（Guardian）曾有篇文章的標題是極點題的〈我國政府益發……口拙〉（The state of our union is...dumber）。文章作者群使用弗萊士—金凱德公式，發現美國總統的年度國情咨文在二十世紀前是 18 級，二十世紀後降到了 12 級，到了二十一世紀又降到 10 級以下。

其實，國情咨文扮演的角色隨著時間轉變了。華盛頓在一七九〇年在國會做的演說，真的是一場針對國會的演講[2]。後來這個活動演變為全國廣播與電視盛事，所以要讓美國各地、不分長幼與教育程度的國民聽得懂，至關重要。

暢銷榜上的書，越來越「笨」了？

國情咨文難度降低可能是另一回事，但出版業又是什麼情況？要是我們檢視各個年代的美國小說，是否會看到某種趨勢？我國的小說是否也越來越……笨？

為了查明此事，我收集了自一九六〇年[3]起的每一本《紐約時報》暢銷榜冠軍書的電子版，用弗萊士—金凱德公式去計算這 563 本書。[4]

---

2 作者注：在收音機與電視問世前，國情咨文通常以書面形式寄達國會。

3 作者注：2010 年代的書只有收錄 2010 至 2014 年的樣本。

4 作者注：自 1960 年算起的前幾十年，有大約 15% 的暢銷書沒有電子版，故不在分析範圍內。然而，就算這些未納入的書都是用程度極低的字彙寫成，也不足以把那幾十年的書籍適讀級別中位數拉到比當代書籍還低。

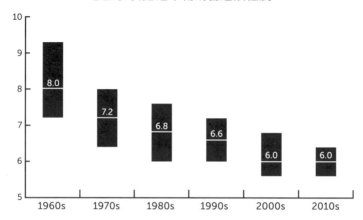

《紐約時報》冠軍暢銷書適讀程度

整體而言，若僅看過去五十多年，書籍的閱讀難度也在下降。我們的暢銷榜上滿是用字越來越簡單的小說。如果你是憑暢銷排行榜來選書看的人，今日選到的書，很可能比四、五十年前選到的更易讀。圖中白線代表的是每十年間的書籍適讀程度中位數，長條圖則代表在那十年間的所有書籍裡，適讀程度居中的 50% 範圍。一九六○年代，書籍的適讀中位數是 8.0，而適讀程度居中的 50% 書籍落在 7.2 到 9.3 之間。7.2 在五十年前可能算低，但在二○一四年的三十七本暢銷書中，有三十六本書的適讀程度落在 7.2 或更低。

昔日最易讀的書，在今日最難讀。在二○一四年，適讀級別最高的冠軍暢銷書是丹尼爾·席爾瓦的《The Heist》，達到 8.0，而在全部三十七本書當中，這是唯一一本難度在半世紀前看來很尋常的書。

在難度偏高的書裡，詹姆士·米契納（James Michener）於一九八八年出版的小說《Alaska》，適讀程度高達 11.1，使得此書成為一九六〇年以來最難讀的。此外，自一九六〇年以來，有二十五本冠軍暢銷書的適讀程度達到 9 或以上，但其中只有兩本是在二〇〇〇年之後寫的。

至於在難度偏低的書裡，有八本書得到最低的 4.4 分，而這八本書都寫於二〇〇〇年以後，且全都出自三位多產作家：詹姆斯·派特森、珍妮·伊凡諾維奇、諾拉·羅伯特。

超級暢銷書的閱讀難度低是近年才有的現象。自一九六〇年起的冠軍暢銷書中，有二十八本的閱讀程度低於 5 分，其中只有兩本是在二〇〇〇年**之前**寫的。想親眼見證這個趨勢，請參考以下圖表。圖中所列的是冠軍暢銷書中，閱讀程度達到 8 分以上的書籍占比；8 分是一九六〇年代冠軍暢銷書適讀級別的中位數。

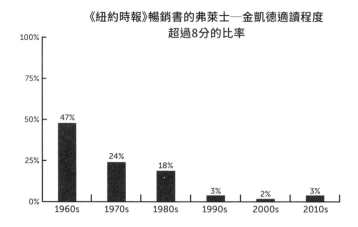

《紐約時報》暢銷書的弗萊士—金凱德適讀程度超過8分的比率

下面圖表顯示的則是適讀程度低於 6 的書籍占比；6 分是我們這年代的中位數。

《紐約時報》暢銷書榜單在出版界享有特殊地位——能寫出一本《紐約時報》暢銷書是種成就。對一般民眾來說，這份榜單也代表小說的公開形象，指引大家哪些作品值得一讀。然而，過去五十年來顯示的事實卻難以否認：我們所讀的書，用字變得越來越簡單了。

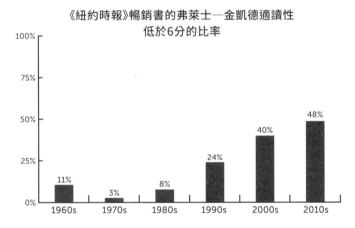

《紐約時報》暢銷書的弗萊士—金凱德適讀性
低於6分的比率

這可能有兩個原因：

一、當代所有暢銷書都充滿比較簡單的句子，也用了更多單音節的字。

二、《紐約時報》暢銷榜變得越來越「笨」——如同《衛報》所言——因為有越來越多「拙」類型的書登上榜首。

我把第二種說法稱為讀者的「罪惡的快感」（guilty pleasure）。要是與三十年前相比，驚悚小說與羅曼史這類輕鬆好讀的書，越來越常登上《紐約時報》暢銷榜，那麼，整體榜單的適讀性中位數自然會下降，即使各種文類的閱讀難易度保持不變亦然。

　　我檢驗了這兩種說法，結果是兩者皆有理。暢銷榜上向來不乏屬於「罪惡的快感」的書籍。一九六〇年代有《風月泣殘紅》（Valley of the Dolls），七〇年代有《大法師》（The Exorcist），八〇年代有伯恩三部曲（Bourne Trilogy）[5]，九〇年代則有侏儸紀公園系列的《失落的世界》（The Lost World）。

　　然而，今日登上暢銷榜的通俗作品越來越多也無庸置疑。在六〇年代，暢銷書能在榜上一次穩居冠軍寶座好幾個月，今日的暢銷書名次波動卻比較快。米契納的《夏威夷》（Hawaii）與艾倫‧朱瑞（Allen Drury）的《華府千秋》（Advise and Consent）是唯二兩本在一九六〇年登上暢銷榜榜首的通俗小說；二〇一四年卻有三十七本通俗小說登上榜首，且榮登寶座最長的時間是四週（約翰‧葛里遜〔John Grisham〕的《Gray Mountain》）。得過文學獎的小說如《修正》（The Corrections）、《金翅雀》（Goldfinch）偶爾會成為暢銷冠軍，但這個位置在今日大抵已是商業小說的天下，降低了文學作品對適讀性中位數的影響力。

　　如果不看暢銷書榜單，改看文學獎小說，可以發現文學作品的適讀程度並未下降那麼多。話雖如此，就句子與單字長度而言，文學也沒想

5　譯者注：《神鬼認證》系列電影的原著小說。

像的那麼複雜。高深的主題不是非得用複雜的文筆才能表達。一九六○年代的普立茲獎得獎作品，適讀程度平均為 7.6，在二○○○年代則是 7.1。這兩個年代間的平均適讀程度則是 7.4。普立茲獎得主的極端差異更大（謝朋的《卡瓦利與克雷的神奇冒險》〔The Amazing Adventures of Kavalier & Clay〕是 10.0，華克的《紫色姐妹花》是 4.4），但整體來說，適讀程度未逐年變化。

適讀程度下降的分析

儘管「罪惡的快感」類的書籍越來越常上榜，但這卻不是適讀程度下降的唯一原因。如果我們把暢銷書依類型分開來看，會發現長期以來通俗作品已有轉變：驚悚小說越來越「拙」、羅曼史也越來越「拙」，通俗小說則是全面性的「拙化」。

下圖是自一九六○年以來，寫出最多冠軍暢銷書的二十五位作家。他們每一位都寫出了至少七本冠軍暢銷書，且幾乎每一位都是為普羅大眾所寫：懸疑、推理、羅曼史、冒險動作，諸如此類。圖中所示的是他們作品的平均適讀程度，以及他們第一本冠軍暢銷書的出版年代[6]。

---

6 作者注：這個表格的統計截止點是在 2014 年底前出現的七本暢銷書。資料中可能出現的偏差在於：在 2000 年代以後，要進入寫作這一行，作家必須寫得更快（也因此可能寫得更簡單），才能在 2014 年結束前寫出七本暢銷書。

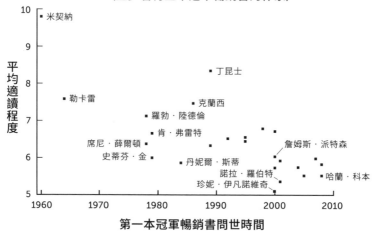

平均適讀程度與
首本《紐約時報》暢銷書冠軍問世時間
（至少著有五本冠軍暢銷書的作家）

平均適讀程度

第一本冠軍暢銷書問世時間

　　陸德倫以神鬼認證三部曲聞名，該系列小說始於一九八〇年，當時他的用字達到弗萊士・金凱德適讀程度的 7.2 級，在今日的通俗小說中並不常見。克蘭西與丁昆士都在一九八〇年代出道，用字遣詞的難度比近二十年間竄起的任何暢銷書作家都來得高；你手邊隨便一本勒卡雷的小說，平均適讀程度也比二〇一四年三十七本暢銷書中的三十六本更高；斯蒂在她的年代則是個例外，用字特別簡單，不過她筆下的適讀程度還是高過許多羅曼史後輩作家。「罪惡的快感」之書不只越來越暢銷，用字程度也越來越上不了檯面。

雖然弗萊士—金凱德測驗最為常見，但適讀程度檢測其實不只一種。在許多檢測中，句子長度是衡量的一大重點。今日暢銷書的句子長度比過去的暢銷書要短得多，從一九六〇年代的每句平均十七字掉到二〇〇〇年代的每句十二字。這表示，任何這類測驗測出來的結果都會顯示相似的適讀程度下降。

戴爾—查爾適讀性公式

戴爾—查爾適讀性公式（Dale-Chall readability formula）就是個有趣的測驗。此公式也把句長納入考量，不過它另會獨立計算文本中「艱深字彙量」的影響。一九四八年，艾德嘉·戴爾（Edgar Dale）與金妮·查爾（Jeanne Chall）擬了一份表單，列舉了 763 個他們認為「不艱深」的字。根據這份表單，我們就能計算文本中「艱深」與「不艱深」字彙的數量[7]。他們的想法是，會讓小讀者覺得書很難念的不只有句子長度，還有他們不熟悉的字彙量多寡。

戴爾與查爾後來又把這份清單擴大到將近 3,000 字——蘇斯博士的《戴帽子的貓》有超過 99% 的字都被視為「不艱深」，只有**砰然**（thump[s]）與**撲通**（plop）兩個例外。不過，只用了 1% 艱深字彙的小說就前所未聞了。最接近這個數字的暢銷書冠軍是斯蒂在一九九三年出版的《Star》，只用了創紀錄的 7%「艱深」字彙。以下是該書開頭的第一句，粗體字就是句中唯一的一個「艱深」字彙：

---

7 作者注：動詞變化也納入考量，專有名詞則不計。

在亞歷山大谷平靜的清晨中，鳥兒已經在互相呼叫。這時候，太陽慢慢升上山丘，向天空伸出金色的手指；天色在那短暫的時刻**之間**，幾乎是紫色的。

The birds were already calling to each other in the early morning stillness of the Alexander Valley as the sun rose slowly over the hills, stretching golden fingers into a sky that **within** moments was almost purple.

反例則是陸德倫於一九八四年出版的驚悚小說《The Aquitaine Progression》。根據戴爾與查爾的標準，該書有 22% 的「艱深」字彙，比其他暢銷書冠軍都來得多。下面就是這本書的開頭前三句，艱深字彙以粗體字標出：

日內瓦。陽光與耀眼的**映照**之城。湖面有著**翻騰**的白帆，**矗立**在湖邊的則是**各型各色**建築，**映像**倒映在水面之下。

Geneva. City of sunlight and bright **reflections.** Of **billowing** white sails on the lake—**sturdy, irregular** buildings above, their **rippling images** on the water below.

就如同弗萊士—金凱德適讀級數在幾十年間逐漸下降，戴爾—查爾測驗也顯示「艱深字彙」在減少，雖然沒有弗萊士—金凱德適讀級數那麼顯著，我們還是能清楚看到一九六〇年以來的下降趨勢。

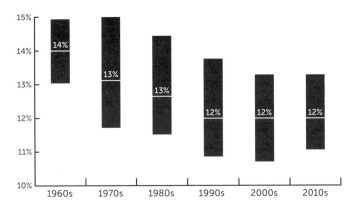

《紐約時報》暢銷榜冠軍的艱深字彙百分比

過去，用了艱深字彙的暢銷書是很一般的，但在今日卻會落在光譜的另一個高端。光看數字，降低 2% 看起來很少，但考量到一本書的艱深字彙量大約會落在 7% 到 22% 這個範圍內，2% 就很可觀了。

《紐約時報》暢銷書榜單的過去與未來

十年、二十年後的暢銷書榜單，會是怎樣的一番景況？

《紐約時報》暢銷榜在出版業備受重視，因為它是作家的殊榮、讀者的指南。從《紐約時報》這些年的改變看來，他們顯然考量過榜單的書籍組成方式。雖然該報從未公開精確的選書方式，卻也承認他們與其他榜單不同。《紐約時報》會把來自特定獨立書店的銷售數字加權得比大型零售商更重，為的是給比較小眾、更「文學」的作品一個機會，好與超市的商業驚悚小說一較高下。不過，要是《紐約時報》對自家暢銷

榜的趨勢有所意會，就要面對這個問題：他們該插手將某些作者或類型小說自榜上排除嗎？

乍聽之下，《紐約時報》插手「左右」榜單好像很糟糕，不過這也不是他們第一次這麼做了。《紐約時報》曾在二〇〇〇年大幅改變計榜方式——排除《哈利波特》系列。在下這個決定的前一年，他們的暢銷榜首曾被某本《哈利波特》小說占據斷斷續續共約二十週之久。那次榜單改版後，催生了一個「童書」暢銷榜，而這個童書榜後續又分成「青少年」、「小學高年級」、「繪本」、「系列作」等細項。

想要解決暢銷榜被通俗作品霸占的局面，顯然有個方法，就是把小說榜單（也就是《紐約時報》的指標榜單）分成「文學」與「類型小說」兩種，要是《紐約時報》想推廣更多元的書籍，主打其中的文學榜就行了。這個文學作品的避風港至少能取悅嚴肅讀者——這些人會想知道，在低俗小說以外還有哪些書膾炙人口（誠然，類型小說與文學小說的界線很難劃定，尤其是出版社想藉由某類型作品獲利的時候）。

《紐約時報》的編輯群做過類似的努力，他們沒有改變主要的小說榜單，而是在二〇〇七年推出一個「一般」平裝書榜單，意在兼顧某一類小說作品。《紐約時報》編輯在這份榜單推出時，是這麼說的：「本期也推出新的暢銷榜，主題是一般平裝小說。本榜單更著重於文學小說與短篇小說集……」

與「一般」平裝書相對的則是「大眾」平裝書暢銷榜。大眾平裝書暢銷榜的選書條件不是書籍內容或可能讀者，而是印刷形式（頁面較小、

紙質較差，通常是你會在雜貨賣場看到的那種口袋尺寸）。事有湊巧，類型小說的平裝版通常會以大眾平裝書的形式上市。只不過，這類廉價書的市場在電子書銷量攀升後就萎縮了，因此有越來越多商業或類型小說改以一般平裝書出版——也就是改印成品質更好、更耐久的平裝版。結果就是那個一般平裝書榜單與最初的賣點不符了。

在我撰寫本章時，橫掃《紐約時報》一般平裝書榜首的是《格雷的五十道陰影：調教》（一本庸俗的情色小說），緊接其後的則是《格雷的五十道陰影：束縛》與《格雷的五十道陰影：自由》。這三本書都在榜上盤旋超過一百週。其他榜上有名的小說，某些是比較有文學性的，但也有弗琳、史派克、派特森等人的作品，這份榜單看起來與「更著重於文學小說與短篇小說集」的目標有所抵觸。

《紐約時報》如果想克服這個問題，就要重新調整榜單分類。或許，該報編輯是時候勇敢面對「什麼是『文學』類作品」這個虛無縹緲的問題，並加以定義了，而不是以書的出版形式分類。如果他們想維持自己的文化高度，就要再度改弦更張。

小結

我不斷反思一個更大的問題：我們真的該為小說暢銷榜的整體適讀程度擔心嗎？

我認為答案是不需要。我已經用了一整章的篇幅來證明暢銷書是如何越來越……笨。要是我想把《紐約時報》的閱讀程度降低也算進來，直接判定美國知識水準已低至前所未有，也可謂輕而易舉。

但我認為這並不公平。別忘了，適讀性的初衷是為了大致評估文本是否還不宜讓某些人讀，但你不必是六年級小學生，也能去讀適讀程度6級的書。書用比較簡單的文字寫成，可以吸引更多受眾。

簡單也能很出色。簡單能照顧到更多人。要獲得權威或文學聲譽，不是非得詰屈聱牙不可。二〇一四年的普立茲小說獎得主《金翅雀》也是暢銷冠軍，適讀程度是合理的 7.2 級。雖然很多經典的適讀級別很高（《純真年代》是 10.4、《孤雛淚》是 10.1、《魔鬼詩篇》〔The Satanic Verses〕也是 10.1），但也有很多經典的適讀程度低得出人意表。《梅岡城故事》是 5.9，《太陽依舊升起》是 4.2，《憤怒的葡萄》則下探至 4.1 ──這三本書都在文學界備受推崇，卻也平易近人到能在全國各地的中學課堂間講授。

想要觸及更多讀者，我們需要這種包容性。最暢銷的小說並不艱深，這很合邏輯，我也不會希望暢銷讀物的程度，在未來反彈到華盛頓第一次國情咨文那種長句上。

凱魯亞克最知名的作品《在路上》在弗萊士—金凱德尺標上位居 6.6 級。雖然，我認為凱魯亞克指的不是句型結構，但我認為他這句話仍值得大家在討論適讀程度時深思：「有一天，我會找到對的字。而且，它們會很簡單。」

Chapter 6

英國作家 VS 美國作家，筆下的差異？

> 英國與美國是被同一種語言分裂而成的兩個國家。
> ——喬治・伯納德・蕭伯納（George Bernard Shaw）

對許多美國小讀者來說，《哈利波特》引領他們到了一片新天地。我說的不只是霍格華茲的魔法空間，還有那英式英語的美妙世界。美國兒童每認識一個**麻瓜**這類虛構詞，轉眼就會看到**傢伙**（bloke）之類的英式用字；每學一句**溫咖癲啦唯啊薩**，翻頁又會碰上**老天爺**[1]（blimey）這種英國腔咒罵法。書中角色還會成雙成對，在交誼廳的火爐邊**熱吻**（snogging）呢。吸引美國讀者的不只是魔法，還有那口英國腔，聽起來**好極了**（brilliant）。

---

1 譯者注：也可譯為「啊喲」、「臥槽」等。

從數據也確實看得出來：英式用字是如此深植於美國讀者對《哈利波特》的記憶，使得美國人對書中角色的觀感與英國人有別。

讓我們來看看這三個 B 開頭的英式用字：**傢伙、老天爺、好極了**。說它們是英式用字可能太簡化了，但我也不是第一個這麼做的人。**傢伙**與**老天爺**都收錄於《英式美式 A 到 Z》（A to Zed, A to Zee），這本書基本上是字典，講的是如何把英式英語譯成美式英語。**好極了**一詞也收錄於《一語兩制》（Divided by a Common Language）一書，列在「勿於美國使用」條目下，因為它「在美國表示的意思可能很不一樣」。以下這些字眼都有其他的意思：

> **老天爺**：源自倫敦東區的土話，大部分的英國人其實不會說。
>
> **傢伙**：澳洲等英語系國家也會用。
>
> **好極了**：另有各地通用的意思，雖然除了英國，在驚嘆時語出「好極了！」並不常見。

不過說到底，它們都不是典型的美式用字。要是你聽到某人描述另一個人是「可憐的傢伙、頭腦好極了」，一定會猜想發話人來自英國，而非美國。前面引號裡那句話出自《哈利波特》第一集，我是逐字引用海格描述奎若教授的話。

英國作家 VS 美國作家的愛用字

從數據來看，英國作家真的比較愛用這些字嗎？來自大西洋同一側的作家，真的會有同樣的風格嗎？不檢驗數據，很難說那些與美式或英式寫作聯想在一起的字眼裡，有多少是真有其事，又有多少是誇大的刻板印象。

就統計層面來說，當我們檢驗數據，會發現大家對那些 B 開頭字彙的刻板印象是真的。比較英國國家語料庫（1980 ～ 1993）與當代美國英語語料庫（1990 ～ 2015）就能看出差異。這兩個語料庫都由專人篩選收集了數億個字，目的是為大西洋兩岸民眾使用語言的方式提供一個參考基準。在這些語料庫的樣本中，英國人使用**傢伙**的次數是美國人的 27 倍、**老天爺**是 30 倍、**好極了**是 45 倍。

不過，我還想更進一步看這些差異如何影響了讀者的心靈。我們就從**傢伙**開始吧。這個字雖然在英國較常用，但是在英國日常語言中也不是非常常見。在英國國家語料庫裡，**傢伙**在每十萬字裡會出現 1.2 次；美國人在每十萬字裡卻只會用上傢伙 0.045 次。

或許是出於這個緣故，我們美國人在很偶然間聽到或讀到這個字，會覺得很特別。在《哈利波特》七部曲中，羅琳用起**傢伙**來比英國大眾更為頻繁，每十萬字僅略低於三次——對美國讀者來說，這就很吸睛了。

為了知道這個字究竟有多引人注目，我決定來比較英國人與美國人在用力模仿羅琳的時候，使用**傢伙**的方式是否有別。我從同人小說網下載了背景設定為《哈利波特》「霍格華茲世界」、達小說書長度（超過六萬字）的所有創作。在這些作品中，有 144 位作者把自己所在位置列為英國，另有 555 位是美國人。

這些人可不是一般寫手或尋常粉絲。他們寫了至少六萬字——只比《哈利波特》第一集短了 20% ——故事背景和角色設定也與羅琳相同。他們是鐵粉中的鐵粉。

你可能會直覺以為，有些字要是從未出現在美國人的日常談話中，也就不會出現在美國人的《哈利波特》同人作裡。事實卻恰恰相反。在這些《哈利波特》粉絲裡，美國人比英國人用了更多**傢伙**；出自英國人的《哈利波特》同人作，只有 10% 在每十萬字裡用了超過三次**傢伙**，但美國同人筆下卻有近四分之一有這種頻率。

其中有個美國書迷的**傢伙**使用率更達到每十萬字超過 60 次，是羅琳的 20 倍——即便**傢伙**在美國較罕用，卻有更多美國人比英國人愛用。

老天爺也同理可證。把這個詞用到無法無天的，再度來自大西洋西岸。有個美國粉絲（不是剛才那個**傢伙**大王）使用**老天爺**的頻率達到每十萬字超過 60 次。美國同人小說使用**老天爺**的頻率不只高於羅琳，也是英國同人小說的兩倍。

雖然頻率沒那麼高，不過美國粉絲也比較常用**好極了**（如果只看「**好極了！**」，並且把 brilliant 這個字做驚嘆語以外的用法都排除不計，英美的使用率差距其實在 1% 之內）。而**好極了**用得最多的，又是一個美國粉絲。

使用「傢伙」
更勝羅琳的《哈利波特》同人作百分比

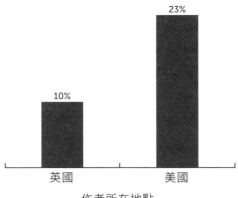

使用「老天爺」
更勝羅琳的《哈利波特》同人作百分比

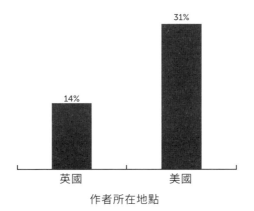

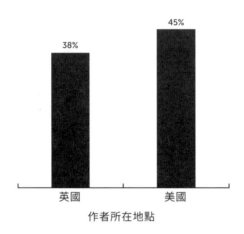

使用「好極了」
更勝羅琳的《哈利波特》同人作百分比

45%

38%

英國　　　　　美國

作者所在地點

　　如果我們能從這個例子得到什麼啟發，那就是《哈利波特》的美國粉絲很喜歡裝一口英國腔——對美國讀者來說，霍格華茲的英式風情也是羅琳施展的魔法之一。因為差異十分顯著，樣本數又大（699 篇長度完整的同人創作書，總計 8,900 萬字），所以我們知道這種用字模式不是隨機出現的。想要聽起來有英國味，或至少是符合刻板印象式的英國味，最簡單的方法就是寫幾個**老天爺**、**好極了**，或是**傢伙**。

　　不過我們也要注意，拿定義鬆散的作家群來比較時（像是「英國作家」、「美國作家」），知道自己檢視的是哪一組文本，十分重要。否則不知情的人來看這兩組樣本，可能會以為**老天爺**是個美式英語用字。

有趣的是，在同人小說樣本裡，有些刻板印象較不鮮明的英式用字就未獲美國寫手重用了。比方說，英國同人寫手用**肯定**（surely）的頻率是美國同人寫手的三倍。這並不令人意外，因為**肯定**的使用率在英國國家語料庫裡幾乎是當代美國英語語料庫的兩倍。

肯定與**老天爺**的差別在於，**肯定**聽起來沒有英國到不行。40% 的英國同人寫手比羅琳（每十萬字十次）更常用**肯定**；美國同人寫手卻只有 18% 用這個字的頻率比羅琳高。

沒人想模仿英國腔的時候，結果就不同了。當同人寫手不再去揣摩英國小說人物，那些俚語就同時從美國人與美國人的筆下消失。蘇珊·柯林斯是知名青少年小說《飢餓遊戲》的作者，她從沒在《飢餓遊戲》三部曲中用過**老天爺**或**傢伙，好極了**的用量也比羅琳少 40%。在 420 部達小說書長度的《飢餓遊戲》同人作裡，沒有一部的**老天爺**使用率超過羅琳的底線。美國同人寫手在這裡就不再大用特用**傢伙、好極了**這類英式俚語。就連那些自稱來自英國的寫手，也像美國同儕一樣減少了英式俚語用量：

· 英國的《哈利波特》同人作有 38% 比羅琳更常用**好極了**；英國的《飢餓遊戲》同人作卻只有 13% 如此。
· 英國《哈利波特》同人作有 10% 比原著更常用**傢伙**；英國《飢餓遊戲》同人作卻只有 1.5% 用這個字的頻率超過羅琳。

就像美國同人寫手會欣然採用心愛的英國腔，英國寫手（大體而言）也懂得適時壓抑自己的口音。不論你出身何方，沒有人會想像凱妮絲·艾佛丁在內心獨白時，會說她很擔心該怎麼拯救那些第十二區的**傢伙**。

使用「傢伙」更勝羅琳的
《飢餓遊戲》同人作百分比

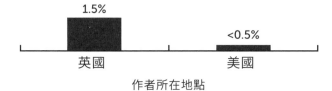

作者所在地點

使用「好極了」更勝羅琳的
《飢餓遊戲》同人作百分比

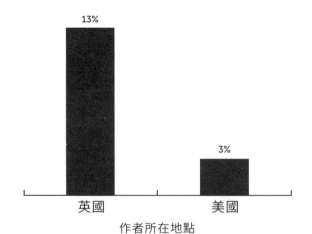

作者所在地點

美國作家 VS 英國作家筆下的「性」

　　同人寫手在模仿大西洋彼岸的作家時會有什麼用力演出，我們已經看了不少。不過，在沒有刻意模仿的時候，英美兩地字彙又會出現什麼差異？當作家「心有旁騖」，比方說滿腦子**性**時，表現會是如何？

　　我下載了情色文學網的每一篇故事，想看看會找出什麼差異。根據作者標示自己的地點，我把大約 3,200 篇故事的作者歸類為英國人，約 1,500 篇的作者歸為美國人。樣本總計達 7,600 萬字，字字鹹濕。

・在性愛小說裡，美國作者每用兩次**好極了**，英國作者會用三次。

・與美國作者相較，英國作者使用**肯定**的頻率是美國的兩倍，**老天爺**是十二倍，**傢伙**則是五十倍。

　　事實上，在英國性愛小說中最與美國有別的字眼中，**傢伙**就是其一。就統計層面而言，傢伙的使用差異不如某些英式拼字法那麼明顯──譬如，幽默的英式拼法 humour[2]。英國作者的 humour 用量是美國作者的 70 倍以上。**傢伙**的使用落差也不如 Charley 那麼大──英國作者給角色取名 Charley 的頻率是美國作者的 60 倍。不過，一旦把專有名詞或是拼字法的例子排除掉，**傢伙**的使用差異之大就會名列前茅──剛好夾在**底褲**（knickers）與**小夥子**（lads）中間。

---

2 譯者注：美式拼法為 humor。

這裡是一些其他例子（讓你的想像力盡情狂奔吧）：

國別差異最大的字詞：美國 VS 英國情色小說	
美國	英國
Comforter（毯子；予人安慰的物品）	Wanked（打手槍）
Trailer（拖車）	Knickers（底褲）
Nightstand（床頭櫃）	Bloke（傢伙）
Restroom（廁所）	Lads（小夥子）
Cowboy（牛仔）	Suspender（吊襪帶）
Semester（學期）	Settee（長沙發）
Grade（年級；分數）	Shagging（性交）
Dr.（醫生；博士）	Fancied（喜愛）
Motel（汽車旅館）	Sod（兔崽子）
Cops（條子）	Bum（屁股）
Closet（壁櫥；衣櫥）	Loo（抽水馬桶；洗手間）
Railing（欄杆）	Toilets（衛生間）
Downtown（鬧區）	Hugely（極其；極大地）
Tub（浴缸）	Squashed（壓扁）
Parking（停車；停車場）	Cope（斗篷；應付）
Scooted（飛奔）	Duvet（羽絨被）
Ranch（牧場）	Sordid（骯髒下流的）
Refrigerator（冰箱）	Pub（酒吧）
Truck（卡車）	Corridor（廊道）

當然了，就定義而言，這些表單顯示的都是「相對差異」。數據所示不代表美國所有情色小說家都對**拖車**情有獨鍾。我們不必等到表單中的字彙大量出現才能辨識作者的出身，只要一部作品相較於其他文本，有某些字用得較頻繁就夠了。

把統計數據再劃分成更小的地域來看，又會得到不同結果。來自德州（指的是作者所在地，不是故事發生地）的情色小說家在寫**拖車**時，他們在紐約的同行卻對**地鐵**上發生了什麼事比較感興趣。

地域差異最大的字詞：德州 VS 紐約情色小說	
德州	紐約
Ranked（排列分級）	Subway（地鐵）
Trailer（拖車）	Popsicle（冰棒）
Soldiers（軍人）	Senator（參議員）
Sergeant（警官；中士）	Butthole（屁眼）
Bunk（上下鋪；簡陋臥鋪）	Museum（博物館）
Arena（競技場；圓形運動場）	Landlord（房東）
Evidently（顯然）	Sin（罪）
Altar（聖壇）	Jacuzzi（按摩浴缸）
Alley（小巷）	Thrusted（猛插）
Captain（上尉；船長［機長］；隊長）	Shrugs（聳肩）

每位作者比較用字的基準點也因「人」有很大差異。對美國人來說，圍繞在他們身邊的普通人並沒有「美國腔」。與作者來自同一世界的人，說起話來都一樣平常，所以沒有加以描寫的必要。

我把幾萬部情色小說提到**口音**的地方全挑出來，以便了解怎樣的口音會讓人想著墨。在情色小說裡，不是所有角色都會有戀情，但若假設提及口音的情節大都與描寫愛慕對象有關，我認為也是有道理的。有些口音受到更多情色小說的青睞，彷彿這樣說話會惹人注意又有魅力。情色文學網最常提及的幾種口音如下：

1. 美國南方　　6. 愛爾蘭

2. 法國　　　　7. 西班牙

3. 英國　　　　8. 澳洲

4. 英格蘭　　　9. 歐洲

5. 美國

我再把熱門口音名單依小說作者所在地分類。如同你能預見的，美國作者很少提及筆下角色有美國口音，英國作者也很少說角色有英國口音。然而，「美國口音」卻最常出現在英國作者筆下；「英國口音」則在美國作者筆下排名第二（緊接在慵懶撩人的美國南方口音之後）。

情色小說最熱門的口音（以作者所在地劃分）	
美國作者	英國作者
美國南方	美國
英國	英格蘭
英格蘭	法國
法國	愛爾蘭
歐洲	歐洲
美國	蘇格蘭
義大利	澳洲
西班牙	美國南方
愛爾蘭	倫敦

美國作家的書在英國比較好賣？

　　主場優勢對作家來說有多重要？美國或英國作家離開自家地盤後，表現會比較出色嗎？

　　本章其他小節均聚焦於用字風格，不過我對作家在不同市場的反應也很好奇。要是你想寫一本跨國暢銷書，是美國人的作品在英國比較好賣，還是相反？檢視英美作家在不同市場受到的歡迎程度之前，我們先來看一個比較小的例子：史蒂芬金。

在本書中，我已經因為不同原因提過史蒂芬金好幾次了。他在數十年間寫過幾十本暢銷書，使他成為很好的分析對象，而且他也撰文探討過寫作這回事。史蒂芬金是在世的作家中備受愛書人擁戴的對象，在好讀網（一個設計給書蟲使用的社群網站）上，他動態的追蹤人數比其他作家都更多。

不過，我會是第一個承認自己是出於私心，才這麼常寫到史蒂芬金的人。史蒂芬金在緬因州的布來頓（Bridgton）住過，也以這個小鎮為背景寫了數則故事。他的中篇小說《迷霧驚魂》（The Mist）講的就是在布來頓的長湖（Long Lake）上，一場暴風雪帶來了謎樣的怪物。我在寫這個章節的時候，人就在一棟能俯瞰長湖的屋子裡，幾年前我會去讀《迷霧驚魂》正是這個緣故。對我來說，書的背景設定如果是我熟悉的地方、出自在地作家之筆，讀來會有額外的趣味（無論他的書有多麼全球暢銷）。

史蒂芬金至今仍是布來頓地方上的傳奇人物。他的五十一本小說中，有三十四本的故事設於緬因州[3]。在新英格蘭地區讀史蒂芬金的書，特別有本土風情，儘管他已是超級暢銷作家。這就好像支持波士頓紅襪隊——儘管球團生意做得很大，但感覺還是很像在地英雄。

數據也支持我這種感覺。雖然史蒂芬金在好讀網上最熱門，他在臉書上受歡迎的程度卻輸給很多作家。當我走筆至此時，史蒂芬金在臉書上擁有 450 萬名美國粉絲，不過羅曼史作家史派克的臉書粉絲有 580 萬

---

3 作者注：這裡是根據我的統計。書籍會有多重場景設定，但只要有任一情節發生在緬因州，我就把那本書納入計算。

人，比他多了約 25%。然而，這些數字會因地區與州別而異。在密西西比州與阿拉巴馬州，史派克的粉絲比史蒂芬金多 75%；這位《手札情緣》作者在家鄉北卡羅萊納州的粉絲數量，也比史蒂芬金多 60%。史蒂芬金到了家鄉緬因州就以 20% 的差距勝過史派克（以臉書按讚數計）。在緬因州隔壁的新罕布什爾州，史蒂芬金的粉絲也比史派克多。但與國與國之別相較，粉絲團的州際差異卻又顯得微不足道。

臉書粉絲數量：
史蒂芬金 VS 史派克

英美暢銷書榜單的差異

二〇一四年，亞馬遜網站決定公布一份「一生必讀百本好書」名單（100 Books to Read in a Lifetime）。在美國與英國亞馬遜網站上，這份名單的內容並不相同，其中只有二十一本書同時出現在英美兩國的版本上。

就算只是很快掃過一眼，也能輕易看出這兩個版本的最大差異：美國版名單上有六十九本書由美國作家所寫、十六本由英國作家所寫；英國版名單則有七十本書由大英國協作家所寫、十七本由美國作家所寫。名單上，大多數作家的國籍都與擬名單的人相同，而且英美兩份名單所顯示的比例幾乎一樣。

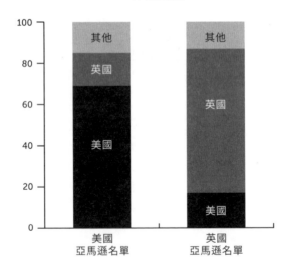

「一生必讀百本好書」名單上的
作家國籍

二〇一五年，倫敦的《每日電訊報》（Telegraph）公布了一份「百本必讀小說」的名單（100 Novels Everyone Should Read），其中有四十三本書的作者來自大英國協，只有十六本書的作者是美國人。書評家理查·拉卡佑（Richard Lacayo）與萊夫·葛羅斯曼（Lev Grossman）也曾為《時代》雜誌集結過一份「經典小說百選」（All-Time 100 Novels），其中美國作家有五十九位，英國作家只有三十四位[4]。

一直以來，很多人都認為美國最了不起的外銷品是流行文化──英國電影市場有 84% 是美國電影吃下來的[5]。在英國市場上，美國作家顯然沒有美國電影人那種喊水會結凍的影響力，不過，美國人是否也在蠶食英國人對在地作家的喜愛呢？我決定來檢視這兩國的暢銷書排行榜。

我們先來看史蒂芬金這位全球暢銷作家。史蒂芬金曾有三十四部作品登上《紐約時報》暢銷榜榜首，而他在同期間（至二〇一四年為止）有十九部作品登上英國《週日泰晤士報》（The Sunday Times）暢銷榜榜首。史蒂芬金在美國的暢銷書冠軍數量只輸給派特森，在英國卻落居凱瑟琳·庫克森（Catherine Cookson）、泰瑞·普萊契（Terry Pratchett）與狄克·法蘭西斯（Dick Francis）之後。

在英國，史蒂芬金雖然銳氣受挫，但仍是一名猛將，只有一小撮成功的在地作家比他更受歡迎。反觀那些在家鄉比史蒂芬金擁有更多暢銷書的英國作家（庫克森、普萊契、法蘭西斯），在美國獲得的成功就小得多了──這三位作家的作品皆未曾登上《紐約時報》暢銷榜榜首。

---

4 作者注：在這些數據與圖表中，不是所有的作家都只有單國籍或確定的國籍。我選的國籍則根據作家花最多時間從事寫作的地點而定。

5 作者注：資料來源是一篇 2014 年的文章，〈美國電影：一種文化帝國主義？〉（The American Cinema: A Cultural Imperialism?）。

或許你不覺得書籍可以只憑暢銷競賽來衡量，但我們若真這麼做，會發現美國人攻城掠地的速度很快。一九七四年，也就是《週日泰晤士報》推出暢銷榜的第一年，英國作家輕易便擊敗了美國作家。光看榜上分別來自英美兩國的作家，就有 84% 是英國人，16% 是美國人。

十年後，此暢銷榜上的美國作家悄悄爬升到 22%。到了一九九四年，美國作家又增加到 27%，再過十年則達到 33%。二〇一四年，距《週日泰晤士報》推出書籍暢銷榜已有四十年時間，美國與英國作家在榜上的比率為 37%：63%。

過去四十年間，美國人在這份榜單上的比重增加了超過兩倍——美國人還是比英國人少，不過 37% 已經代表很大一塊市場份額——美軍侵略中啊。

同一時間，美國市場上的英國暢銷書卻在減少。一九七四年，《紐約時報》暢銷榜上有 38% 的作家是英國人，大約等於美國人今天在英國暢銷榜上占的比例。然而，到了二〇一四年，英國作家在美國暢銷榜上只占了 11% ——比美國人在一九七四年上英國暢銷榜的數量還少。

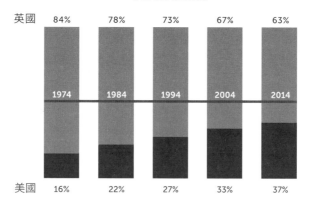

《週日泰晤士報》暢銷榜
英美作家比例

英國　84%　78%　73%　67%　63%

1974　1984　1994　2004　2014

美國　16%　22%　27%　33%　37%

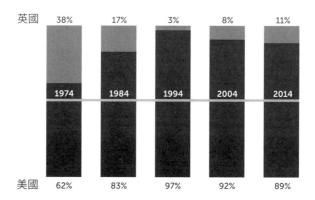

《紐約時報》暢銷榜
英美作家比例

英國　38%　17%　3%　8%　11%

1974　1984　1994　2004　2014

美國　62%　83%　97%　92%　89%

英國人是否該擔心，自家孕育出來的語言正在脫離他們的掌控？英國作家不只在國內失去大片江山，長期來看，在海外也落居下風。

雖然我認為不應該光憑前頁圖表就預測未來，但我也覺得，英國人坐擁大半自家市場的日子是一去不復返了。大英國協的人口只有美國的五分之一，美國人今天的影響力不再像一九七四年那樣微不足道，理所應當。要是史派克與史蒂芬金的較量帶給了我們什麼啟發，就是處處稱王的局面不太可能發生。每個人都有自己熟悉的地方、在意的點、面臨的衝突，而大家會想讀對這些事也有所了解之人所寫的故事。

至於《哈利波特》同人小說則讓我們看到，讀者也很樂於探索遙遠的世界。比起各據山頭，兩國作家的動態平衡更是此消彼長。事實上，從過去數十年間就看得出來：英國小說在美國的銷售量從一九九四年的低點 3% 反攻到二○○四年的 8%，到了二○一四年又升至 11%（一方面也是要感謝那些巫師傢伙帶來的新世界）。

美國作家比較吵？

英國人常說「好極了」，這是刻板印象——雖然從數據看來，這刻板印象也沒錯。我們在本章前面檢視的主要是英式用語，但大家對美式英語其實也有刻板印象，像是「外賣」（take-out）、「不用了沒關係」（I'm good）、「注意」（heads-up）等等字句。以上都是說話用字的小癖好，而我們在描述美國人說話時，還有更概觀式的成見：美國人講話很大聲，就是其一。美國遊客既吵鬧又惹人厭，在歐洲已經被講爛了。要是我們從文學作品的角度來檢視，有沒有可能，美國人整體來說真的比較吵？

二〇一四年，史丹佛文學研究室（Stanford Literary Lab）發表了一篇名為〈小說的音量〉（Loudness in the Novel）的論文，作者赫斯特·卡茲馬（Holst Katsma）把「表述動詞」（speaking verbs）分成三類：**響亮、平穩、安靜**。卡茲馬從《愛麗絲夢遊仙境》節選出下列三個例子：

響亮：「砍下他們的頭！」皇后**叫**道。

平穩：「大概是吧，」愛麗絲**說**。

安靜：他**悄聲**道：「她被判了死刑。」

藉由數據，卡茲馬探索了幾種用字趨勢，像是哪些字更常用於響亮型對話而非平穩型對話。他檢視了古典小說（來自十九世紀），發現較常出現在響亮型對話而非平穩型對話的有：**為什麼**（why）、**停**（stop）、**上帝**（God），以及驚嘆號等等；在平穩型對話中則更常見**夜晚**（night）、**好**（well）、**以為**（suppose），以及逗號。

我想知道卡茲馬的研究方法能不能幫我回答這個問題：美國人**寫起文章**吵不吵？美式英語要是比英式英語更大聲，又是否測得出來？

下面就是被卡茲馬歸類為「響亮」、「平穩」、「安靜」的字詞。我在做自己的分析時，用的就是卡茲馬的字詞表，只是另外加入第一與第三人稱現在式的動詞變化（以納入不同發話者與時態）。

響亮	平穩	安靜
叫 (Cried)	說 (Said)	悄聲說 (Whispered)
呼喊 (Exclaimed)	回覆 (Replied)	低語 (Murmured)
大叫 (Shouted)	評 (Observed)	嘆道 (Sighed)
吼 (Roared)	回答 (Rejoined)	咕噥 (Grumbled)
尖叫 (Screamed)	問 (Asked)	含糊地說 (Mumbled)
尖聲喊 (Shrieked)	答 (Answered)	低聲說 (Muttered)
吶喊 (Vociferated)	回答 (Returned)	抽噎 (Whimpered)
大喊 (Bawled)	重覆 (Repeated)	噓 (Hushed)
呼叫 (Called)	評論 (Remarked)	結巴 (Faltered)
突然喊出 (Ejaculated)	詢問 (Enquired)	結結巴巴 (Stammered)
反駁 (Retorted)	回應 (Responded)	話聲發顫 (Trembled)
聲稱 (Proclaimed)	建議 (Suggested)	喘著氣說 (Gasped)
宣布 (Announced)	解釋 (Explained)	話聲發抖 (Shuddered)
抗議 (Protested)	發聲 (Uttered)	
勾搭 (Accosted)	提到 (Mentioned)	
宣布 (Declared)		

拿什麼樣的「響亮分數」來衡量文本都不夠全面，因為這得把**大叫**跟**宣布**這類字詞的音量定為（同樣）響亮；**嘆道**和**咕噥**定為（同樣）安靜。然而，不是每位作家寫每段對話都像對過色票一樣依相同標準來用字。卡茲馬的列表算長了，但仍未涵蓋所有用於「響亮」或「安靜」對話的字詞。即便如此，他的研究法仍提供了一種可實行的衡量尺度，特別是能用來累加計算，所以我做了些檢測，用的全是卡茲馬列表的字詞。

作家寫每本書用的音量未必相同，不過每個人的寫作習慣通常頗為一致。下表顯示羅琳的《哈利波特》系列與丹・布朗的「蘭登教授」系列中，「響亮」與「安靜」表述動詞的使用差異：

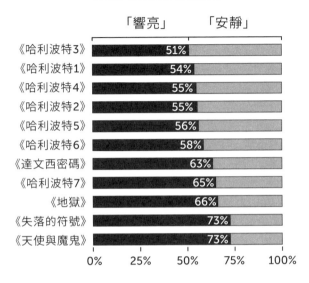

「響亮」表述動詞百分比

	「響亮」	「安靜」
《哈利波特3》	51%	
《哈利波特1》	54%	
《哈利波特4》	55%	
《哈利波特2》	55%	
《哈利波特5》	56%	
《哈利波特6》	58%	
《達文西密碼》	63%	
《哈利波特7》	65%	
《地獄》	66%	
《失落的符號》	73%	
《天使與魔鬼》	73%	

0%　25%　50%　75%　100%

‧《哈利波特》第三集是 51% 的「響亮」與 49% 的「安靜」，表示羅琳用
　這兩類動詞的比例相近。

‧《天使與魔鬼》是 73%「響亮」與 27%「安靜」，表示布朗用的「響亮」
　動詞幾乎是「安靜」動詞的三倍。

　　下頁圖表顯示的是五十位作家下筆的音量，樣本是我在本書常用的
一組作家樣本。黑色長條圖代表英國作家、灰色長條圖代表美國作家。

「響亮」表述動詞百分比

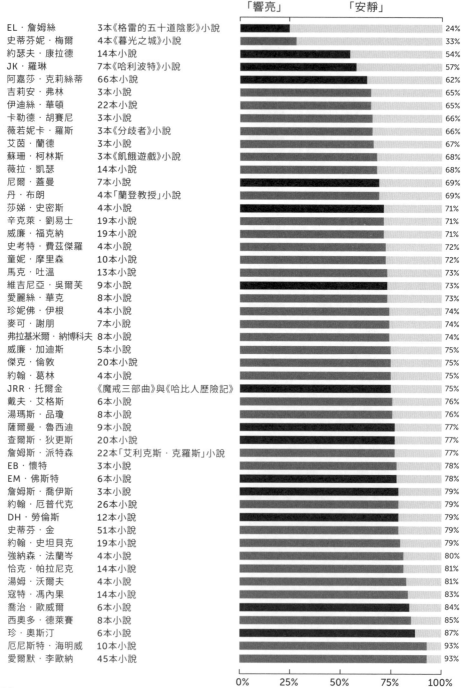

「響亮」　　　　「安靜」

作者	作品		百分比
EL·詹姆絲	3本《格雷的五十道陰影》小說		24%
史蒂芬妮·梅爾	4本《暮光之城》小說		33%
約瑟夫·康拉德	14本小說		54%
JK·羅琳	7本《哈利波特》小說		57%
阿嘉莎·克莉絲蒂	66本小說		62%
吉莉安·弗林	3本小說		65%
伊迪絲·華頓	22本小說		65%
卡勒德·胡賽尼	3本小說		66%
薇若妮卡·羅斯	3本《分歧者》小說		66%
艾茵·蘭德	3本小說		67%
蘇珊·柯林斯	3本《飢餓遊戲》小說		68%
薇拉·凱瑟	14本小說		68%
尼爾·蓋曼	7本小說		69%
丹·布朗	4本「蘭登教授」小說		69%
莎娣·史密斯	4本小說		71%
辛克萊·劉易士	19本小說		71%
威廉·福克納	19本小說		71%
史考特·費茲傑羅	4本小說		72%
童妮·摩里森	10本小說		72%
馬克·吐溫	13本小說		73%
維吉尼亞·吳爾芙	9本小說		73%
愛麗絲·華克	8本小說		73%
珍妮佛·伊根	4本小說		74%
麥可·謝朋	7本小說		74%
弗拉基米爾·納博科夫	8本小說		74%
威廉·加迪斯	5本小說		75%
傑克·倫敦	20本小說		75%
約翰·葛林	4本小說		75%
JRR·托爾金	《魔戒三部曲》與《哈比人歷險記》		75%
戴夫·艾格斯	6本小說		76%
湯瑪斯·品瓊	8本小說		76%
薩爾曼·魯西迪	9本小說		77%
查爾斯·狄更斯	20本小說		77%
詹姆斯·派特森	22本「艾利克斯·克羅斯」小說		77%
EB·懷特	3本小說		78%
EM·佛斯特	6本小說		78%
詹姆斯·喬伊斯	3本小說		79%
約翰·厄普代克	26本小說		79%
DH·勞倫斯	12本小說		79%
史蒂芬·金	51本小說		79%
約翰·史坦貝克	19本小說		79%
強納森·法蘭岑	4本小說		80%
恰克·帕拉尼克	14本小說		81%
湯姆·沃爾夫	4本小說		81%
寇特·馮內果	14本小說		83%
喬治·歐威爾	6本小說		84%
西奧多·德萊賽	8本小說		85%
珍·奧斯汀	6本小說		87%
厄尼斯特·海明威	10本小說		93%
愛爾默·李歐納	45本小說		93%

0%　　25%　　50%　　75%　　100%

有不少英國作家落在偏「安靜」那一端，但絕非總是如此。這裡要是真有值得注意之處，就是詹姆絲與梅爾和其他作家有多不同了。主要差別在於她們的個人風格，作品也均以羅曼史為主軸。這裡還有一個額外的驚喜：《哈利波特》系列與克莉絲蒂的小說都充滿冒險動作，但我沒料到這些書會落在「安靜」那一端。我也沒料到海明威是個數一數二的大聲公（雖然這可能也不太令人意外）。

如果你熟悉羅琳的小說，大概會開始猜想是什麼造就了它們的「安靜」？是不是因為在這套小說裡，有很多行動都與主角在霍格華茲偷偷摸摸有關？果真如此的話，這是《哈利波特》小說益發「安靜」的原因嗎？抑或這些「安靜」、鬼祟的行動，就是書中人物和美國系列小說比起來較為自抑的範例？

推想箇中原因是很有趣，不過這組樣本很小，其中的文類與時代差異又很大，很難用來為英美兩國作家做完整比較。理想的樣本最好是在文類、主題、創作時間點各方面都很接近，還要有來自英美兩國的大量作家。所以，又要回頭看同人小說了。

在同人小說網上，最多粉絲投入創作的三個故事背景分別是《哈利波特》、《暮光之城》與《波西傑克森》（Percy Jackson）。我從該網站下載了以上各系列的同人作品中長度完整者（超過六萬字），總計有超過 2,225 篇，共約 2 億 8,400 萬字。

暮光系列的原著落在安靜的那一端。不過，它的同人創作就隨作者是美國或英國人而有顯著差別。整體來說，**美國同人寫手確實比較大**

聲。要解讀這份數據，有很多切入點。我把這些同人創作分成「響亮」與「安靜」的標準，看其中的「響亮」動詞比例是否超過 50%。比方說：

· 布朗筆下所有的「蘭登教授」小說都很「響亮」，是因為這些書裡的「響亮」動詞都比「安靜」動詞多。
· 英國暮光同人寫手約有三分之一的人下筆響亮，不過他們的美國同儕則有超過半數很響亮。
· 《哈利波特》與《波西傑克森》的同人作，結果也與暮光系列一致，只是差別沒那麼大。

　　在這個有數千篇故事的大型樣本組裡，「響亮」的美國寫手比「響亮」的英國寫手要多出許多。憑這些結果，就能說美國人確實比恬靜的英國人更大聲嗎？我會說：確實沒錯。根據數千名寫手及數億字樣本得出的統計結果，美國人下筆的確比英國人「吵」。

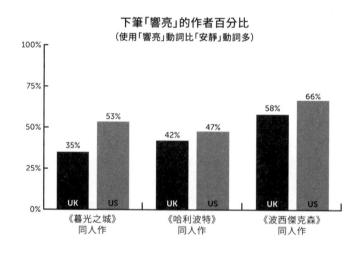

下筆「響亮」的作者百分比
（使用「響亮」動詞比「安靜」動詞多）

小結

從我之前檢視過的五十位作家中看不出什麼結論，但若去檢視其他更大量的小說樣本組，就能發現同人小說那微小卻顯著的差異是真有其事。我拿英國國家語料庫與當代美國英語語料庫來看其中「響亮」與「安靜」表述動詞的使用方式，這兩組樣本不像同人小說是那麼完美的對比，但仍然類似。這兩個語料庫都囊括了數億字，涵蓋的現代時期也相近（英國國家語料庫是一九八〇～一九九三年；當代美國英語語料庫是一九九〇～二〇一五年）。我只拿兩個語料庫裡的「虛構類」文字來檢視，因為這些語料庫內容基本上是由多個不同機構的學者挑選，所以某個資料庫可能會因學者取樣偏好，而有較多來自驚悚小說、羅曼史、青少年小說或文學小說的內容。

不過，這兩個語料庫仍是巨量的樣本，可以用來比較語言的使用常態。如果英國國家語料庫顯示出英國人比美國人吵，你可能就要懷疑本章的同人樣本組了。然而，兩個語料庫的比較結果證實了前面的發現。

要是我們計算每個「響亮」或「安靜」動詞的比例，就會發現英國語料庫中有 66% 的「響亮」動詞；美國語料庫中則有 73% 的「響亮」動詞。這稱不上是震耳欲聾，但只要仔細傾聽，你就能聽出差別。

Chapter 7

暢銷作家最愛用的字

> 「你有時候不會希望寫作就像運動一樣嗎？
> 就到賽場去，看誰會贏？誰比較厲害？靠量化，靠統計數字。」
> ──《The Information》，馬丁·艾米斯（Martin Amis）

我十歲時寫了一系列八本的超級英雄「書」，每本篇幅在四十至一百頁之間，手寫的。書中有兩名主角，其中之一叫做黑死俠波班·布萊斯特（Bubonic Bo**ben Bla**ster），以我的名字命名。他在各方面都跟我很像，除了他有個我沒有的超能力：讓敵人感染黑死病。故事寫得很爛啦。且看這段摘錄（將以粗體字強調）：

> **然後**黑死俠波班·布萊斯特控制了那架飛機，**然後**他讓飛機一直飛，等看到草地以後，他就把飛機轉成自動降落。**然後**黑死俠波班·布萊斯特協助大家帶著行李跳下飛機。他們都不知道自己在哪裡。**然後**黑死俠波班·布萊斯特看地圖，發現他們在南卡羅萊納州。

我還記得二〇〇〇年某天，我把這一頁唸給小學四年級的同學聽。在老師聽過那段文章後給的各種回應中，我得到的其中一個建議是：「不要連續兩句都用同一個字開頭。」

多年來，我一直把這個建議放在心上，這也是我寫作時會遵循的一條簡單規則。改變開頭幾個字，絕對會讓相連的句子在結構上有所區別。很多寫作指南也會這麼建議。

不過，只要你不是文字掌控能力薄弱的十歲小孩，應該也很清楚，重複的字句可以有很強的修辭力量。我小時候一直寫**然後**是很彆扭，不過在其他情況下，「反覆」顯然有修辭效果。試想下面這段著名的文字，是邱吉爾（Winston Churchill）在第二次世界大戰期間的演說：

> **我們將**奮戰到底……**我們將**在灘頭作戰，**我們將**在登陸地作戰，**我們將**在野地與街頭作戰，**我們將**在丘陵間作戰，**我們將**永不投降……

因為反覆，這段演說令人難忘。安排得宜時，重複能孕生出韻律感與力道。以下是另一個摘自文學作品的例子，來自狄更斯的《Hard Times》，句首的重複處以粗體字標示：

> 他是個有錢人：銀行家、商人、製造商，諸如此類的。一個身形高大、嗓門響亮的男人，目光逼人，笑聲刺耳。**這個男人**塊頭之大，彷彿是把某些粗糙的原料拼命拉扯才打造成的。**這個男人**的腦袋與前額碩大浮腫，太陽穴冒著青筋，臉上皮膚彷彿緊繃到拉開了眼睛、吊高了眉毛。**這個男人**渾身像是吹脹的氣球，隨時能飛起來。**這個男人**吹噓自己

的白手起家，永遠吹噓不夠。**這個男人**老是要用那副破鑼嗓子發表自己過去的愚昧與貧窮。**這個男人**謙虛得霸道極了。

這種寫作技巧的正式名稱——重複一連串句子開頭的字詞——叫做**首語重複**（anaphora）。狄更斯就是首語重複大師。你應該很熟悉《雙城記》的開頭：「那是最好的年代，也是最壞的年代……」就首語重複而言，這是英語文學史上最深植人心的範例之一。狄更斯寫過最長的首語重複句型出現在小說《A Haunted Man》裡，連續二十六句的開頭都是「當」（when）。

本書到目前為止都從大處著眼，透過某些平凡或被忽略的元素（像是用字頻率與句子長度）來檢視整體文類與作家的作品。但有些時候，讓讀者印象深刻的其實是作家獨有的癖好，不論是特定字詞或文學技法。在探索這些細節時，數據也能協助我們釐清問題。寫作有規則可循，但金科玉律也總會被傑出的作家打破。首語重複就是這類規則之一。

在本章中，我就要來看看作家的怪癖。為了向狄更斯與《雙城記》的開場白致敬，首先我要呈現的就是一則數據式的首語重複個案研究：雙專欄作家記（tale of two columnists）。

《紐約時報》專欄作家的首語重複

保羅・克魯曼（Paul Krugman）是左傾的學者，也是諾貝爾獎得主。大衛・布魯克斯（David Brooks）是右傾的記者，出過好幾本書。兩人都因為《紐約時報》的評論專欄聞名。

我收集了這兩位作家最近一年的專欄文章來瞧瞧。下次你讀布魯克斯的專欄時，記得仔細看他有沒有用首語重複。在我收集的這一年份專欄裡，布魯克斯的 93 篇文章中，91 篇至少有連續兩個句子的開頭相同。布魯克斯很少不用某種形式的首語重複，以下是他某篇專欄的開場白，雖然長度短卻很明顯：

**　　有些人喜歡寫日記。有些人覺得這主意很糟。**

　　或是來看接下來這連續六個句子，開頭都是 It used to be（曾經）這四個〔英文〕字：

　　曾經，參議員不會公開互相攻擊。**曾經**，他們只在罕見情況下才會阻撓議事。**曾經**，他們不會習慣性地反對總統提名官員。**曾經**，總統不會挑戰行政權底限，未經國會同意就重新定義數百萬人的居留狀態。**曾經**，總統不會踏出國門、用毋須參議院批准的方式協商武器管控條約。**曾經**，參議員不會在自家總統與敵對國家協商時，去函這些國家。

　　布魯克斯的句子有 9% 的第一字和前一句相同。雖然「第一字和前一句相同」只勉強符合首語重複的標準，卻已經能讓人看出不少關竅。克魯曼則相反，只有 2% 的句子稱得上使用首語重複。

　　布魯克斯 95% 的專欄文章有至少一個首語重複；克魯曼的專欄文卻只有不到一半如此。也不是說克魯曼和他的編輯像避（黑死病）瘟疫那樣，對首語重複避之唯恐不及，但這種技巧在他筆下就是少見。當克魯曼在連續句中使用相同開頭時，布魯克斯很少出於修辭選擇，用了首語重複。

克魯曼為何避用這種強而有力的修辭法？要我來說，我會猜這是出於他的學術背景。為了面面俱到，他會對自己所有的論點加以設限、修飾、反覆探討。來看克魯曼與布魯克斯最常用的起句字彙，就能替我的理論佐證。

　　可以想見，布魯克斯最常用來起句的字是 the。雖然在文學作品中，the 有時會被 he、she、I 超越，不過 the 幾乎總是最常起句的字。除了代名詞，我們很難想像還有什麼字比 the 更常擔任這個角色。布魯克斯用 the 起句的次數超過所有其他單詞的兩倍。

　　可是克魯曼呢？比起 the，他更常用 but 起句。But 這個連接詞暗示了作者將說的話會在某方面反駁或加強之前的論述，而克魯曼就最喜歡用 but 發話。布魯克斯用 the 開頭的句子是用 but 開頭的兩倍；克魯曼用 but 開頭的句子則比 the 開頭的多了整整 33%。

克魯曼VS布魯克斯：
各個開頭句的單詞百分比

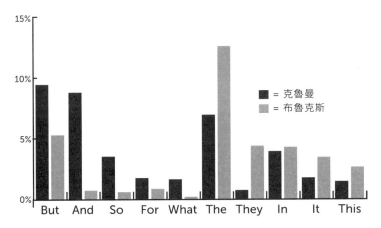

透過克魯曼與布魯克斯最常用來開頭的三字短語（three-word sentence），我們可以看到，克魯曼會一再澄清與連結句與句的概念，布魯克斯則比較喜歡有話直說。

克魯曼 VS 布魯克斯： 最常用的三字開頭語	
克魯曼	**布魯克斯**
的確（It's true that）	在過去（Over the past）
現在（At this point）	大部分的人（Most of us）
這讓我（Which brings me）	如果你（If you are）
重點是（The point is）	你必須（You have to）
因此（As a result）	那是（It is a）
真相是（The truth is）	這就是（This is the）
如同前述（As I said）	X% 的（In X% of）
反之（On the contrary）	另一方面（On the other）
有個答案是（One answer is）	那些……的人（The people who）
答案是（The answer is）	首先（In the first）

克魯曼喜歡用 But 和 So，可能是他不用首語重複的原因之一。除非你一直在互相牴觸的概念間切換，否則要連續數句都用 But 開頭並不容易。反之，布魯克斯的文章通常由一個比較大的觀點主導，要闡述清楚他的看法，修辭工夫就很重要了。

馮內果小說最常用的句子：「就這樣」

馮內果在二〇〇七年過世時，《時代》雜誌作家葛羅斯曼為他寫的悼詞是這麼開頭的：「馮內果訃聞該有的長度是三個字：就這樣（So it goes.）。」

「就這樣」是《第五號屠宰場》裡的敘事人常掛在嘴邊的話。馮內果用這句話來告訴大家有誰死了，也用這句話來銜接不同的故事。「就這樣」與這位作家最知名的小說如此深刻結合，彷彿有了自己的生命。此句話不只出現在馮內果的訃聞，也成為查爾斯·席爾茲（Charles J. Shields）所著的馮內果傳記書名。

就文學角度而言，一再重複的「就這樣」為整篇故事設定了調性。這個句子從數學角度來看也有獨特之處：重複了 106 次，使它成為馮內果所有小說中最常用的句子。

在我調查的五十位作家中，沒有別句話曾在單一著作裡用得這麼頻繁。事實上，也沒有哪句話能與「就這樣」相提並論。這個樣本組裡第二常用的句子只出現過三十五次。哪一句呢？「諸如此類」（And so on）。而且這句話又出自馮內果，用在小說《冠軍的早餐》裡，也發揮了類似作用。

「就這樣」出現了超過一百次，在整本《第五號屠宰場》中占了可觀份量。它占了全書總句數的 2.5% ——大約每四十句就出現一次。

《第五號屠宰場》的「就這樣」與前面討論過的首語重複不同。它不是用來為一連串句子開頭的片語,而是馮內果的招牌手法——他常用反覆,也常用首語重複。在《第五號屠宰場》中,馮內果有超過 12% 的句子開頭都跟前一句相同。在我研究的所有經典與暢銷小說中,12% 是數一數二的高。

我在下頁表格列出的是最常用首語重複的十本書,標準是符合約略形式即可,也就是某句話的開頭第一字與它前一句相同。

表格中大部分的名字,你看了應該不會太意外。維吉尼亞‧吳爾芙的《海浪》(The Waves)是實驗性小說,以獨白呈現。恰克‧帕拉尼克(Chuck Palahniuk)在《倖存者》(Survivor)一書中寫道:

一切都是形式。形式之上還有形式,形式影響著其他形式。形式隱藏在其他形式裡。形式裡面還有形式。

這也難怪他有些作品會在表格中高居前幾名。

最常用首語（第一字）重複的書		
書名	作者	首語重複率 (%)
《海浪》	維吉尼亞・吳爾芙	16.0
《倖存者》	恰克・帕拉尼克	13.5
《萊緹的遺忘之海》	尼爾・蓋曼	13.3
《冠軍的早餐》	寇特・馮內果	13.2
《第五號屠宰場》	寇特・馮內果	12.3
《源泉》	艾茵・蘭德	12.3
《嗜血狂魔》	詹姆斯・派特森	11.9
《鬧劇》	寇特・馮內果	11.5
《搖籃曲》	恰克・帕拉尼克	11.4
《死亡誘惑》	詹姆斯・派特森	11.3

除了「就這樣」，馮內果行文時常重覆，效果也十分出色。下面這段文字來自他的《貓的搖籃》：

然而，在我們深入探索彼此熱情幾許之前，**我們聊**（we talked）到了法蘭克・霍尼克，**我們聊**到那個老人，**我們聊**了點阿薩・布里德的事，然後**我們聊**到通用鎔鑄公司，**我們聊**了教宗與計畫生育、希特勒與猶太人。**我們聊**了何謂江湖郎中。**我們聊**了何謂真相。**我們聊**了幫派份子；**我們聊**了生意經。**我們聊**了坐上電椅的貧寒好人；**我們聊**了免於受刑的有錢混蛋。**我們聊**了虔誠卻曲解神意的人。**我們聊**了很多很多。

一個句子的開頭兩個字和前一句相同──或許可稱為首雙詞重複──這種寫法在作家筆下出現的模式也與上表類似。馮內果、吳爾芙或蘭德可不是因為懶惰才讓每句話都用乏味的 the 開頭。要不是刻意為之，作家不會讓首雙詞重複出現在定稿中。前面那些作家同樣在下表中領先，大師狄更斯也上榜了。

最常用首雙詞重複的書		
書名	作者	首雙詞重複率 (%)
《海浪》	維吉尼亞・吳爾芙	5.5
《倖存者》	恰克・帕拉尼克	4.0
《The Chimes》	查爾斯・狄更斯	3.6
《鬥陣俱樂部》	恰克・帕拉尼克	3.3
《Shalimar the Clown》	薩爾曼・魯西迪	3.2
《春潮》	厄尼斯特・海明威	3.2
《鬧劇》	寇特・馮內果	3.2
《泰坦星的海妖》	寇特・馮內果	3.1
《阿特拉斯聳聳肩》	艾茵・蘭德	3.0
《The Battle of Life》	查爾斯・狄更斯	3.0

在光譜的另一端，我們可以看看那些選擇少用首語重複的書。湯瑪斯·品瓊的《Bleeding Edge》一書有超過一萬個句子，卻只有 1.6%（163句）重複了前一句的開頭。品瓊的作品在最少用首語重複的書裡占了五名。

最少用首語重複的書		
書名	作者	首語重複率 (%)
《Bleeding Edge》	湯瑪斯·品瓊	1.6
《Vineland》	湯瑪斯·品瓊	1.9
《固有瑕疵》	湯瑪斯·品瓊	2.2
《Against the Day》	湯瑪斯·品瓊	2.3
《The Children》	伊迪絲·華頓	2.4
《A Son at the Front》	伊迪絲·華頓	2.5
《Other Voices, Other Rooms》	楚門·卡波提	2.6
《Mason & Dixon》	湯瑪斯·品瓊	2.6
《Twilight Sleep》	伊迪絲·華頓	2.7
《The Grass Harp》	卡楚門·卡波提	2.8

連續三句都以同一字開頭，在《第五號屠宰場》裡有 87 處。品瓊要是用完全一樣的手法來寫，《Bleeding Edge》裡連續三句都是同一字的應該會有超過 230 處（根據篇幅推算），不過我們只能找到 8 句。

品瓊偏好變化多端；馮內果喜歡似曾相識。我檢查了樣本組裡的每本書，看它們最常用來起句的三字詞組是哪些。以下是在《第五號屠宰場》裡最常出現的十個三字詞組：

1. 就這樣（So it goes）

6. 他曾（He had been）

2. 有（There was a）

7. 他有（He had a）

3. 那是（It was a）

8. 他們曾（They had been）

4. 諸如此類（And so on）

9. ⋯⋯之（One of the）

5. 他是（He was a）

10. 現在他們（Now they were）

以上十組詞出現在該書將近 7% 的句子裡。

至於品瓊的《固有瑕疵》，最常起句的三字詞組則是以下十個：

1. 等到（By the time）

6. 更別提（Not to mention）

2. 不久後（After a while）

7. 你怎麼（What do you）

3. 有（There was a）

8. 我不覺得（I don't think）

4. 我不知道（I don't know）

9. 多克一定（Doc must have）

5. 那是（It was a）

10. 不時（Now and then）

不過，這十個詞組只出現在全書 1.5% 的句子裡。

品瓊的用字多變不只能從少用首語重複看得出來，他的句型也很多樣化。如果我們來看前一章出現過的五十位作家樣本中，有誰最常重複用某十組字詞來起句，會發現品瓊排名幾乎墊底，只有喬伊斯比他會變化[1]。馮內果的排名就很前面，只遜於少數幾位作家如：海明威、尼爾·蓋曼、蘭德、羅琳、梅爾——這些作家比較倚重他們常用的十組起句詞。

　　為了滿足大家的好奇心，下頁列出幾本知名小說最常用的「十個起句，三字詞組」。就像品瓊與他的起句詞一樣，我也想要多點變化，所以親手挑選了這些書，差異盡可能越大越好。表格內容可能有限，不過我們還是能藉此一窺每部作品的堂奧。

---

1 作者注：每本書最常用的開句詞組都是獨立計算的，不與該作家的其他作品合計。

《鬥陣俱樂部》	《格雷的五十道陰影》	《湯姆歷險記》
恰克 · 帕拉尼克	EL · 詹姆絲	馬克 · 吐溫
1. 你醒來 (You wake up)	1. 克里斯欽 · 格雷總裁 (Christian Grey CEO)	1. 不久 (By and by)
2. 這是 (This is the)	2. 我想要 (I want to)	2. 有 (There was a)
3. 我是喬伊的 (I am Joe's)	3. 我的內在女神 (My inner goddess)	3. 我不知道 (I don't know)
4. 這是 (This is a)	4. 他的聲音 (His voice is)	4. 那是 (It was a)
5. 我去 (I go to)	5. 來自克里斯欽 · 格雷 (From Christian Grey)	5. 那是什麼 (What is it)
6. 你得要 (You have to)	6. 我得要 (I have to)	6. 沒有 (There was no)
7. 這就是 (This is how)	7. 我搖搖我的 (I shake my)	7. 那位老太太 (The old lady)
8. 那個太空猴 (The space monkey)	8. 我不想 (I don't want)	8. 然後他說 (Then he said)
9. 第一條規矩 (The first rule)	9. 我需要 (I need to)	9. 你怎麼 (What did you)
10. 泰勒與我 (Tyler and I)	10. 我不知道 (I don't know)	10. 最後他 (At last he)

《傲慢與偏見》	《大亨小傳》	《老人與海》
珍・奧斯汀	史考特・費茲傑羅	厄尼斯特・海明威
1. 我不 (I do not)	1. 那是 (It was a)	1. 老人 (The old man)
2. 我不能 (I can not)	2. 我想要 (I want to)	2. 他沒有 (He did not)
3. 我很確定 (I am sure)	3. 有 (There was a)	3. 但願我 (I wish I)
4. 我不是 (I am not)	4. 她看著 (She looked at)	4. 我不 (I do not)
5. 那是 (It is a)	5. 我要去 (I'm going to)	5. 可是有 (But there was)
6. 班奈特太太 (Mrs. Bennet was)	6. 我想要 (I'd like to)	6. 可是我會 (But I will)
7. 那是 (It was a)	7. 他看著 (He looked at)	7. 但是我已經 (But I have)
8. 我沒有 (I have not)	8. 她轉向 (She turned to)	8. 沒有 (There was no)
9. 她是 (She is a)	9. 那是 (It was the)	9. 我納悶 (I wonder what)
10. 那不是 (It was not)	10. 我不覺得 (I don't think)	10. 太陽 (The sun was)

《動物農莊》	《達文西密碼》	《梅岡城故事》
喬治·歐威爾	丹·布朗	哈波·李
1. 動物是 (The animals were)	1. 聖杯 (The Holy Grail)	1. 傑姆與我 (Jem and I)
2. 那是 (It was a)	2. 我不知道 (I don't know)	2. 有 (There was a)
3. 所有動物 (All the animals)	3. 那是 (It was a)	3. 我不知道 (I don't know)
4. 我不 (I do not)	4. 去找羅柏·蘭登 (Find Robert Langdon)	4. 那是 (It was a)
5. 動物有 (The animals had)	5. 蘭登覺得 (Langdon felt a)	5. 沒有 (There was no)
6. 沒有 (None of the)	6. 有 (There was a)	6. 亞麗珊卓姑姑 (Aunt Alexandra was)
7. 你（你們）沒 (Do you not)	7. 啊，嚴峻的魔鬼 (O Draconian Devil)	7. 那不是 (It was not)
8. 動物不應 (No animal shall)	8. 啊，跛足的聖人 (Oh lame saint)	8. 泰勒法官 (Judge Taylor was)
9. 凡是有 (Whatever goes upon)	9. 蘭登與蘇菲 (Langdon and Sophie)	9. 那就是我 (That's what I)
10. 至於那 (As for the)	10. 祭壇助手 (The altar boy)	10. 我不想 (I don't want)

向老哽宣戰

　　馬丁・艾米斯很討厭陳腔濫調（clichés）。這位英格蘭小說家把自己寫的文學評論集命名為《向陳腔濫調宣戰》（The War Against Cliché）。艾米斯在解釋書名緣由時堅稱，「所有的寫作都是在向陳腔濫調宣戰。不只是筆下的陳腔濫調，還有精神上的陳腔濫調、心靈的陳腔濫調」。

　　艾米斯並不孤單。陳腔濫調的定義是「過度使用」。沒有哪位作家會覺得自己在濫用老套的語言，但怎樣的語言稱得上陳腔濫調，解讀就各自不同了。想像一下，我們讓艾米斯一口氣讀上幾千本書，並為每一本批個「艾米斯陳腔濫調分數」的情景。現代科技還不足以創造出許多艾米斯分身來為我們做這件差事，而且就算可以，意義也不大。像艾米斯這種出身藝文世家的學者，標準很有可能與別人大不相同。

　　該如何拿陳腔濫調來互相比較，也很難想像。好人成功救危、抱得美人歸的故事就是種陳腔濫調，而這種老哽結局和另一個更原創但滿是乏味角色的故事結局相比，孰優孰劣？哪本書比較俗套？這是客觀的研究方法無法回答的問題。

　　不過，要是我們聚焦於過度使用的句子，也就是阿米斯所謂的「筆下的陳腔濫調」，或許能回答這幾個比較狹義的問題：

・誰的陳腔濫調用得最多？
・哪位作家最常用「格格不入」（fish out of water）、「盛裝打扮」（dressed to kill）、「挑燈夜戰」（burn the midnight oil）這類成語？

上述幾種說法皆可在二〇一三年出版的《陳腔濫調辭典》（The Dictionary of Clichés）中看到──此書由克莉絲汀・安默兒（Christine Ammer）編纂，收錄了超過四千條陳腔濫調，是就我所知最多的。《陳腔濫調辭典》的詞條多，而且在它問世前，安默兒女士收集陳腔濫調與口語用詞已經有二十五年的經驗，所以哪些話算得上陳腔濫調、哪些又不是，我奉安默兒為主審。

即便風格各異，每位作家也都會用陳腔濫調。在 200 頁的表格中，我選了一組作家以及他們各自特別常用的一句老哏（根據《陳腔濫調辭典》內容所選）。要注意的是，就算她的辭典有四千個詞條，安默兒的標準也不是最全面的，可能會與艾米斯或你我的名單有別。

在與美國知名節目主持人查理・羅斯（Charlie Rose）進行的訪談中，艾米斯剖析了自己對陳腔濫調的觀點，舉出諸如「天氣悶熱」（The heat was stifling）、「她在手提袋裡翻找」（She rummaged in her handbag）這類例子。然而這兩種說法都未獲《陳腔濫調辭典》採納。

除此之外，陳腔濫調與否也端視時代而定。「別再上門來」（never darken my door again）這類老套說法的歷史甚至比珍・奧斯汀的年代還久遠。另一些陳腔濫調則比較當代。因為一九九七年播出的某一集《歡樂單身派對》（Seinfeld），「點點點」（yada yada）又回到大家嘴邊；「足球媽媽」（soccer mom）[2] 則顯然是現代產物。安默兒在辭典中收錄的

---

2 譯者注：住在美國郊區的中產階級婦女，常花大量時間接送兒女參加各種課外活動。

「第二十二條軍規」（Catch-22）[3] 則來自約瑟夫‧海勒（Joseph Heller）於一九六一年出版的小說書名。不過，「第二十二條軍規」在海勒發明它的年代並非陳腔濫調。

　　語言會隨著時代改變。如果安默兒出版辭典的時間是兩百年前的一八一三年（《傲慢與偏見》出版的那一年），內容想必不同。

3　譯者注：兩難的處境，通常用於相當荒謬的情況。

作家在過半數作品中使用過的陳腔濫調		
作家	作品	陳腔濫調
以撒・艾西莫夫	7 本「基地」小說	陳年往事 (past history)
珍・奧斯汀	6 本小說	誠心地 (with all my heart)
艾妮・布萊頓	21 本《智仁勇探險》小說	轉瞬間 (in a trice)
雷・布萊柏利	11 本小說	總算 (at long last)
安妮・布魯雪絲	9 本小說	點點點 (blah blah blah)
丹・布朗	4 本「蘭登教授」小說	(回到) 原點 (full circle)
湯姆・克蘭西	13 本小說	毫釐之差 (by a whisker)
蘇珊・柯林斯	3 本《飢餓遊戲》小說	就此看來 (put two and two together)
克萊夫・卡斯勒	23 本「德克比特」小說	一廂情願 (wishful thinking)
詹姆士・達許納	3 本《移動迷宮》小說	機不可失 (now or never)
西奧多・德萊賽	8 本小說	紛至沓來 (thick and fast)
威廉・福克納	19 本小說	遲早 (sooner or later)
達許・漢密特	5 本小說	打開天窗說亮話 (talk turkey)
卡勒德・胡賽尼	3 本小說	每個角落 (nook and cranny)
EL・詹姆絲	3 本《格雷的五十道陰影》 小說	我說不出話來 (words fail me)
詹姆斯・喬伊斯	3 本小說	從至高處跌到谷底 (from the sublime to the ridiculous)

作家在過半數作品中使用過的陳腔濫調		
作家	作品	陳腔濫調
喬治・馬汀	8 本小說	伸手不見五指 (black as pitch)
赫爾曼・梅爾維爾	9 本小說	徹頭徹尾 (through and through)
史蒂芬妮・梅爾	4 本《暮光之城》小說	鬆一口氣 (sigh of relief)
弗拉基米爾・納博科夫	8 本小說	簡而言之 (in a word)
詹姆斯・派特森	22 本「艾利克斯・克羅斯」小說	信不信由你 (believe it or not)
茱迪・皮考特	21 本小說	第六感 (sixth sense)
雷克・萊爾頓	5 本「波西傑克森」小說	渾身上下 (from head to toe)
JK・羅琳	7 本《哈利波特》小說	夜深人靜 (dead of night)
薩爾曼・魯西迪	9 本小說	最後一根稻草 (the last straw)
艾莉絲・希柏德	3 本小說	三思 (think twice)
莎娣・史密斯	4 本小說	目光陰險 (evil eye)
唐娜・塔特	3 本小說	好過頭了 (too good to be true)
JRR・托爾金	《魔戒三部曲》與 《哈比人歷險記》	正是時候 (nick of time)
湯姆・沃爾夫	4 本小說	不祥預感 (sinking feeling)

註：這些詞條均來自《陳腔濫調辭典》；類型與風格殊異的作家則由我個人挑選，並未以特定量化尺度為標準。

在我們頒發陳腔濫調桂冠之前，有最後一個問題要思考：口頭上的陳腔濫調算不算數？書中人物的對話夾雜老套說法，也算是寫作的陳腔濫調，或只是作家在模擬日常對話呢？以派特森《Mary, Mary》的一段對話為例，被收錄至《陳腔濫調辭典》的部分以粗體字標示。書中主角艾利克斯·克羅斯是第一位發話者。

> 「……可是，妳要是因此逮到瑪麗·史密斯，一切就都沒事了，妳還會成為英雄。」
>
> 「玩**俄羅斯輪盤**啊。（Russian roulette）」她冷冷評道。
>
> 「**遊戲就得這麼玩**。（Name of the game）」我說。
>
> 「順道一提，我不想當英雄。」
>
> 「卻**在所難免**。（Goes with the territory）」
>
> 她終於笑了：「美國福爾摩斯。我好像在哪裡讀過你這個封號？」
>
> 「不要盡信書啊。」

這短短一段對話，有三個陳腔濫調都在安默兒的四千則詞條內。要是安默兒想把她的辭典擴充為 4,002 條，對話中還有兩句很有潛力（「我不想當英雄」〔I don't want to be a hero〕還有「不要盡信書」〔don't believe everything you read〕）。雖然我們不乏排除對話的理由，我最終還是決定把對話納入計算，因為要是你筆下主角老是用陳腔濫調，到了某個程度，那位角色就會是種陳腔濫調——你的小說繼而也可能如此。

醜話已經在前頭說明白，現在調查結果又是如何？哪位作家是陳腔濫調大王？

每100,000字的陳腔濫調數量

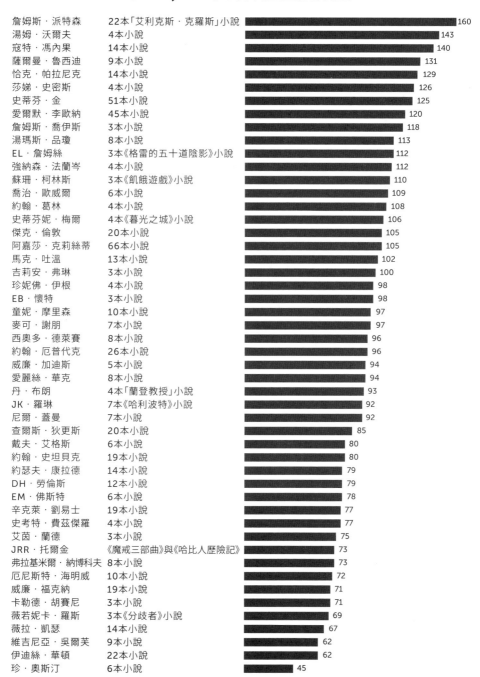

詹姆斯·派特森	22本「艾利克斯·克羅斯」小說	160
湯姆·沃爾夫	4本小說	143
寇特·馮內果	14本小說	140
薩爾曼·魯西迪	9本小說	131
恰克·帕拉尼克	14本小說	129
莎娣·史密斯	4本小說	126
史蒂芬·金	51本小說	125
愛爾默·李歐納	45本小說	120
詹姆斯·喬伊斯	3本小說	118
湯瑪斯·品瓊	8本小說	113
EL·詹姆絲	3本《格雷的五十道陰影》小說	112
強納森·法蘭岑	4本小說	112
蘇珊·柯林斯	3本《飢餓遊戲》小說	110
喬治·歐威爾	6本小說	109
約翰·葛林	4本小說	108
史蒂芬妮·梅爾	4本《暮光之城》小說	106
傑克·倫敦	20本小說	105
阿嘉莎·克莉絲蒂	66本小說	105
馬克·吐溫	13本小說	102
吉莉安·弗琳	3本小說	100
珍妮佛·伊根	4本小說	98
EB·懷特	3本小說	98
童妮·摩里森	10本小說	97
麥可·謝朋	7本小說	97
西奧多·德萊賽	8本小說	96
約翰·厄普代克	26本小說	96
威廉·加迪斯	5本小說	94
愛麗絲·華克	8本小說	94
丹·布朗	4本「蘭登教授」小說	93
JK·羅琳	7本《哈利波特》小說	92
尼爾·蓋曼	7本小說	92
查爾斯·狄更斯	20本小說	85
戴夫·艾格斯	6本小說	80
約翰·史坦貝克	19本小說	80
約瑟夫·康拉德	14本小說	79
DH·勞倫斯	12本小說	79
EM·佛斯特	6本小說	78
辛克萊·劉易士	19本小說	77
史考特·費茲傑羅	4本小說	77
艾茵·蘭德	3本小說	75
JRR·托爾金	《魔戒三部曲》與《哈比人歷險記》	73
弗拉基米爾·納博科夫	8本小說	73
厄尼斯特·海明威	10本小說	72
威廉·福克納	19本小說	71
卡勒德·胡賽尼	3本小說	71
薇若妮卡·羅斯	3本《分歧者》小說	69
薇拉·凱瑟	14本小說	67
維吉尼亞·吳爾芙	9本小說	62
伊迪絲·華頓	22本小說	62
珍·奧斯汀	6本小說	45

我使用了本書一再出現的五十位作家樣本組，並計算每個人筆下每一條陳腔濫調的總數。在這五十位作家中，派特森最愛用陳腔濫調。數據攤開來看就是如此。前面圖表中顯示的陳腔濫調數量不只來自對話，派特森敘事時也用了很多大家耳熟能詳的詞。以下節錄就來自於他的「艾利克斯・克羅斯」系列第一集，而安默兒認定為陳腔濫調的部分以粗體字標示：

麥可・郭德堡在他懷裡彷彿**一點重量也沒有**（weighed next to nothing），就跟桑傑對他的感覺一樣。什麼也沒有。接下來是那個小公主，瑪姬・蘿絲・唐恩，爸媽的**小喜悅與驕傲**（little pride and joy），從**仙境**（La-la-land）直達人間。

把上一頁的圖表看過一遍，你可能會有點同情這位暢銷作家。派特森的競爭對手下筆都沒他那麼俗套。珍奧斯汀的陳腔濫調用得最少，不過她寫作的年代是兩世紀以前。雖然史蒂芬金、丹布朗、詹姆絲等當代作家也在統計名單上，但拿派特森跟凱瑟、華頓、福克納這些人相比好像還是不太公平。某些陳腔濫調可能跟年代與讀者等因素特別有關，若與較早期的文學作家相比，並沒有意義。

然而，再進一步檢測就會發現，就算控制了時間變項，陳腔濫調在文學小說與通俗小說中還是有使用差異。從二〇〇〇到二〇一六年間，所有普立茲獎得主的陳腔濫調使用率中位數是每 100,000 字 85 個。如果來看同期間的《出版者週刊》（Publishers Weekly）年度十大暢銷書，會發現陳腔濫調使用率中位數是 118 個——幾乎高了 40%。

安東尼・杜爾（Anthony Doerr）的《呼喚奇蹟的光》（All the Light We Cannot See）以及阮越清（Viet Thanh Nguyen）的《同情者》（The Sympathizer）是我走筆至此時最新的普立茲小說獎得主。

杜爾與阮越清那兩本小說的陳腔濫調使用率分別是每 100,000 字 39 個與 78 個。派特森的《Unlucky 13》與《Truth or Die》與前述兩本普立茲獎小說先後在一個月內出版，而派特森這兩本書的陳腔濫調使用率分別是每 100,000 字 149 個與 183 個。

就算與同類的超級暢銷小說相較，派特森的陳腔濫調使用率也大幅領先。我往前追溯《出版者週刊》的年度暢銷小說，一直到二〇〇〇年為止共有 127 本。其中雖然有《姊妹》（The Help）、《蘇西的世界》（The Lovely Bones）等獨特作品，但大多數仍是派特森這類通俗暢銷作家，包括史派克、鮑爾・達奇、梅爾、羅琳、柯林斯、葛里遜、派翠西亞・康薇爾（Patricia Cornwell）、克蘭西等人。

在二十一世紀最暢銷的這 127 本書裡，陳腔濫調最多的是派特森的「艾利克斯・克羅斯」系列第十七集《Cross Fire》，每 100,000 字有 242 個，數量驚人。這些暢銷書中陳腔濫調最多的前五名，有四名出自派特森筆下。

最多陳腔濫調的二十一世紀暢銷書		
作者	書名	每 100,000 字的陳腔濫調用量
詹姆斯・派特森	《Cross Fire》	242
詹姆斯・派特森	《Mary, Mary》	218
甄・凱倫（Jan Karon）	《Light from Heaven》	218
詹姆斯・派特森	《The Quickie》	215
詹姆斯・派特森	《絕命追緝令》	208
珍妮・伊凡諾維奇	《Fearless Fourteen》	206
詹姆斯・派特森	《Kill Alex Cross》	204
珍妮・伊凡諾維奇	《Finger Lickin' Fifteen》	199
珍妮・伊凡諾維奇	《Plum Lovin'》	199
湯姆・克蘭西	《反恐任務》	197

　　派特森平均每年會有一本以上的作品成為暢銷書，可見他稱霸書市的威力。不過，從他的作品在上表占了半數看來，他用陳腔濫調的量也令人印象深刻。

　　你要是讀過派特森的書，看到這個排名可能不意外。就算你只知道他的書名，也會覺得有道理。派特森用過《倒數計時》（11th Hour）、《貓捉老鼠》（Cat & Mouse）、《七重天》（7th Heaven）[4] 等書名，全被收錄於《陳腔濫調辭典》。在陳腔濫調的權威名單外，派特森的書名還有

4　譯者注：這裡列舉的某些書有中文版，但中文書名與英文書名的意思很不同。為了呈現這些常見用語的原意，這裡採用直譯。中文版書名請參見書末的「參考資料」。

很多常見用語，像是《玫瑰紅》（Roses are red）、《法官與陪審團》（Judge & Jury）、《獵寶者》（Treasure Hunter）、《厄運十三》（Unlucky 13）、《第凡內星期天》（Sundays at Tiffany's）、《初戀情人》（First Love）等等。

　　凱勒把小說書名取名為《第二十二條軍規》，有創意又好記，讓人不禁一再仿用到這說法成了陳腔濫調。莎士比亞也杜撰了「閃爍未必是真金」（all that glitters is not gold）、「像門釘似地死透了」（dead as a doornail）、「黃金心腸」[5]（heart of gold）、「吃醃菜」[6]（in a pickle）、「追野鵝」[7]（wild-goose chase）等詞句。等大家把這些詞用在自己的筆墨言談間，莎士比亞的創意就變成了老哏。派特森則相反。他是用了很多陳腔濫調沒錯，不過從他大受歡迎的程度看來，他顯然用得出神入化、獨具一格。

　　艾米斯看了數據結果後，會同意派特森是陳腔濫調大王嗎？之前我曾提過，艾米斯在他與查理‧羅斯進行的訪談中特別舉出「天氣悶熱」、「她在手提袋裡翻找」為例，說明什麼叫陳腔濫調。所以我特別再檢視一次我的五十位作家樣本組，看誰用「悶熱」形容過天氣，又有誰真寫過「她在手提袋裡翻找」。結果只有一位作家把這兩種說法都用上了：詹姆斯‧派特森。

5　譯者注：非常善良有德。

6　譯者注：陷入困境。古時候，醃菜是窮人家吃的東西，所以當人開始陷入要吃醃菜的境地，即表示境遇轉壞、遇上麻煩。

7　譯者注：徒勞無功之舉。

像明喻一樣螫人

胡賽尼在他大獲好評的小說《追風箏的孩子》（The Kite Runner）裡為陳腔濫調這麼辯護：

聖荷西州立大學有位創意寫作老師，在談到陳腔濫調時曾說：「要像避瘟疫一樣避著它。」他覺得自己的這個笑話很好笑。全班同學也跟著他笑，但我其實一直覺得陳腔濫調很冤枉，因為它們通常是一語中的。只不過，某種說法作為陳腔濫調的好處，常被它作為陳腔濫調的本質給掩蓋了。比方說，拿「屋裡的大象」（elephant in the room）這句慣用語來形容我與拉辛汗重逢的那一刻，真是再貼切不過。

作家與老師都會告誡你，用陳腔濫調會害讀者分心。不過，就像胡賽尼和那句有關動物的比喻，有時那隻「屋裡的大象」就是抓住了你想表達的感覺。或許這也是為什麼大家會一再重複某些句子，最後使它們成了陳腔濫調。

老鼠般安靜。狐狸般狡猾。蝴蝶般飄忽。蜜蜂般螫人。不論文化與時空差距，在文學史上，作家的基本手法之一就是以動物形象作喻依——以致於有很多動物比喻現在都被視為老哽了。然而，以動物做明喻還是能製造有力又鮮明的效果，還能形成獨特的風格。

雖然下面的簡單句型不是一體適用，我還是搜尋了作家用它來作的一些動物明喻：

像 + 動物名 + 般（一樣）+ 形容詞（可加可不加）

看起來這麼老掉牙的句子，作家應該都會避開才是。然而，不論寫的是通俗或文學作品，幾乎所有作家都會以動物做明喻。在當代小說家裡，史蒂芬金用動物明喻的次數排名第三高，每 100,000 字有 11 個動物明喻；弗琳與尼爾‧蓋曼則是每 100,000 字 16 個。

在我的作家樣本中，我發現只有珍奧斯汀從沒用過這麼原始的明喻法。與珍奧斯汀同時代的經典作品（《科學怪人》〔Frankenstein〕、《薩克遜英雄傳》〔Ivanhoe〕、《大地英豪》〔The Last of the Mohicans〕）都用了動物明喻，所以不用這種修辭法並非是她所處時代的緣故。珍奧斯汀在她全部六本作品中，都刻意避免以動物作喻。

另一些作家則反其道而行。在我檢視的所有作家中，動物明喻用最多的小說家是勞倫斯，也就是《查泰萊夫人的情人》、《兒子與情人》等書的作者。

下表是勞倫斯與多位名家的比較，每個人出生的年代均相仿（一八五○～一八九九）。除了史坦貝克與福克納，勞倫斯用動物明喻的次數是表中其他人的兩倍，包括以大量自然寫作聞名的傑克‧倫敦。

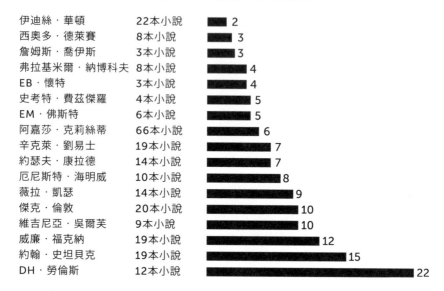

每100,000字的動物明喻數量

伊迪絲・華頓	22本小說	2
西奧多・德萊賽	8本小說	3
詹姆斯・喬伊斯	3本小說	3
弗拉基米爾・納博科夫	8本小說	4
EB・懷特	3本小說	4
史考特・費茲傑羅	4本小說	5
EM・佛斯特	6本小說	5
阿嘉莎・克莉絲蒂	66本小說	6
辛克萊・劉易士	19本小說	7
約瑟夫・康拉德	14本小說	7
厄尼斯特・海明威	10本小說	8
薇拉・凱瑟	14本小說	9
傑克・倫敦	20本小說	10
維吉尼亞・吳爾芙	9本小說	10
威廉・福克納	19本小說	12
約翰・史坦貝克	19本小說	15
DH・勞倫斯	12本小說	22

　　如果你想更深入了解 DH・勞倫斯的華美文筆，不妨想想他對鳥類的愛好，或至少想想他對鳥類譬喻的愛好。這位英格蘭小說家出版的第一本書叫做《白孔雀》（White Peacock）、最後一本書則叫做《逃跑的公雞》（The Escaped Cock）。

　　勞倫斯用的鳥類譬喻比克莉絲蒂、費茲傑羅、喬伊斯等人用的**任何**動物譬喻都更多。在勞倫斯的十二部小說中，我統計得出的各種鳥類明喻共有 116 個。

繼續深究，我們能為 DH·勞倫斯的戀鳥情節找到一些解釋。DH·勞倫斯也是詩人，而他最出名的詩集是《鳥、野獸與花》（Birds, Beasts and Flowers）。可以想見，他在這些描寫鳥獸的詩裡用喻用得很重，每 100,000 字有超過 90 個動物明喻。此外，他經常旅行，也以反工業的立場聞名。DH·勞倫斯向來深受大自然吸引。他在闡述個人哲思的非虛構作品中，曾著力批判現代人與周遭環境的脫節。

在過去，勞倫斯充滿感官意象的文字確實大獲成功，作品至今也仍受到藝文學者愛戴。可是他的某些句子擺在二十一世紀很難讀，我們也很難用一百年前的讀者可能會用的方式來理解這些句子。DH·勞倫斯用的某些表達方式可以理解，像是「有時像鴕鳥般把頭埋進沙裡」、「像一隻受驚的雞」，就算這些話已經像「屋裡的大象」一樣成了陳腔濫調也無妨。但他其他句子在今日看來就幾近荒謬了。請看下面這段敘述：

「可笑。真是可笑！」她脫口而出，腦袋上下晃動著，又側到一邊去，**像隻憤怒的火雞**。

如今有多少讀者在想像火雞憤怒的模樣時，不會覺得有困難？現代的編輯看到這句話，會不會二話不說就刪了它？又或著，今日出版的某本書，會讓下面兩個句子[8]印在同一頁上嗎？這兩句話都用鷹來比喻人的眼神。

8　譯者注：出自《彩虹》（The Rainbow）。

「我不知道，」他說道，同時用明亮又冷酷的眼神看著他叔叔，**像隻老鷹**。

威爾·布朗溫低下頭，用不信任的眼光掃過他的叔叔，**像受困籠中的老鷹**。

作家鍾愛的字彙

在一九九五年出版的《戀字癖的狂歡》（The Logophile's Orgy）中，路易斯·柏克·弗朗克斯（Lewis Burke Frumkes）請布萊柏利等知名作家提供他們最愛的字彙。《華氏451度》的作者布萊柏利表示：我最喜歡的兩個字是「搖搖欲墜」（ramshackle）與「肉桂」（cinnamon）。

為何偏愛**搖搖欲墜**？布萊柏利給的理由很複雜：

「搖搖欲墜」在我筆下為何扮演如此重要的角色，很難解釋……我們有一半時間會覺得自己是搖搖欲墜、不平衡的人，缺了右腦或左腦，兩個半腦間還有可怕的真空。對我來說，這就是搖搖欲墜。

不過他對**肉桂**的愛就是基於一種更深層的個人因素了：

肉桂這個字，我想是源於兒時對祖母家食物儲藏間的記憶。我很喜歡讀那些香料罐上的標籤。咖哩來自遙遠的印度地區，肉桂則來自世界各地。

布萊柏利選了**搖搖欲墜**與**肉桂**做為他的「最愛」。如果我們來看數據，會發現他確實比其他作家更常用這兩個字。我在本書中經常拿來分析的那五十位作家，從羅琳到納博科夫、從克莉絲蒂到珍奧斯汀都有，但沒有誰寫起**搖搖欲墜**來有布萊柏利那麼頻繁。五十位作家中又只有童妮・摩里森比他更常用**肉桂**。

布萊柏利在謳歌**肉桂**時，提到這個字使他想起祖母家食物儲藏間裡的香料罐標籤。要是我們沒讀過那段解釋，光靠一點統計調查，是否能嗅到這段回憶？

在樣本組的五十位作家中，布萊柏利比其他四十八位更常用**香料**這個詞。但他用**咖哩**的次數不多——也就是他在解釋肉桂為何是心頭好時順帶提到的詞。然而，許多與食物儲藏間或許有關聯的調味品，像是綠薄荷、香草、胡椒薄荷、肉豆蔻、洋蔥、甘草、檸檬，在布萊柏利很多作品中的使用率就很高，其中好幾個字也都用得比同儕作家更頻繁。

下頁表格是包含布萊柏利在內的五十位作家使用這些詞的排名（統計結果並未依字詞使用脈絡調整。譬如詹姆絲在《格雷的五十道陰影》用**香草**這個字可能是為了寫「香草性愛」[9]；**咖哩**指的可能是香料或是菜名。計入**咖哩**當動詞用的次數，也不會改變這裡的排名）。

---

9 譯者注： Vanilla sex 即最普通單純的性行為，不涉及任何特殊癖好。

詞彙	第一名	第二名	第三名
肉桂	童妮·摩里森	**布萊柏利**	卡勒德·胡賽尼
咖哩	尼爾·蓋曼	莎娣·史密斯	JK·羅琳
綠薄荷	**布萊柏利**	吉莉安·弗琳	喬治·歐威爾
香料	薩爾曼·魯西迪	詹姆斯·喬伊斯	**布萊柏利**
香草	EL·詹姆絲	**布萊柏利**	恰克·帕拉尼克
胡椒薄荷	EB·懷特	**布萊柏利**	喬治·歐威爾
肉豆蔻	**布萊柏利**	尼爾·蓋曼	恰克·帕拉尼克
甘草	**布萊柏利**	恰克·帕拉尼克	強納森·法蘭岑
洋蔥	詹姆斯·喬伊斯	麥可·謝朋	**布萊柏利**
檸檬	**布萊柏利**	辛克萊·劉易士	詹姆斯·喬伊斯

　　許多香料名稱在布萊柏利筆下出現的頻率高得很特別。要是你完全信任我的數據，可能會認為與**綠薄荷、香草、胡椒薄荷、甘草、肉豆蔻**相較，**肉桂**並不是布萊柏利的最愛。

　　如果只看一個字，他用**綠薄荷**的頻率比**肉桂**更異常的高。布萊柏利常寫**肉桂**並不令人意外，畢竟這算是普通字彙。然而，在我的樣本組中，沒有哪位作家使用**綠薄荷**的頻率能與布萊柏利相提並論。他在自己的十一本小說中用**綠薄荷**的次數，幾乎與那五十位作家、五百五十本書

使用此字的總次數一樣多（包括 spear-mint 與 spear mint 等不同拼法）。布萊柏利對**綠薄荷**的愛，著實與眾不同。所有統計樣本中的**綠薄荷**有超過 50% 都出自他的筆下，而他用的**肉桂**只占 6%。

　　或許你出於好奇，會想看看比這五十位作家更大的樣本組，那麼美國近當代英語語料庫可能是個安全的選擇。這是由楊百翰大學（Brigham Young University）語言學家收集的語料庫，內容來自一八一〇到二〇〇九年間的書面文字，總計有 3 億 8,500 萬字（大約是我的五十位作家總字數的六倍）。這個語料庫不是為了作為知名小說的樣本組（好比我的樣本組）而創造的，而是為了給過去兩百年間較為尋常的書面文字設定一個比較基準。除了小說，美國近當代英語語料庫也囊括了非虛構類書籍與各種雜誌、報紙文章用字，是過去兩世紀間一般書面英語的範本。

　　布萊柏利寫**肉桂**的頻率是美國近當代英語語料庫的 4.5 倍。與一般書面文字相較，他確實比較常用那個字。不過，與同一個歷史語料庫相比，布萊柏用**綠薄荷**的頻率是整整五十倍之多。**肉桂**是布萊柏利的「最愛」，而不論他是否有所意會，**綠薄荷**一定也在他心中高居前幾名。布萊柏利的香料類字彙用得很多，但也沒有多到惹眼或害人分心。平均而言，各種香料在他每本書出現的次數不會超過一、兩次。

　　另一方面，作家寫到後來可能會不自覺地「猛用」某些字，多到在一本書中寫它個幾百次，甚至干擾了閱讀體驗。比方說，同樣在《戀字癖的狂歡》收集的作家最愛字詞中，麥可‧康納利提供的是**點頭**（nodded）。康納利出過七本冠軍暢銷書，也有兩本作品改編為商業

大片（由克林・伊斯威特〔Clint Eastwood〕主演的《血型拼圖》〔Blood Work〕，以及馬修・麥康納〔Matthew McConaughey〕主演的《林肯律師》〔Lincoln Lawyer〕）。康納利談到他的愛字「點頭」與小說主角哈利・鮑許時這麼說：

他是個沉默寡言的男人。他總是以點頭來回應，結果就是我所有的書裡都有「點頭」。我曾經有個編輯指出，哈利也太常點頭了。他在某一本書裡還真的點過 243 次頭。

康納利使用點頭（nodded, 或 nod、nods、nodding 等變化型）的頻率比我樣本組的全部五十位作家都更高，每 100,000 字有 109 次（大約每三、四頁一次）。這是克莉絲蒂的兩倍，羅琳的四倍，海明威的八倍，也是美國近當代英語語料庫的十五倍。

在康納利筆下，每一千字至少會出現一次的詞有 119 個，像是看（looked）、車（car）、案件（case）、某事（某物）（something）、電話（phone）、大約（about）等等。與美國近當代英語語料庫相較，康納利在這 119 個詞裡用得最多的就是**點頭**。康納利雖沒做過統計，但仍說得出來自己常用到不成比例的字彙，持平而論，他真的很了解自己的怪癖。

康納利知道自己很常寫**點頭**，這是件壞事嗎？你喜歡的字與你發現自己太常用的字，兩者的分野很微妙。如同記者班・雅格達（Ben Yagoda）在他的《如何不寫壞文章》（How to Not Write Bad）一書中所說：「重複用詞像是管不住的口風──或許正是它洩了你的底──這是笨拙、漫不經心的徵兆。」

雅格達接著更詳細解釋了他反對重複的理由。他建議大家，一個詞不要在同一句話裡用兩次，不過他也說基本常用字詞可以例外通融。有些相當特殊的字眼，雅格達建議大家等隔幾頁再用。

康納利的**點頭**似乎比較該歸在後者，因為這個字算特別，而且康納利雖然常用，但其他作家大都比較不常用。康納利自知喜歡用這個字，但即便如此，有時**點頭**仍像是在他文章裡自動出現一樣。這裡有兩個例子（都屬於比較極端的就是了）。以下段落出自《Chasing the Dime》：

「可是我們還能用更小的東西，」他說，「小很多的。」

她**點點頭**，不過他看不出來她是真聽懂了，或只是**點頭**點個樣子。

「分子。」她說。

他也**點了點頭**。

以下這段對話則來自《Lost Light》：

「白人？」

我**點頭**。

「靠，好樣的。」

我又**點頭**。

「所以你私底下到底在幹麼，哈利？」

我聳聳肩。

「這是妳八個月以來第一次出現在這裡，妳應該知道才對。」

她**點了點頭**。

「是啊。」

「我來猜猜。亞歷山大・泰勒對局裡長官或是市長緊追不捨，要求調查我對吧。」

她**點頭**。我就知道。

我開始思索這些詞，也就是某些作家會特別一寫再寫，好像「萬用救急錦囊」的詞。這些字詞如此受寵，以至在某位作家筆下從罕見躍為常用，簡直成了那位作家思考與工作的一部分。

我們都有自己的愛字與萬用字、我們的**肉桂**與**點頭**。我就好奇了，說到其他作家的愛字與萬用字，數據能告訴我們什麼？我決定擬出大致準則來定義這兩類用字，而在本章結尾，我也會列出多位作家最常用的愛字與萬用字。

首先，為了找出作家的最愛、他們的「肉桂字」，我用以下標準來篩選：

・一定要出現在作家的**半數**作品中。
・在作家全數作品中的使用率一定要達到每十萬字至少**一次**。
・不能過於罕見，在美國近當代英語語料庫中的出現頻率不可低於每一百萬字一次。
・不能是專有名詞。

我把每位作家筆下符合標準的字全找出來，再與美國近當代英語語料庫比對，抓出其中使用率最高的三個字。這些就是「肉桂字」，大致即為作家的最愛。

比方說，來看我們在納博科夫的作品中找到什麼字吧。這位《蘿莉塔》作者的最愛——也就是排名第一的「肉桂字」，在他全部八本書裡各出現至少一次——是**淺紫色**（mauve）。整體來說，他使用這個字的頻率是美國近當代英語語料庫的四十四倍。在納博科夫的作品中，沒有其他字彙的使用率在與一般書面文字相較時，有這麼大的差別。

淺紫色這類色彩會是納博科夫的愛字之一，十分合理。他的聯覺是出了名的。他在自傳《說吧，記憶》（Speak, Memory）裡就有充滿細節與色彩（包括淺紫色）的描述：

然而，有時我的光聯覺會有種相當溫柔、朦朧的特質，然後我會看到——就像那樣，投射在我眼瞼內部——灰色的人形在蜂窩間遊走，黑色的鸚鵡自山間積雪消失，或是遠處一抹**淡紫色**在移動的船桅後方逸散。

此外，我也提供一個美妙的例子來說明什麼是色彩聽覺。說「聽見」或許不太正確，因為我對色彩的感覺似乎是在想像某個字母的形狀、從口中說出它的那個當下產生。對我來說，英文字母的 a 長音（除非特別提及，不然我在後面所指的字母即為 a）有著褪色木頭的色澤，法文的 a 則讓我感覺到打磨過的黑檀木。

從納博科夫對自己想法的獨特描述看來，使用「肉桂字」法則似乎真能成功找到他的愛字。他對淺紫色有著超乎尋常的喜愛，不過他用起其他顏色也比其他作家多。如果以可優樂牌（Crayola）蠟筆標準六十四色組的各色名稱為準，納博科夫在每 100,000 字裡會寫上大約 460 次顏

色名稱，非常繽紛。在美國近當代英語語料庫裡，那六十四種顏色在每100,000 字裡只出現了 115 次。

不是每個人的「肉桂字」都像納博科夫那麼明顯，這個篩選標準也不盡完全。對某些作家而言，我篩到的字其實反映了某本書特有的調性或主題，像是：

· 珍奧斯汀：禮節、猜想與輕率。

· 克莉絲蒂：審訊、不在場證明、可怕。

· 哈利波特系列的「肉桂字」前三名是：魔杖、巫師、藥水（像羅琳等作家，因為我只選用了最知名的一個系列小說當樣本，所以收集到的字詞表徵著故事的背景設定，比較難說是她的個人愛字）。

· 《格雷的五十道陰影》系列：低語、嗯、下意識。

· 派特森的「艾利克斯·克羅斯」系列：兇手、謀殺與綁架──拿來當吸睛標語都不賴。

我也建立了一套標準來篩選每位作家的萬用字、他們的「點頭」字，也就是作家一用再用到引人注意的字。我訂定的「點頭」字標準如下：

· 一定要出現在作家的**每一部**作品中。

· 在作家全數作品中的使用頻率要達到至少每十萬字**一百次**。

· 不能過於罕見，在美國近當代英語語料庫中的出現頻率不可低於每一百萬字一次。

· 不能是專有名詞。

每位作家的前三名「點頭字」再用同樣的計算方式，與美國近當代英語語料庫的使用率比對後篩選出來。這些字有時也會受書的主題與背

景設定左右（柯林斯在《飢餓遊戲》系列裡的萬用字有**區**與**遊戲**），而且通常較為平淡乏味。不過，它們還是能讓人一窺某些作家寫作的內在機制——為了推動情節或連接場景，他們所仰賴的手法與不自覺的小動作。

尼爾・蓋曼會用**走動**來過場；契弗作品裡的現實總在變動，聚焦在事物**似乎**是如何；史坦恩的「雞皮疙瘩」系列充滿了**瞪視**與**哭泣**；有些作家關切人**感覺**到什麼，另一些則專注於人**想要**什麼。

下表就是我在本書常用作樣本的五十位作家中，每一位的前三名「肉桂字」與「點頭字」。為了增添趣味，我另外加入了五十位有人氣與備受好評的作家。其中大部分的字是看不出什麼深刻的真理——不過，還是有不少能讓我們一窺這些作家與他人相較是如何寫作與思考的。

作家	作品	肉桂字	點頭字
奇奴瓦·阿契貝	5 本小說	男性親戚、憎恨、宅院 (kinsmen, abomination, compound)	女孩，空間，喜歡 (girls, room, likes)
道格拉斯·亞當斯	7 本小說	完美、銀河的、太空梭 (prefect, galactic, spaceship)	是的、說、剛好 (yes, said, just)
米奇·艾爾邦	6 本書	呼出、嗯、咕噥 (exhaled, humm, mumbled)	電話、感覺、問 (phone, felt, asked)
以撒·艾西莫夫	7 本「基地」小說	銀河的、終點、議員 (galactic, terminus, councilman)	秒／第二、說、是的 (second, said, yes)
珍·奧爾	6 本「愛拉傳奇」小說	圖騰、家族、乾草原 (totem, clan, steppes)	家族、洞穴、狼 (clan, cave, wolf)
珍·奧斯汀	6 本小說	禮節、猜想、輕率 (civility, fancying, imprudence)	她自己、親愛的、女士 (herself, dear, lady)
大衛·鮑爾達奇	29 本小說	網、手提電腦、加長型轎車 (web, laptop, limo)	看、真地、後面 (looked, really, back)
艾妮·布萊頓	21 本《智仁勇探險》小說	吠聲、嘿、食品間 (woof, hallo, larder)	狗、圓、說 (dog, round, said)
雷·布萊柏利	11 本小說	冰箱、該死、呼氣 (icebox, dammit, exhaled)	某人、叫、男孩 (someone, cried, boys)
安妮·布魯雪絲	9 本小說	罩衫、蜜蜂、宿舍 (smock, bee, dorm)	或許、感覺、她自己 (maybe, felt, herself)
夏綠蒂·勃朗特	4 本小說	零售商／手藝人、二輪單馬車、容貌 (tradesman, gig, lineaments)	我的、是、我 (my, am, me)
丹·布朗	4 本「蘭登教授」小說	聖杯、共濟會的、金字塔 (grail, masonic, pyramid)	感覺、向、看 (felt, toward, looked)

作家	作品	肉桂字	點頭字
楚門·卡波提	5 本小說	凌亂、動物園、天竺葵 (clutter, zoo, geranium)	雖然、喜歡、似乎 (though, liked, seemed)
薇拉·凱瑟	14 本小說	白楊、有……之心、 紫丁香 (cottonwood, hearted, lilac)	去、總是、看 (went, always, looked)
麥可·謝朋	7 本小說	懷舊、木板路、慘了 (nostalgia, boardwalk, fucked)	黑、附近、說 (black, around, said)
約翰·契弗	5 本小說	醫務室、撩起性慾的、情 色的 (infirmary, venereal, erotic)	似乎、去、問 (seemed, went, asked)
阿嘉莎·克莉絲蒂	66 本小說	審訊、不在場證明、可怕 (inquest, alibi, frightful)	是的、相當、真的 (yes, quite, really)
湯姆·克蘭西	13 本小說	鐘響、政治局、簡報 (ding, politburo, briefed)	先生、問、某事 (sir, asked, something)
卡珊卓拉·克蕾兒	9 本小說	審訊官、吸血鬼、惡魔 (inquisitor, vampire, demons)	血、毛髮、看 (blood, hair, looked)
蘇珊·柯林斯	3 本《飢餓遊戲》 小說	貢獻、追蹤者、勝者 (tributes, tracker, victors)	區、遊戲、說 (district, games, says)
麥可·康納利	27 本小說	高速公路、殺人案、 手提電腦 (freeway, homicide, laptop)	點頭、電話、車 (nodded, phone, car)
約瑟夫·康拉德	14 本小說	靜止、船尾、天窗 (immobility, poop, skylight)	似乎、聲音、頭 (seemed, voice, head)
麥克·克萊頓	24 本小說	恐龍、感應器、注射器 (dinosaur, sensors, syringe)	說、是的、看 (said, yes, looked)

作家	作品	肉桂字	點頭字
克萊夫・卡斯勒	23 本「德克比特」小說	水下、機棚、加工品 (underwater, hangar, artifact)	船、海、水 (ship, sea, water)
詹姆士・達許納	3 本《移動迷宮》小說	狂客、林間空地、閃耀 (cranks, glade, flare)	終於、或許、感覺 (finally, maybe, felt)
唐・德里羅	15 本小說	速度、時代、紙盒 (tempo, era, carton)	離開、說、來 (off, said, come)
查爾斯・狄更斯	20 本小說	有……之心、捏、會合 (hearted, pinch, rejoined)	先生、親愛的、是 (sir, dear, am)
西奧多・德萊賽	8 本小說	親切地、特許權、纖細 (genially, franchises, subtlety)	任何事情、喔、可能 (anything, oh, might)
珍妮佛・伊根	4 本小說	廢話、背包、瞥見 (blah, backpack, glimpsed)	感覺、看、眼睛 (felt, looked, eyes)
戴夫・艾格斯	6 本小說	獨木舟、看守人、手提電腦 (kayak, watchers, laptop)	想要、手、知道 (wanted, hand, knew)
傑佛瑞・尤金尼德斯	3 本小說	狂躁、後座、救生艇 (manic, backseat, lifeboat)	女孩、空間、喜歡 (girls, room, like)
珍妮・伊凡諾維奇	40 本小說	昏迷、後座、甜甜圈 (stun, backseat, doughnut)	車、很多、或許 (car, lot, maybe)
威廉・福克納	19 本小說	叫喊、領悟、靜止 (hollering, realized, immobile)	或許、甚至、已經 (maybe, even, already)
約書亞・費瑞斯	3 本小說	網站、圖騰、護送 (website, totem, convoy)	辦公室、問、想要 (office, asked, wanted)
史考特・費茲傑羅	4 本小說	滑稽、混亂、療養院 (facetious, muddled, sanitarium)	喔、似乎、夜晚 (oh, seemed, night)

作家	作品	肉桂字	點頭字
伊恩・佛萊明	12 本「龐德」小說	洗手間、長褲、閃閃發亮 (lavatory, trouser, spangled)	圓、穿過、女孩 (round, across, girl)
吉莉安・弗琳	3 本小說	跑者、慘了、憤怒的 (runner, fucked, pissed)	毛髮、女孩、真的 (hair, girl, really)
EM・佛斯特	6 本小說	混亂、嗨、輕軌電車 (muddle, hullo, tram)	喔、是的、他 (oh, yes, she)
強納森・法蘭岑	4 本小說	嗡嗡作響、鋪著、地震 (buzz, carpeting, earthquakes)	想要、她、她／她的 (want, she, her)
查爾斯・佛雷澤	3 本小說	楊樹、前臂、小海灣 (poplar, forearms, cove)	火、黑暗、地面 (fire, dark, ground)
威廉・加迪斯	5 本小說	摺痕、控告、糟糕的 (crease, suing, damned)	糟糕、壞心、等待 (damn, mean, wait)
尼爾・蓋曼	7 本小說	無深刻印象、外套、閃爍 (unimpressed, coats, glinted)	走動、門、說 (walked, door, said)
馬克・格里尼	6 本小說	甄奇、海托華[10]、背包 (gentry, hightower, backpack)	法院、前、後 (court, front, behind)
約翰・葛林	4 本小說	雷達、校園舞會、撒尿 (radar, prom, pee)	是啊、或許、真的 (yeah, maybe, really)
約翰・葛里遜	28 本小說	文書作業、法庭、陪審員 (paperwork, courtroom, juror)	辦公室、問、錢 (office, asked, money)
達許・漢密特	5 本小說	銅幣、計程車、斜向旁邊 (coppers, taxicab, sidewise)	問、任何事情、得到 (asked, anything, got)
納撒尼爾・霍桑	6 本小說	微妙、模擬兩可、遙遠 (subtle, betwixt, remoteness)	心、似乎、可能 (heart, seemed, might)
厄尼斯特・海明威	10 本小說	門房、尾部、干邑白蘭地 (concierge, astern, cognac)	說、大、問 (said, big, asked)

作家	作品	肉桂字	點頭字
卡勒德 · 胡賽尼	3 本小說	風箏、後座、孤兒院 (kites, backseat, orphanage)	父親、眼睛、附近 (father, eyes, around)
EL · 詹姆絲	3 本《格雷的五十道陰影》小說	低語、嗯、下意識 (murmurs, hmm, subconscious)	低語、手指、嘴 (murmurs, fingers, mouth)
亨利 · 詹姆斯	20 本小說	認出、古怪、重新 (recognise, oddity, afresh)	她自己、壞心、時刻 (herself, mean, moment)
愛德華 · P · 瓊斯	3 本小說	籠子、啊、冰箱 (coop, heh, icebox)	街道、女人、孩子 (street, woman, children)
詹姆斯 · 喬伊斯	3 本小說	輕軌電車、貝洛 [11]、嘻 (tram, bello, hee)	老、你（們）的、他的 (old, your, his)
史蒂芬 · 金	51 本小說	該死、廢話、該死的 (goddam, blah, fucking)	看、後面、附近 (looked, back, around)
魯德亞德 · 吉卜林	3 本小說	工作、抬起、駱駝 (job, hove, camel)	汝、直到、工作 (thee, till, work)
DH · 勞倫斯	12 本小說	輕軌電車、領悟、滑車輪 (tram, realized, sheaves)	圓、黑、坐 (round, dark, sat)
愛爾默 · 李歐納	45 本小說	該死的、狗屎、狗屎 (fucking, shit, bullshit)	說、看、說 (saying, looking, said)
艾拉 · 萊文	7 本小說	門廳、雪花、紙盒 (foyer, snowflakes, carton)	微笑、說、看 (smiled, said, looked)
CS · 路易斯	7 本「納尼亞傳奇」小說	侏儒、女巫、獅子 (dwarfs, witch, lion)	獅子、王、圓 (lion, king, round)
辛克萊 · 劉易士	19 本小說	天呀、啊、糟糕 (golly, heh, darn)	喔、空間、去 (oh, room, going)
傑克 · 倫敦	20 本小說	咆哮、日光、毛髮直豎 (snarl, daylight, bristled)	知道、頭、眼睛 (knew, head, eyes)

作家	作品	肉桂字	點頭字
露慧絲·勞瑞	4 本《記憶傳承人》小說	培育、導師、先知 (nurturing, mentor, seer)	點頭、感覺、說 (nodded, felt, told)
喬治·馬汀	8 本小說	龍、斗篷、未受汙染 (dragons, cloaks, unsullied)	女士、紅、黑 (lady, red, black)
戈馬克·麥卡錫	10 本小說	是長官、媽、上游 (yessir, mam, upriver)	馬、看、路 (horses, watched, road)
伊恩·麥克尤恩	13 本小說	洗手間、向前、冰箱 (lavatory, forwards, fridge)	空間、手、拿 (room, hand, took)
蕾夏爾·米德	23 本小說	守衛、吸血鬼、臥室 (guardians, vampire, dorm)	真的、想要、我 (really, wanted, me)
赫爾曼·梅爾維爾	9 本小說	鯨魚、艏樓、精子[12] (whale, forecastle, sperm)	海、在……之上、雖然 (sea, upon, though)
史蒂芬妮·梅爾	4 本《暮光之城》小說	吸血鬼、扮鬼臉、退縮 (vampire, grimaced, flinched)	聲音、我的、眼睛 (voice, my, eyes)
大衛·米契爾	6 本小說	媽、作用、撒尿 (mam, dint, piss)	我的、說、你（們）的 (my, says, your)
童妮·摩里森	10 本小說	弄亂、肚臍、潑濺 (messed, navel, slop)	她、女人、她／她的 (she, women, her)
弗拉基米爾·納博科夫	8 本小說	淺紫色、平庸、雙關語 (mauve, banal, pun)	黑、我的、老 (black, my, old)
喬治·歐威爾	6 本小說	野獸般、一磅金幣、收容院 (beastly, quid, workhouse)	圓、種類、錢 (round, kind, money)
恰克·帕拉尼克	14 本小說	指甲、後座、高潮 (fingernail, backseat, orgasm)	說、裡面、死 (says, inside, dead)

作家	作品	肉桂字	點頭字
詹姆斯·派特森	22 本「艾利克斯·克羅斯」小說	兇手、謀殺、綁架 (killers, murders, kidnapping)	或許、問、對 (maybe, asked, right)
朱迪·皮考特	21 本小說	法庭、尿布、快餐店 (courtroom, diaper, diner)	說、我的、去 (says, my, going)
湯瑪斯·品瓊	8 本小說	瑞夫 [13]、在某處、平手 (reef, someplace, deuce)	這裡、附近、後面 (here, around, back)
艾茵·蘭德	3 本小說	橫貫大陸的、同志、無產階級 (transcontinental, comrade, proletarian)	站、感覺、聲音 (stood, felt, voice)
雷克·萊爾頓	5 本「波西傑克森」小說	露營者、巨人、怪物 (campers, titans, monsters)	營地、看、一半 (camp, looked, half)
瑪莉蓮·羅賓遜	4 本小說	滿是肥皂、棋子、受洗 (soapy, checkers, baptized)	笑、父親、孩子 (laughed, father, child)
薇若妮卡·羅斯	3 本《分歧者》小說	模擬、漿液、派系 (simulation, serum, faction)	說、槍、走動 (says, gun, walk)
JK·羅琳	7 本《哈利波特》小說	魔杖、巫師、藥水 (wand, wizard, potion)	魔杖、點亮、教授 (wand, lit, professor)
薩爾曼·魯西迪	9 本小說	拍動、老鷹、妓女 (flapping, eagle, whores)	愛、她／她的、也 (love, her, too)
艾莉絲·希柏德	3 本小說	宿舍、強暴、童貞 (dorm, rape, virginity)	裡面、父親、我的 (inside, father, my)
莎娣·史密斯	4 本小說	香菸、不、背部 (fag, nah, backside)	真的、剛好、喔 (really, just, oh)
雷蒙尼·史尼奇	13 本《波特萊爾大遇險》小說	手足、孤兒、邋遢 (siblings, orphans, squalor)	手足、孤兒、孩子 (siblings, orphans, children)

作家	作品	肉桂字	點頭字
尼可拉斯・史派克	18 本小說	偷看、欠、腎上腺素 (peeked, owed, adrenaline)	最後、想要、真實 (final, wanted, real)
約翰・史坦貝克	19 本小說	檢查、蹲坐、兔子 (inspected, squatted, rabbits)	得到、看、說 (got, looked, said)
RL・史坦恩	62 本《雞皮疙瘩》小說	運動鞋、哇、令人毛骨悚然 (sneakers, whoa, creepy)	背包、瞪視、哭泣 (backpack, stared, cried)
譚恩美	6 本小說	葫蘆、花生、麵 (gourd, peanut, noodles)	我的、告訴、看 (my, told, saw)
唐娜・塔特	3 本小說	框著、刻度、口香糖 (rimmed, dial, gum)	看、附近、說 (looking, around, said)
JRR・托爾金	《魔戒三部曲》與《哈比人歷險記》	精靈、半獸人、巫師 (elves, goblins, wizards)	戒指、黑暗、路 (ring, dark, road)
馬克・吐溫	13 本小說	有……之心、殼、撒旦 (hearted, shucks, satan)	得到、東西、是的 (got, thing, yes)
約翰・厄普代克	26 本小說	框著、刺、慘了 (rimmed, prick, fucked)	像是、她/他的、臉 (like, her, face)
寇特・馮內果	14 本小說	加長型轎車、偶然地、門廳 (limousine, incidentally, foyer)	說、戰爭、父親 (said, war, father)
愛麗絲・華克	8 本小說	不、慘了、做愛 (naw, fucked, lovemaking)	黑、白、女人 (black, white, women)
伊迪絲・華頓	22 本小說	接近、猜想、內疚 (nearness, daresay, compunction)	她自己、似乎、她/他的 (herself, seemed, her)
EB・懷特	3 本小說	店主、船員、雄鵝 (storekeeper, boatman, gander)	回答、問、聽 (replied, asked, heard)
湯姆・沃爾夫	4 本小說	該死的、呃、該死的 (fucking, haw, goddamned)	黑、看、向 (black, looked, toward)

作家	作品	肉桂字	點頭字
維吉尼亞・吳爾芙	9 本小說	臉紅、汙損、壁爐臺 (flushing, blotting, mantelpiece)	她自己、她、看 (herself, she, looking)
馬格斯・朱薩克	5 本小說	傢伙、不、小徑 (fellas, nah, footpath)	街道、話、女孩 (street, words, girl)

10 譯者注：應該是小說角色的姓氏。

11 譯者注：應該是小說角色的姓氏。

12 譯者注：梅爾維爾應該是常常寫 "sperm whale"，而不是 whale 跟 sperm ； sperm whale 意即抹香鯨。

13 譯者注：有礁岩等其他意思，但這裡說的可能是 Traverse 家族裡的 Reef Traverse。

Chapter 8

作家名氣與書封設計的關聯

> 「我想在書的封面上看到我的名字。
> 要是你的名字進了國會圖書館，就永垂不朽了！」
> ——湯姆·克蘭西（Tom Clancy）

不宜以貌取書——現在你知道這句陳腔濫調了。但這不表示我們**不能**以貌取書。就算只對封面匆匆一瞥，還是能知道某些事——作者的身價就是一例。

想想史蒂芬金的例子吧。一九七四年，他出版了處女作《魔女嘉莉》（Carrie），這本書雖然從未登上《紐約時報》暢銷榜冠軍，但一推出就賣得很好。《魔女嘉莉》在頭兩年銷售超過一百萬冊[1]，後來也很快改編成電影。當時大家會買那本書純粹是因為口碑，畢竟在此之前，他們對作者史蒂芬金並沒有印象。這本書初版的封面如下頁。

---

1 作者注：根據《智能牙線》雜誌（Mental Floss）一篇 2013 年的文章，《魔女嘉莉》的龐大銷售量大部分來自比精裝版晚一年推出的平裝版。

史蒂芬金的名字印得很小，占整個封面的空間不多，和書名比起來也不大。總之，作家的名字只占了全部封面不到 3%（也就是說，如果你盡可能緊貼著作者名字畫個框，再拿這個框框面積與整個封面相比，就是不到 3%）。

這個封面吸引你目光的不會是「史蒂芬金」，不過若我們漏看他的名字，這也是最後一次了。

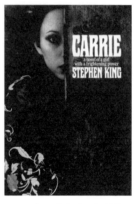

1974 年，《魔女嘉莉》，作者姓名占書封不到3%。

史蒂芬金聲名鵲起後，名字的印刷尺寸也變大了。他在《魔女嘉莉》之後出版的所有書籍封面上，作者姓名都被放大，有些還放得超大。他的第二本書是《撒冷地》（'Salem's Lot），作者姓名占封面大小的 7%。一九八九年的《黑暗之半》（The Dark Half）則來到前所未有的最大值，封面有整整 47% 都用來放他的名字。我為了本章測量的數百本書裡，就屬《黑暗之半》封面的作者名字最大。書名幾乎讓人後來才想到要注意。光是作家的名氣，就足以激發讀者的購買慾。

這正是史蒂芬金創造理查·巴克曼這個筆名時想避免的結果。在一九八四年被人揭穿前，他以巴克曼之名寫了五本書。在以下

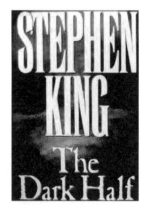

1989 年，《黑暗之半》，作者姓名占書封 47%。

圖表中我們可以看到，在行銷手法上，巴克曼這個名字與史蒂芬金有多大的差異。圖中每本書都依作者姓名在封面上的大小標記。可以看到，作者姓名最小的是巴克曼的五本書以及史蒂芬金成名前寫的《魔女嘉莉》。

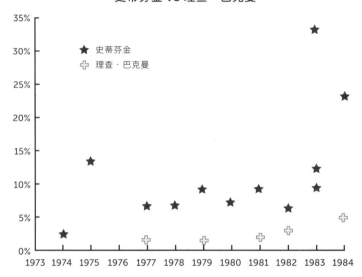

作者姓名占書封面積百分比：
史蒂芬金 VS 理查・巴克曼

雖然資料點不多，但從上圖還是可以看出一個明顯的**趨勢**：史蒂芬金的第一本書，也是作者姓名印得最小的書，由此就能看出書籍行銷的思維。如果你的書從來沒賣過，作者姓名就不是銷售重點，所以出版社把它印得小。如果你已經出了本暢銷書，名字可以吸引買書人回頭光顧，那出版社最好還是把它印大點。我們在巴克曼身上就看到同樣狀

況：只有當巴克曼的名字已經成了（一個小）品牌，印在書封上的大小才開始增加。

聽史蒂芬金自述如何用筆名工作，就可以知道把「巴克曼」印小也符合他的初衷。史蒂芬金在身分曝光後出版了《The Bachman Books》，還在前言中寫道：「巴克曼的小說『只是普普通通的書』，會在藥妝雜貨店跟公車站上架的平裝書。這是我要求的，我想要巴克曼保持低調。那個可憐的老兄也因此從一開始就得和骰子遊戲並列。」

自從巴克曼與史蒂芬金的關聯在八〇年代中期被發現後，巴克曼這名字就退出江湖了，史蒂芬金的姓名印刷大小則趨於穩定——或許他對封面設計的好品味也用完了。

「大名」鼎鼎

除了史蒂芬金，我還檢視了二〇〇五到二〇一四年這十年間，《紐約時報》排行榜每本暢銷書冠軍的初版封面，以便了解作者資歷如何影響作者姓名的大小。我在每本封面的作者姓、名、中間名（有標示者）周圍分別畫了緊貼的框來測量面積。史蒂芬金自從有了第一本暢銷書後，名字就開始放大。通常作家在寫出第一本暢銷書時，名字會占封面的 12%。至於已經成為暢銷書製造機的人，譬如說出了五本暢銷書冠軍以上，名字則會占封面的 20%。作者名聲確立了以後，名字則幾乎會放大兩倍來印。

下面圖表標示出典型的作者名字大小。黑色長條圖代表姓名大小排名中間 50% 者，白線則是中位數（比方說，已出過一本冠軍暢銷書的所有作者，名字占封面大小的百分比中位數是 18%；名字大小排在中間 50% 者，所占封面大小範圍在 12% ～ 23% 之間）。

　　雖然情況並非絕對，但趨勢就是如此。隨著作者出的暢銷書數量增加，名字會印得越來越大，但也有上限。等你的名氣大到某個地步，名字尺寸也不會再增加了，不會一直膨脹到從封面跨到封底。

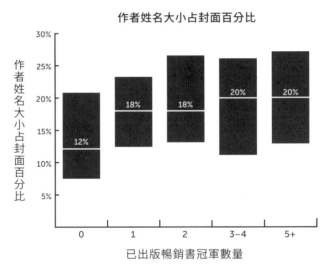

作者姓名大小占封面百分比

　　在暢銷作家的生涯初期，很容易看出：作者名字的印刷大小會在他們從無名小卒變成明星作家時增加。從處女作到出了多本暢銷書，作者姓名的大小會有爆發式的成長。

派翠西亞・康薇爾（Patricia Cornwell）

　　康薇爾在一九九〇年出版的第一本小說以及她最新的冠軍暢銷作（她的第九本冠軍書），她的名字占封面的比例從 2% 來到 30%。

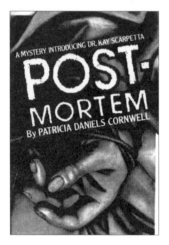
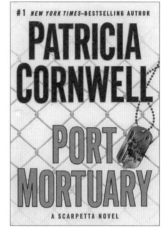

　　　　1990 年　　　　　　　　　　　2010 年

李・查德（Lee Child）

　　來看李查德，他寫過八本冠軍暢銷書。下頁是他的第一本書與最新的冠軍暢銷書封面。我們一眼就能看出作者名字變大了，精確測量則顯示成長幅度從 5% 到 22%。

　　封面設計會隨著時代變化，不過這不是康薇爾或李查德姓名尺寸爆增的主要因素。史蒂芬金的《黑暗之半》，也就是作者姓名幾乎占了封面一半的那本，出版於一九八〇年代，早在康薇爾或李查德投身寫作之

前。不變的是，就算封面設計風格不同，作者名字大小還是會隨著銷售量增加。

1997 年　　　　　　　　　　2014 年

　　作家的名氣大，招牌也大，不過對最暢銷的那群人來說，**名氣最大**的不一定是**名字最大**的人。下頁表格中的二十六位作家都在過去十年間出過至少三本暢銷書，排列順序則是依照作家姓名印在書封上的大小，他們的排序由名字占封面大小的典型百分比（中位數）決定。

　　派特森在過去十年間賣出的書比其他作家都多，可是他在表上的排名很後面。比起自己的名字，他讓書名扮演更吃重的角色，而且命名方式通常能清楚看出書屬於哪個系列（如：「I, Alex Cross」、「Kill Alex Cross」）。在好讀網（閱讀社群網站）上，史蒂芬金的粉絲比表中任何作家都來得多，但他印在大部分書封上的姓名大小很合理（或許他從一九八〇年代以後就決定向下調整）。

書封作者姓名大小排行榜		
作者	《紐約時報》暢銷書冠軍數量	作者姓名大小中位數
諾拉・羅伯特	7	37%
哈蘭・科本	7	34%
JD・羅勃	8	34%
瑪莉・海金斯・克拉克	9	32%
派翠西亞・康薇爾	5	28%
丹尼爾・席爾瓦	6	27%
約翰・山弗	5	26%
麥可・康納利	7	26%
珍妮・伊凡諾維奇	15	24%
文斯・弗林	5	22%
羅芮兒・漢彌頓	4	22%
大衛・鮑爾達奇	13	22%
約翰・葛里遜	10	17%
JR・沃德	3	17%
李・查德	8	17%
肯・弗雷特	4	16%
丹妮爾・斯蒂	3	16%
史蒂芬・金	9	16%
莎蓮・哈里斯	5	16%
丁・昆士	5	14%
茱迪・皮考特	7	13%
蘇・葛拉芙頓	4	12%
詹姆斯・派特森	10	12%
吉姆・布契	4	9%
尼可拉斯・史派克	8	5%
米奇・艾爾邦	3	3%

前三名是羅伯特、科本與 JD・羅勃。重點是，**就是**羅伯特。羅伯特像史蒂芬金一樣創造了 JD・羅勃這個筆名，好在出版更多書的同時不會稀釋了自身品牌。只不過這件事從來不是祕密，不像巴克曼那樣。所以你要是想知道書籍世界中最「大名」鼎鼎的是哪位，現在有答案了——是羅勃 / 羅伯特這個巨人。

書封上主筆 VS 共筆作家的姓名比例

如果你曾經花點時間留意通俗小說的新書封面，馬上會發現一個有趣的趨勢：現在有很多書都是由兩位作家合寫的。不過你要是沒注意到，也不是你的問題，因為封面上的第二作者通常小到幾乎看不見。

即使在過去二十年間，合著對暢銷大作家來說也已經越來越普遍。一九九四年，《紐約時報》所有的暢銷書有 2% 是合著；二〇一四年則有 10%。合著作家的名字該如何標示，沒有既定常規，做法也是五花八門。畢竟，每本書的分工方式可能極為不同。

為人代筆回憶錄的寫手不能期望自己的名字會出現在封面上；在幕後為政治人物撰寫書籍內容、做資料研究的人也是。不過在小說界，我們會預期共筆作者的姓名也要出現在封面上。你會在封面看到「湯姆・克蘭西**與**彼得・泰勒普（Peter Telep）」、「詹姆斯・派特森**和**理查・狄拉洛（Richard DiLallo）」這些字。這個**與**、**和**的涵義對每位作家、每本書來說都不同，但即使是最通俗的作家，大家還是會認為他們多少該幫合著人記上一筆。

例外當然也有。下面顯示的是葛蘭・貝克[2]（Glenn Beck）《聖誕毛衣》（Christmas Sweater）的封面。別小看葛蘭・貝克，這本小說的長度完整，還曾登上《紐約時報》暢銷榜第一名。這本書幾乎在每個地方都標示了作者是「葛蘭・貝克與凱文・鮑弗（Kevin Balfe）和傑森・萊特（Jason Wright）」，包括《紐約時報》榜單和亞馬遜的書籍頁面。只不過，書的封面就沒有為鮑弗和萊特留一席之地了。

換個角度來比較，另一本由克蘭西與葛蘭特・布萊克伍（Grant Blackwood）合著的書，布萊克伍的名字擺在克蘭西旁邊，實在不太起眼，但至少上了封面。克

葛蘭・貝克 (Glenn Beck)《聖誕毛衣》(Christmas Sweater) 的封面。

克蘭西與葛蘭特・布萊克伍 (Grant Blackwood) 合著。

蘭西的名字是共筆作家的二十七倍大——很多布萊克伍之類的第二作者也習慣這種待遇。布萊克伍從未獨力寫過一本暢銷書，不過他曾與三位不同作家合作，而且都是上過《紐約時報》暢銷榜的大人物。他也曾

2　譯者注：美國知名電視節目主持人。

為克萊夫‧卡斯勒、詹姆士‧羅林斯（James Rollins）的驚悚小說擔任第二作者，而布萊克伍在書封上的名字大小分別是主作的七分之一與四分之一。

1990 年

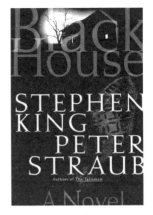

1990 年

　　的確，這些大作家要是想的話，都能把位置多讓給別人一點。彼得‧史超伯（Peter Straub）與史蒂芬金合寫過兩本書：《魔符》（The Talisman）與《黑屋》（Black House），出版時間相隔十五年。史超伯本身就是知名的恐怖小說作家，但名氣遠不能與史蒂芬金相提並論。為了史超伯而非史蒂芬金去讀《魔符》的人，相對來說應該很少——但在這兩本史蒂芬金與史超伯合著作品的封面上，兩人姓名大小卻是相當。

　　然而，作者地位不同但在書封享有相同待遇，還是非常罕見。克萊夫‧卡斯勒與兒子迪克‧卡斯勒（Dick Cussler）合寫過六本書，但即使是一家人，克萊夫‧卡斯勒的名字在這些書的封面上還是比共筆作者大了六倍。同樣地，英國神祕小說作家狄克‧法蘭西斯也與兒子菲力斯（Felix Francis）合寫過數本暢銷小說，但他的名字印得比兒子大三倍。

我測量了在二○○○到二○一四年間，有至少兩本合著小說上過《紐約時報》暢銷榜的所有作家。每本小說有時差異很大——派特森在某些書封上是共筆作家的二十倍大，雖然他的名字大小通常都在共筆作家的兩倍之內——但整體算來還是會趨向平均值[3]。

---

3 作者注：在兩名作家確實共筆的情況下，這個表格把在書籍封面上擺前面的作者視為「主作」——即使沒有其他證據顯示書是由他（她）主筆。

共享鎂光燈：主作家姓名大小 VS 共筆作家姓名大小		
主作	書封姓名相較於共筆作家的倍數（中位數）	共筆作家
葛蘭・貝克 (Glenn Beck)	∞ *	傑克・韓德森（Jack Henderson） 哈麗葉・帕克（Harriet Parke） 凱文・鮑弗（Kevin Balfe） 傑森・萊特（Jason Wright）
奧利佛・諾斯 (Oliver North)	28 倍	喬・穆瑟（Joe Musser）
湯姆・克蘭西 (Tom Clancy)	25 倍	馬克・格里尼（Mark Greaney） 彼得・泰勒普（Peter Telep） 葛蘭特・布萊克伍（Grant Blackwood）
克萊夫・卡斯勒 (Clive Cussler)	12 倍	葛翰・布朗（Graham Brown） 賈斯汀・史考特（Justin Scott） 傑克・杜布魯（Jack Du Brul） 湯瑪斯・裴瑞（Thomas Perry） 迪克・卡斯勒（Dirk Cussler） 葛蘭特・布萊克伍（Grant Blackwood） 羅素・布萊克（Russell Blake） 保羅・坎培可（Paul Kemprecos）
凱薩琳・庫克 (Catherine Coulter)	8 倍	JT・艾莉森（J. T. Ellison）
WEB・格里芬 (W. E. B. Griffin)	7 倍	威廉・巴特沃四世 (William E. Butterworth IV)
麗塔・梅・布朗 (Rita Mae Brown)	6 倍	布朗鬼祟派（Sneaky Pie Brown） （布朗家會「講話」的貓）
狄克・法蘭西斯 (Dick Francis)	4 倍	菲力斯・法蘭西斯（Felix Francis）
詹姆士・羅林斯 (James Rollins)	4 倍	葛蘭特・布萊克伍（Grant Blackwood） 蕾貝卡・坎翠爾（Rebecca Cantrell）
珍妮・伊凡諾維奇 (Janet Evanovich)	3 倍	李・郭德堡（Lee Goldberg）

共享鎂光燈：主作家姓名大小 VS 共筆作家姓名大小		
主作	書封姓名相較於共筆作家的倍數（中位數）	共筆作家
詹姆斯・派特森 （James Patterson）	1.5 倍	麥克・萊德維奇（Michael Lewidge） 大衛・艾立斯（David Ellis） 梅可馨・佩楚（Maxine Paetro） 馬歇爾・卡普（Marshall Karp） 馬克・蘇利文（Mark Sullivan） 艾蜜莉・雷蒙（Emily Raymond） 霍華・羅翰（Howard Roughan） 理查・狄拉洛（Richard Dilallo） 尼爾・麥克馬洪（Neil McMahon） 麗莎・馬克倫德（Lisa Marklund） 嘉伯莉・查本（Gabrielle Charbonnet） 安德魯・葛羅斯（Andrew Gross） 彼得・狄雍（Peter De Jonge）
喬勒蒙・迪・多羅 （Guillermo Del Toro）	1.25 倍	查克・霍根（Chuck Hogan）
布萊恩・賀伯 （Brian Herbert）	1 倍	凱文・安德森（Kevin Anderson）
道格拉斯・普萊斯頓 （Douglas Preston）	1 倍	林肯・柴爾德（Lincoln Child）
瑪格麗特・魏絲 （Margaret Weis）	1 倍	崔西・西克曼（Tracy Hickman）
紐特・金瑞契 （Newt Gingrich）	1 倍	威廉・福岑（William R. Forstchen）
黎曦庭 （Tim LaHaye）	1 倍	傑里・詹金斯（Jerry Jenkins） 鮑伯・菲利浦斯（Bob Phillips）

* 在已出版的三本書裡，有兩本的封面未列共同作者。

首部小說 VS 續作的厚度

當美國出版家愛德華‧史崔梅爾（Edward Stratemeyer）[4] 在書桌前坐定，為兒童小說「哈迪男孩」（Hardy Boys）撰寫創作規範時，他不只規定每一集的章節數都要相同，頁數也要相同。他希望這些書不是 215 頁就是 216 頁——217 頁太長，214 頁太短。多年來，這系列小說的代筆寫手萊斯里‧麥法蘭（Leslie McFarlane）交給史崔梅爾的手稿總是偏短，繼而從那位出版業鉅子得到這些回覆：

「你不能再多湊幾頁讓我插進去嗎？」

「請務必注意把故事寫到滿 216 頁的恰當長度。」

「還要再加 4 到 5 頁，我每次都要額外幫你補滿。」

史崔梅爾對形式一致的堅持是如此極端又僵化，到了令人不耐的地步。不過，他見識過系列小說到後來會如何偏離原始設定、過度膨脹，才想確保全系列在陸續推出時的風格與步調不會有太大的變動。

柯林斯在推出超級暢銷的《飢餓遊戲》三部曲前，寫過青少年小說《地底王國》五部曲（Underland Chronicles）。這五本書的篇幅分別在五萬七千到七萬九千字之間。這樣的字數變化並不大，但我們要是算算柯林斯後來作品的字數，就看得出來她動筆寫《飢餓遊戲》時也借鏡了史崔梅爾的做法。

---

4 譯者注：美國知名出版商、作家，創作與發行了許多膾炙人口的兒童讀物。

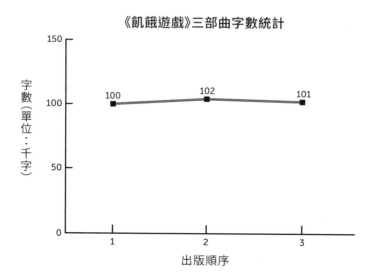

《飢餓遊戲》三部曲字數統計

字數（單位：千字）

如同史崔梅爾對「哈迪男孩」的預先規劃，柯林斯也在第一本書付梓前就知道自己會寫系列故事——《飢餓遊戲》首部曲直到二〇〇八年才出版，不過她早在二〇〇六年就簽下全系列書約、收了豐厚的預付金。這三本書的篇幅幾乎相同，字數分別是 100,000 字、102,000 字、101,000 字左右。而且，《飢餓遊戲》也像「哈迪男孩」有章節規定一樣，每本書都分成三部分、每部分都有九章。唯一的例外是，最後一集的結尾有個 350 字的終曲。除此之外，《飢餓遊戲》每一集的架構都相同，各章節的長度也差不多，至於每一集裡的各個部分，最短的是三萬九百字，最長的則是三萬五千四百字。

系列作的第一集都還沒出版就定了這麼嚴格的架構，乍聽之下好像有點控制欲過強。但若作家沒有這麼早就先規劃，又會發生什麼事？如

果新秀作家發現自己手握一本暢銷書，接下來需要發展成系列作，情況會是如何？

近年的歷史告訴我們，事後才建立有如柯林斯那樣的架構，很不容易。系列作各集的長度一致，相當罕見。當作家發現自己身處暢銷泡沫中，字數膨脹便是常態。

這種現象最明顯的例子就是羅琳的《哈利波特》系列。該系列的第一集是《哈利波特：神祕的魔法石》，於一九九七年出版，總共有 309 頁（約八萬四千字）。一九九七年，羅琳在賣出第一集的美國版權、拿到六位數美元預付金之後，在媒體訪談中表示她預計要寫七集。然而，在第一集出版前，她跟她的編輯都不知道這些書究竟會不會成功。

《哈利波特》第一集最初的預付金還不到三千美元。那時羅琳是個無名小卒，第一集出版時也未多作宣傳。十年後，這系列的終曲《哈利波特：死神的聖物》問世時，或許能說是史上最受萬眾期待的書。這本完結篇的長度幾乎是第一集的兩倍半，有 759 頁（約十九萬七千字）。

《哈利波特》第四集的篇幅也是第一集的兩倍有餘，還打破了初版印刷冊數的紀錄。大獲成功後，羅琳再接再厲，寫了第五集《哈利波特：鳳凰會的密令》，這本書有 870 頁，是第一集的三倍，也成為全系列最厚的一本。羅琳為第六集跑宣傳時，在一場訪問中對《時代》雜誌的書評葛羅斯曼說：「我覺得《鳳凰會的密令》應該短一點。我當時就知道該寫短一點，寫到最後我都沒時間了，也筋疲力竭。」

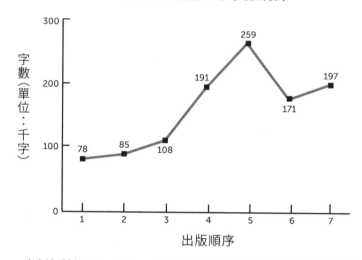

《哈利波特》七集字數統計

在類似情況下，出過一本暢銷書的作者發現自己身處混亂的出版戰場，最後通常會順著與羅琳相同的模式發展。想想梅爾的《暮光之城》、詹姆絲的《格雷的五十道陰影》，還有羅斯的《分歧者》吧。

梅爾在她的部落格上寫道，她當初寫《暮光之城》時「沒有寫續集的計畫」。羅斯也說，《分歧者》小說是「獨立成冊的小說，有發展成系列作的潛力」。就像羅琳，這三位作家在處女作就廣受歡迎之前，從未出版過其他作品，她們也跟羅琳一樣，隨著系列發展，書越寫越厚。

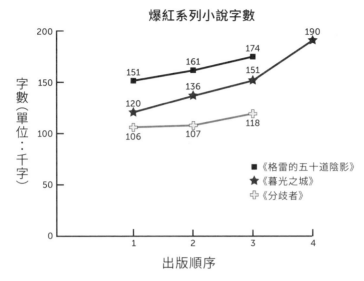

爆紅系列小說字數

除非一開始就規劃好，否則在以上列舉的每個例子裡，書似乎都會逐漸變厚（除了像是羅琳的《哈利波特》第六集，作家開始反抗字數膨脹）。當我們更深入檢視後，會發現字數膨脹的現象不只在暢銷系列小說才看得到。

譚恩美（Amy Tan）在三十七歲時出版了第一本小說《喜福會》（Joy Luck Club）。當時她沒沒無聞，不過《喜福會》很快就在各方面大獲成功，不但打入美國國家圖書獎與美國國家書評獎的決選名單，也在《紐約時報》暢銷榜上停留了三十二週。這本小說分別由多條故事線交織構成，份量不算重，全書共有九萬五千字，初版的頁數則是兩百八十八頁。

譚恩美接下來出版的《灶君娘娘》（The Kitchen God's Wife）有十六萬三千字。這比《喜福會》多了 70%。譚恩美在《喜福會》之後出了五本書，但評價與銷售成績都不如《喜福會》。她的第一本又最薄的書仍最為知名，也獲得最多評價。譚恩美最新作品的篇幅是暢銷處女作的兩倍有餘。

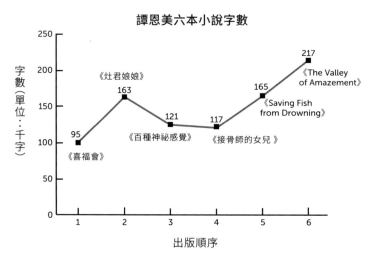

譚恩美六本小說字數

　　一九八〇年，除了得獎名單，普立茲獎的主辦單位也開始公布入圍名單。從此以後，入圍或最終得獎的二十五位作家，能有幸看到自己的第一本小說受到肯定，也有人像譚恩美一樣入圍或得到下列兩個獎項：美國國家圖書獎、美國國家書評獎。

　　想像一下，你身為一個作家，多年夢想著自己寫成了書、把小說賣給出版社，然後書評又愛它愛到封為年度好書。這個夢想遙不可及，

不過自一九八〇年以來，已經有二十五位作家美夢成真。他們在嶄露頭角、大獲成功之後，又是如何？在這二十五名新秀小說家裡，有十八位的續作都比首作更長。字數膨脹在文學界果然會一再發生。

以二十五人為例的樣本數很小，但我們想研究的個案若是文學界一夕爆紅的無名小卒，那也只能受限於一小群特例。即便如此，這些作家仍有 72% 把書越寫越厚，態勢也很明顯。

首本小說獲好評後的續作長度

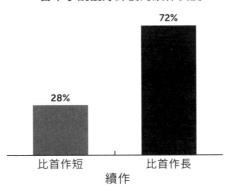

有五位作家在首作獲普立茲獎提名後，都把第二本小說寫得更長。一九八〇年，威廉・華頓（William Wharton）的小說處女作《Birdy》進了普立茲獎決選名單。華頓在該書出版時已經五十幾歲了，所以應該不是沒時間好好想過寫作這回事，但即便年過半百才出書，他在三年後出版的第二本小說《Dad》還是比《Birdy》長了 40%。

值得注意的是，不是每本續作的增幅都像譚恩美的 70% 或華頓的 40% 那麼大。如果我們把樣本再細分，應該會更清楚。我在下面主觀選定 20% 的篇幅變動為門檻，好把續作小說分入「比首作長很多」、「比首作稍短」等類別（也用來分別「比首作短很多」、「比首作稍短」）。這些爆紅作家有 44%、將近一半的人，續作都「比首作長很多」。其中大約只有十分之一的續作「比首作短很多」。

首本小說獲好評後的續作長度

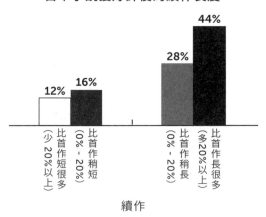

續作

　　字數膨脹真有其事，而這些樣本也點出了幾個可能的解釋：當一本書像《哈利波特》那樣大賣，促使作家或編輯致力縮減篇幅的誘因就比較小了。但要是籍籍無名的羅琳在一九九七年寫了本八百七十頁的處女作，要獲得出版機會可能就會困難許多（也較難引起讀者興趣）。

　　然而，在第一集暢銷後，一旦粉絲已經投入又渴望看到更多故事，若作家或編輯當初對篇幅有任何疑慮的話，如今都大為減輕。《哈利波

特》出版到最後幾集，很多讀者確實都不希望結束這段冒險旅程：書變厚（故事也就比較長）反而是**好事**。

作家剛出道的作品要能立即出版上市，篇幅會受限是很自然的事。如果這確實是某位作家面臨的情況，那麼我們或許不能說他的第一本書「薄」，而是他的第二本書「恢復」了平常的篇幅。同理可證，如果你是爆紅的文學新秀、備受讚譽，那麼你現在或許比初出茅廬時更有本錢，更有機會為下一本書撰寫更宏大、更有野心的故事。又或許，剛出書就獲大獎提名的作家會覺得一定要超越自己、再寫一部更重要的作品。

從得獎處女作的樣本組中，我們無法得知書的品質是否會隨長度增加而下降。根據採樣定義，樣本組那二十五位作家首次上陣就擊出了全壘打。如果我們檢視的處女作就備受讚譽，續作的「打擊率」想必會比較低，因為上了巔峰以後只能往下。那二十五位作家不可能全都保持完美的紀錄。

這些厚度加碼的續作小說雖然聲譽多不如前作，但還是有一些很成功。瑪莉蓮・羅賓遜（Marilynne Robinson）的處女作《管家》（Housekeeping）在一九八〇年出版，並得到普立茲獎提名。她的第二本小說在二十四年後才出版，字數比《管家》多了25%，獲得了普立茲獎。艾麗斯・麥德莫（Alice McDermott）第二本小說的字數比處女作多了20%，也與前作一樣獲普立茲獎提名。

沒有足夠數據顯示字數膨脹是壞事，但唯一能確定的是，就算是文學作家，創作篇幅也會在首作發行後開始加長。

小結

不論你是羅琳還是譚恩美，字數膨脹都很尋常。史蒂芬金的處女作《魔女嘉莉》非常暢銷，自此以後，他用自己的名字出版了超過五十本小說，其中只有三本比《魔女嘉莉》薄。

羅曼史作家史派克因為處女作《手札情緣》獲得一百萬美元報酬時，沒人知道他是誰。他後來出版的十七本書都比《手札情緣》厚了至少 25%。

成功的作家可以隨心所欲出版各種長度與內容的書。如果他們的目標是探索更寬廣的創作空間，那麼在某些情況下，擴大篇幅或許有其必要。然而，不論你是誰，在撰寫額外的角色與情節轉折時，注意一下字數膨脹透露的趨勢可能是明智之舉——或許，最好也別忘了當初讓你登上高峰的簡潔有力。

Chapter 9

暢銷作家愛用的開頭與結尾寫法

> 「那是第一句。問題是我怎麼也想不到下一句。」
> ——語出查理（Charlie），《壁花男孩》，
> 史蒂芬・切波斯基（Stephen Chbosky）

是什麼造就了傑出的開場白？

有人在推特上問小說家瑪格麗特・愛特伍（Margaret Atwood），她最喜歡的文學作品開場白是哪一句。愛特伍這麼回答：「『叫我以實瑪利吧。（Call me Ishmael.）』三個字。強而有力。為什麼要叫他以實瑪利？那不是他的本名。他在對誰說話？啊？」

很多人都認為，《白鯨記》的開頭是有史以來最出色的。這是少數幾句大家會覺得應該要知道，也要能認得出來的開場白。不論是哪份統計史上最佳、最具代表性的小說開場白榜單，幾乎都會收錄「叫我以實瑪利吧」。

愛特伍給的理由——「三個字。強而有力。」——很符合一般觀感。史蒂芬金在《大西洋》（The Atlantic）雜誌的一篇訪談中引述了他最愛的三句開場白，每句平均只有六個字。簡單明快能造就非凡的開端。

只不過，數據又怎麼說？作家只能為每本書寫一句開場白。你會怎麼利用這個機會？會寫得長還是短？從統計角度來看，又有哪一種比較好嗎？

首先，我來看我的樣本組作家在個人生涯中的選擇為何。結果顯示，不意外，差異非常之大。愛特伍寫的十五本小說中，開場白中位數是精簡的九個字。《使女的故事》（「我們就寢的地方從前是個體育館」〔We slept in what had once been the gymnasium〕）、《瘋狂亞當》（MaddAddam）（「起初，你們住在蛋裡」〔In the beginning, you lived inside the Egg〕）的開場白就是她的典型風格。「雪人在破曉前醒來」（Snowman wakes before dawn）、「我不知道自己該怎麼活。」（I don't know how I should live），這些開場白拉低了她的字數。

以開場白來說，九個字作為中位數是落在極少的那一端。愛特伍的中位數只有魯西迪等人的三分之一。魯西迪小說開場白的中位數是 29 個字。這裡是來自他的《羞恥》（Shame）的開篇 29 個字：

Q 市位於遙遠的邊境，從空中看來像極了比例失衡的啞鈴；那兒曾住著人美心也美的三姊妹。

他所用的子句比愛特伍任何一句開場白都多得多。謝朋跟魯西迪很像，也喜歡以長句開篇，他的中位數是 28 字。在謝朋寫的七本小說中，有三本的開場白分別是 41 字、52 字與 62 字。七本裡只有一本的開場白比書中其他句子的平均長度短。

與愛特伍相較，謝朋與魯西迪的開場白更接近典型長度。我的樣本組中還有三十一位作家著有五本以上作品。與他們相較，愛特伍的開場白之短排名第二，僅次於摩里森。

有些作家的開場白則沒有固定寫法：狄更斯《雙城記》的開場白（就是用「那是最好的年代，也是最壞的年代」開頭的那句）有 119 字、17 個逗號、1 個破折號。他的《小氣財神》（A Christmas Carol）開場白則是 6 個字：「事情要從馬利死了說起」（Marley was dead: to begin with.）。兩句都是經典。

開場白最短的作家	中位數（字數）
童妮·摩里森	5
瑪格麗特·愛特伍	9
馬克·吐溫	11
戴夫·艾格斯	11
恰克·帕拉尼克	11.5
開場白最長的作家	中位數（字數）
珍·奧斯汀	32
弗拉基米爾·納博科夫	29
薩爾曼·魯西迪	29
麥可·謝朋	28
伊迪絲·華頓	28

注意：只有已出版五本書的作者列於表上。每本書只有一個資料點，因此變異很大。

不過，數據顯示出，其他作家在生涯中下了很肯定的抉擇。包括二○一五年出版的《God Help the Child》在內，摩里森總共寫了十一部作品。以下是她所有作品的開場白——她喜歡保持精簡。

摩里森的開場白	
《最藍的眼睛》（1970）	就是這棟房子。
《蘇拉》（1973）	那地方曾經有些小塊田地，種著茄科植物與黑莓，但作物都已經被連根剷除，好把地空出來興建梅德良市高爾夫球場；那裡曾有個街坊。
《所羅門之歌》（1977）	北卡互助壽險公司的專員，答應要在三點從梅西飛往蘇必略湖的另一端。
《黑寶貝》（1981）	他覺得自己很安全。
《寵兒》（1987）	一二四滿懷恨意。
《爵士樂》（1992）	嘿，我認識那個女的。
《樂園》（1997）	他們先射殺了這個白人女孩。
《LOVE》（2003）	那些女人的雙腿大開，所以我哼起歌來。
《A Mercy》（2008）	別怕。
《Home》（2012）	他們像男人一樣站起來。
《God Help the Child》（2015）	那不是我的錯。

每個人對開場白的選擇雖然天差地遠，但我們要是把三十一位作家合起來看，就會看到一個比較大的趨勢：在這些作家寫過的全部作品中，有 69% 的開場白比書中其他句子的平均長度**長**。也就是說，作家寫開場白的標準選擇是寧寫**長**、不寫**短**。

這是在反駁越短越好的理論、將其貶為某種個人選擇嗎？抑或這表示大部分作家其實該刪修作品冗長的開頭？

為了一探究竟，我決定更深入檢視什麼是文學界公認的「最佳」開場白。我分別參考八份列舉了「最佳」開場白、「最難忘」開場白名單的出版品。有二十句開場白分別上過其中四份名單，可見是公認的好，下頁就是那二十個金句。

書名／作者	開場白
《傲慢與偏見》 珍·奧斯汀	凡是有錢的單身漢，必定缺個太太；這是舉世皆知的真理。
《白鯨記》 赫爾曼·梅爾維爾	叫我以實瑪利吧。
《蘿莉塔》 弗拉基米爾·納博科夫	蘿莉塔，我生命的光、我腰間的火。
《瓶中美人》 雪維亞·普拉絲	那年夏天既反常又悶熱，羅森柏格夫婦也就是在那年夏天受了電刑；我不知道我當時人在紐約做什麼。
《安娜·卡列尼娜》 列夫·托爾斯泰	幸福的家庭盡皆相似，不幸的家庭則各有不幸。
《一九八四》 喬治·歐威爾	那是一個四月天，晴朗又寒冷，鐘敲了十三下。
《赫克歷險記》 馬克·吐溫	你要是沒讀過一本叫做《湯姆歷險記》的書，便不會認得我這個人；不過，這也無所謂。
《Murphy》 山繆·貝克特	陽光別無選擇，只能照耀著這個了無新意的世界。
《尤利西斯》 詹姆斯·喬伊斯	巴克·摩里根出現在樓梯口，體態豐滿、態度莊重；他手裡捧著一碗肥皂水，上面交疊著一面鏡子、一把剃刀。
《異鄉人》 阿爾貝·卡繆	媽媽在今天過世了。
《第五號屠宰場》 寇特·馮內果	一切或多或少就這麼發生了。

書名 / 作者	開場白
《雙城記》 查爾斯·狄更斯	那是最好的年代，也是最壞的年代，是智慧的年代，也是愚昧的年代，是信仰的時代，也是懷疑的時代，是光明的季節，也是黑暗的季節，是滿懷希望的春天，也是令人沮喪的冬天，我們萬物皆備，我們也一無所有，我們都將直上天堂，我們也都將直往反方向去——簡而言之，那個年代與今時今日再像不過，當時某些最為放肆的當權者也堅持，旁人對他們無論是褒是貶，都得用比較級裡的最高級來講。
《Gravity's Rainbow》 湯瑪斯·品瓊	一聲尖叫劃破天際。
《百年孤寂》 加布列·賈西亞·馬奎斯	許多年以後，當邦迪亞上校面對行刑槍隊時，他想起了那個遙遠的午後，父親帶他去尋冰。
《審判》 法蘭茲·卡夫卡	一定是有人造謠中傷喬瑟夫·K，要不然，那天早上他不會沒犯任何大錯就被逮捕。
《麥田捕手》 JD·沙林傑	如果你真想聽我的故事，那麼你首先想知道的應該是我在哪裡出生，我那遜斃的童年如何如何，我爸媽在生下我以前過的又是什麼日子，還有《塊肉餘生記》那類的一堆鬼話；不過，如果你想聽實話，我其實不想說這些。
《一位青年藝術家的畫像》 詹姆斯·喬伊斯	很久很久以前那是一段很美好的日子有一隻牛牛從路上走來然後這隻從路上走來的牛遇到一個好乖的小男生叫做小杜可。
《他們眼望上蒼》 柔拉·涅爾·賀絲頓	遠方的船隻，承載著每個人的希望。
《黎明行者號》 CS·路易斯	從前，有個男孩名叫尤斯坦·克萊倫斯·史闊，而他的人和這個名字還真配。
《老人與海》 厄尼斯特·海明威	他是個老男人，獨自駕著小艇在墨西哥灣流打魚，已經有八十四天都沒捕上一條魚了。

註：以上小說原著並非全以英語寫成，這裡做長度統計比較所用的是英譯本。

我們再度看到極大的差異。有些超短，有些落落長，像是《麥田捕手》的開場白就長達 63 字。這些最佳開場白的中位數是 16 字。雖然這組樣本小得可以，但我們還是會發現：二十句裡有十二句（60%）都比各自書裡的平均句子長度短。在之前的五十位作家樣本組中，只有 31% 的開場白比內文的平均句長來得短。

愛特伍與史蒂芬金在頌揚開場白簡單明快的力量時，似乎另有盤算：開場白越短、越好記。

但我們也要注意的是，這一節所呈現的數據，意義遠大於**短就是好**。開場白為人推崇的程度頂多只會跟書中其他內容不相上下；光是寫得短，無法造就傑出的開場白。除了「叫我以實瑪利吧」，梅爾維爾也用「在海上待六個月！」（Six months at sea!）、「我們啟程了！」（We are off!）為小說起過頭。不過，沒有人會四處稱道《Typee》或《Mardi》的開場白有多好。

我們看了那二十個句子會發現，各句最佳開場白的共通點不是長度，而是某種令人難忘的原創性與新鮮感。或短或長，都能令人難忘——但主是還是因為那種出其不意又無從預料後續的震撼。

當我們探問是什麼造就了好的開場白，檢視統計數據確實有幫助，但數據無法為我們解決這個問題。傑出的開場白之所以會成功，是因為它們刻意打破常規。或許史蒂芬金說的再貼切不過，他在前面那篇《大西洋》雜誌的訪問中表示：「說到好開場白的要素，各種理論觀點都有⋯⋯用科學方法處理這個問題，有點像是想用瓶子捕捉月光。」

那是個大好的晴天

　　我們或許無法以逆向操作寫出完美的開場白，不過，要是我們檢視光譜的另一端——**糟糕**的開場白，會有什麼發現？比方說，有些寫作手法在今日已是陳腔濫調，明智的作家會避免使用的？

　　在這些寫法當中高居首位的是這一句：**那是個月黑風高的夜晚……**

　　這句話是文學史上最知名的開場白之一，首次出現時其實也是原創 —— 那是在將近兩百年前，愛德華・伯爾—立頓（Edward Bulwer-Lytton）寫於他一八三〇年出版的小說《保羅・克里夫》（Paul Clifford）。以下是完整版：

　　那是個月黑風高的夜晚；大雨如注，只偶爾在狂風掃過街道時（畢竟咱們的故事發生在倫敦）才稍作停歇。風吹得屋頂格格作響，猛烈搖動著街燈那微弱的、奮力對抗著黑暗的火苗。

　　這句話後來卻成了眾人的笑柄。布萊柏利就用小說《追殺康絲坦斯》（Let's All Kill Constance）的開頭來嘲諷那句話：

　　那是個月黑風高的夜晚。

　　這麼做可以抓住讀者的注意力嗎？

　　好吧，既然如此，那是個月黑風高的夜晚，威尼斯下著陰鬱的傾盆大雨……

　　聖荷西州立大學英語系也不遑多讓，過去三十年來持續舉辦「伯爾—立頓小說大賽」，參賽者要「盡可能為最爛的小說」寫出最爛的開場

白。以下是比賽最新得主：

> 大家都說，要是你在滿月高懸的夜晚豎起耳朵，當風自東北往南
> 塔克桑德吹來、狗兒沒來由地嚎叫，你就能聽到「艾利梅號」
> 船員淒厲的尖叫，那是一艘堅實的捕鯨船，船長是約翰・麥塔維
> 許；因為就是在這樣的夜裡，當蘭姆酒橫流，去他的海難陰魂，
> 約翰老大會領著手下來到甲板上，為一連串尖叫比賽拉開序幕。

伯爾─立頓的名字被拿來給這種比賽命名，算他倒楣。點名一個
一八三〇年的作家，說他當年原創的句子是陳腔濫調，這麼做或許不
公平，不過書一開篇就講天氣早就很老套了。李歐納的寫作守則第一條
──他的寫作「首」則──其實是「絕對不要拿天氣當開場白」。

我想知道，我們在本書看過的作家當中，哪位最常用天氣拉開序
幕？也就是說，誰會是我們的伯爾─立頓大賽得主？

一跑統計，我馬上找到一位遙遙領先的冠軍。說到用天氣輕描淡寫
地開頭，最會用這招的恰好是在世作家中最暢銷[1]的人：丹妮爾・斯蒂
（如果你沒讀過她的作品，去你家附近雜貨店看看架上成排的羅曼史。
她的書就在那邊）。斯蒂從她第一本小說的開場白就拿天氣做文章了，
請看：

> 那是個大好的晴天，而那通卡森廣告的電話是在九點十五分打
> 來的。

---

1 作者注：書籍銷售量通常都是出版社自行呈報。根據加拿大廣播公司（Canadian
Broadcasting Company）一篇 2010 年的文章，斯蒂賣了五億本書。

讀者也吃這一套。所以何不一用再用呢？至二○一四年為止，斯蒂總共寫了九十二本小說，其中有四十二本的開場白都提到了天氣，相當驚人。下面列舉的就是這些開場白，請自行斟酌閱讀。

那是個大好的晴天，而那通卡森廣告的電話是在九點十五分打來的。｜天氣好得不得了。｜那天，他們在哈佛大學艾略特宿舍前把單車取下車架的時候，清晨的陽光投射在他們的背上。｜莎曼匆匆踏上東六十三街的赤褐色石階時，她眯著眼睛以抵擋強風大雨；雨很快又成了雨雪。｜紐約在耶誕夜下雪時，似乎有種喧囂的寂靜，彷彿明亮的色彩與雪混雜在一起。｜懷俄明大道西北段二一二九號那棟房子結實又光鮮地矗立著，灰色的石磚牆面雕鑿得極美、裝飾華麗，掛著金色頂飾與法國國旗，旗子在下午剛吹起的微風中輕柔地擺動。｜太陽緩緩沉沒在翠綠逼人的納帕谷周圍山丘。｜叢林裡的熱氣如此沉悶，光是站著也好像在厚重的空氣裡游泳。｜當莎賓全身赤裸地攤在躺椅上，沐浴在洛杉磯陽光的熱氣裡，建築物折射的陽光發出的耀眼光芒，像是對冰山投去的一把鑽石，閃爍的白光使人目盲。｜當陽光射入落地玻璃門，屋子裡的每樣東西都閃閃發亮。｜一九四三年十二月二十四號，那不勒斯東北方下著傾盆大雨，魏山姆蜷縮在他的散兵坑裡，用雨具緊緊裹著自己。｜當三架馬車飛馳過冰凍的地面，澤雅闔上雙眼。雪天輕柔的霧氣在她臉頰上留下濕潤又小巧的吻，把她的睫毛凝成蕾絲；同一時間，馬兒躍動的鈴聲在她耳中宛如音樂。｜在亞歷山大谷平靜的清晨中，鳥兒已經在互相呼叫。這時候，太陽慢慢升上山丘，向天空伸出金色的手指；天色在那短暫的時刻之間，幾乎是紫色的。｜雪花成團落下，又大又白，像是童話故事的插圖畫的一樣緊貼著彼此，就像莎拉拿來讀給孩子們聽的那些書。｜薩瓦那那天寒冷多雲，有一陣輕快的微風從海面吹來。｜夏日艷陽下的空氣是如此沉滯，當莎拉平靜地坐在窗前向外看，可以聽到數哩外傳來的鳥叫與各種聲響。｜當顧黛安與父親踏出大禮車時，晴空藍得耀眼，天氣又悶又熱。｜戴查爾緩緩步上聖派翠克大教堂，略有些吃力，此時一陣刺骨寒風吹來，把冰冷的手指伸進他衣領裡。｜那天就是四月會有的一個完美周六下午，溫暖宜人，你臉頰感受到的空氣有如絲緞，而你會想永遠待在戶外。｜侯比德的飛機降落在戴高樂機場那天，巴黎的天氣暖和得不尋常。｜管風琴的演奏聲飄揚在維基伍德的藍天裡。｜在十一月的大雨中，從倫敦市中心開往希斯

洛機場的計程車彷彿永遠到不了。｜那箱東西是在耶誕節的兩周前、一個雪天午後送來的。｜那是紐約一個陽光燦爛的日子，氣溫早在午前就飆升到華氏一百度以上。｜那通電話在她最意想不到的時候打來，一個十二月雪天裡的下午；自從他們上次相遇，幾乎整整過了三十四年。｜金瑪婕躺在高高的草叢裡，在一棵巨大的老樹後面，聽著鳥兒啁啾，眼看蓬鬆的白雲在八月陽光燦爛的早晨裡飄過天空。｜當白亞伯在那彷彿無止盡的車道上開過最後一個彎，陽光正在盧舍的雙斜式屋頂上閃爍著了。｜那是一個完美的五月傍晚，溫暖宜人，春天剛在數天前帶著令人難以抗拒的吸引力降臨東岸。｜在聖迪馬斯一個炎熱的六月天裡，陽光閃耀；那是一個距洛杉磯有段距離的郊區。｜那是一個北加州夏季會有的那種日子，寒冷多霧，風橫掃過新月型的沙灘，把一團團細沙撐入空中。｜那是一個慵懶的夏季午後，魏貝塔與父母一同在日內瓦湖畔漫步。｜在一個十一月的雨天裡，風帆式遊艇「勝利號」沿著海岸優雅地駛向安提伯的老港。｜明亮又炙熱的陽光灑落在電動遊艇「藍月號」的甲板上。｜在一個陽光燦爛的五月早晨裡，盧奧雅在她的廚房裡忙得團團轉。她與家人一同住在紐約市珍妮街上的一間赤褐石磚屋裡，鄰近西村過去的肉類加工區。｜那是一個炎熱又美好的七月天，在隔著金山大橋與舊金山相望的馬林郡，賀婷雅在廚房裡忙亂地打點她的生活。｜那是十一月裡的某一天，寧靜又晴朗，柏卡蘿從電腦前抬起頭來，凝神望向她位於貝列赫住處裡的花園。｜那是一個極完美的六月天，貝可兒從她位於柏黎納住處的露天陽台上看著太陽升上市區的天空。｜唐荷珮在無聲落下的雪花中，走在紐約蘇活區的王子街上。｜在一個晴朗的九月周日下午，艾瑟斯離開了費安妮位於西村的公寓。｜倪貝姬坐在波士頓大學的招生辦公室裡，一絲不苟地檢閱著入學申請書；一場大雪自昨夜起就沒停過。｜那兩個男人躺在沙漠灼人的陽光下曬著，一動也不動，幾乎沒有一絲生氣。｜在斯闊谷一個一月的雪天早晨，當鬧鈴聲停止時，湯莉莉還躺在床上。

　　我研究過的所有其他作家，包括我樣本組裡寫過至少十本書的二十六個人，沒有人提到天氣的頻率能與斯蒂相提並論。就算與人氣和產量最接近她的同行相比，斯蒂在拿天氣當開場白這方面還是很超前。

小說開場白提到天氣的百分比

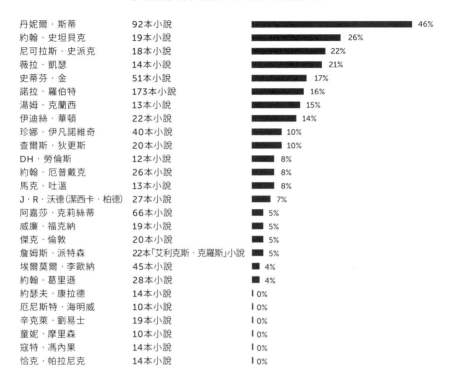

作家	本數	百分比
丹妮爾·斯蒂	92本小說	46%
約翰·史坦貝克	19本小說	26%
尼可拉斯·史派克	18本小說	22%
薇拉·凱瑟	14本小說	21%
史蒂芬·金	51本小說	17%
諾拉·羅伯特	173本小說	16%
湯姆·克蘭西	13本小說	15%
伊迪絲·華頓	22本小說	14%
珍娜·伊凡諾維奇	40本小說	10%
查爾斯·狄更斯	20本小說	10%
DH·勞倫斯	12本小說	8%
約翰·厄普戴克	26本小說	8%
馬克·吐溫	13本小說	8%
J·R·沃德(潔西卡·柏德)	27本小說	7%
阿嘉莎·克莉絲蒂	66本小說	5%
威廉·福克納	19本小說	5%
傑克·倫敦	20本小說	5%
詹姆斯·派特森	22本「艾利克斯·克羅斯」小說	5%
埃爾莫爾·李歐納	45本小說	4%
約翰·葛里遜	28本小說	4%
約瑟夫·康拉德	14本小說	0%
厄尼斯特·海明威	10本小說	0%
辛克萊·劉易士	19本小說	0%
童妮·摩里森	10本小說	0%
寇特·馮內果	14本小說	0%
恰克·帕拉尼克	14本小說	0%

　　斯蒂以天氣開場的頻率幾乎比最接近她的作家還多一倍。根據我的計算，她筆下的天氣有一半在某種程度上是陰沉、下雨或狂風暴雨的。另外一半則是比較宜人或完美型的（「完美的周六下午」、「完美的五月傍晚，溫暖宜人」、「極完美的六月天」）。即使這麼寫很有獲得「伯爾—立頓獎」的潛力（我最喜歡的一句就是：「天氣好得不得了」），對她來說還是蠻有用的。

雖然老套的天氣開場白令人痛苦，但許多作家還是會拿來以備不時之需。畢竟，你有時仍需要設個場景出來。想想《一九八四》的開頭，也是公認的史上最佳開場白之一：「那是一個四月天，晴朗又寒冷，鐘敲了十三下。」天氣不是一寫就註定無望了，若你是（像歐威爾那樣）用它來挑逗讀者的期待時更絕非如此。就算是最受推崇的作品，仍常用天氣當開場主題：在得過普立茲小說獎的八十六部作品裡，有十三本的開頭就是靠天氣開場的。

懸念式結局

一九二七年，富蘭克林·迪克森（Franklin Dixon）以《高塔尋寶記》（The Tower Treasure）作者的身分踏入出版業；那本書是《哈迪男孩》系列小說的第一集。迪克森馬上就因為《高塔尋寶記》與其他續集大獲成功。《哈迪男孩》前五集均名列《出版者週刊》於二〇〇一年發布的「史上最暢銷童書榜」前兩百名。狄克森持續寫了超過三百本《哈迪男孩》，直到二〇一一年的《Movie Mission》為止。

不過，要是在一九二七年時，狄克森的年紀就大得足以寫出第一本《哈迪男孩》，怎麼會八十四年以後還在寫呢？

實情是，沒有這麼一個叫做富蘭克林·狄克森的人。那個名字是史崔梅爾出版集團（Stratemeyer Syndicate）創造的，也是一間由愛德華·史崔梅爾創立的圖書產銷公司。該公司自一八八九年成立後的最初五十年間，迅速推出了九十八個不同的系列小說。這些書在各方面都經過詳細規劃，包括使用像狄克森這樣的筆名。每個幕後寫手因為要共用一個

筆名，所以對系列故事或稿費的控制權都很小。要是有哪個寫手不想再寫，系列還是可以繼續發展，沒有人（大都是小讀者）會知道任何改變。

我們先前已經看到這些系列會這麼長青，部分是因為在長度和結構上有嚴格規定。不過規定還遠不止於此。該出版集團會發給寫手劇情大綱（通常由創辦人史崔梅爾撰寫），並告知他們下筆時要遵循的創作規範，其中有個很重要的規範，就是各章節都要在故事講到半途時喊停——以懸念式結局收尾。

我們來看看《哈迪男孩》的前七集。要是你現在隨手拿起其中一集，會發現每集恰好都有二十章[2]，每集都在三萬二千字到三萬六千字之間，而且每章都在未完待續中結束。下表列出的就是《哈迪男孩》第一集《高塔尋寶記》各章的最後一句。

---

2 作者注：《哈迪男孩》自初版問世後曾歷經修訂，本章參考的即是修訂版。初版規格其實也經過標準化，當時每本書都有二十五章。

章節	最後一句
1	沒過多久，男孩們就在路上狂奔，追著那輛汽車！
2	法蘭克和喬伊想的是同一件事：或許這個謎團會成為他們的第一個案子！
3	「跟我來！」
4	當法蘭克拿出小刀，開始刮下檔泥板上的紅色油漆時，那個偵探繃著臉站在一旁。
5	「大家快點！」
6	「我爸爸是無辜的！」
7	「阿瘦，我們會盡可能幫你爸爸。」
8	「而且這次是個大的！」
9	這下他們又要得知他另一個祕密了嗎？
10	「可是他現在人在哪？」
11	「媽媽很擔心爸爸可能出事了。」
12	說完，他起身衝出房間，離開了他們家。
13	「有水嗎？」
14	兄弟倆衝出家門，對於他們將要解開高塔寶藏之謎，信心滿滿。
15	法蘭克與喬伊興奮不已，跟上前去。
16	「我發現這裡埋了一個箱子！」
17	那道光來自舊高塔頂端的房間！
18	「一定就是這裡了！」
19	那道活板門突然砰一聲關上，從外面上了鎖！
20	「好棒的主意！」

把這份表格瀏覽一遍，很容易就能看出某種模式，尤其是標點符號的用法。這二十章裡有十四章不是用驚嘆號就是用問號結束。懸念式結局的規則顯然是以某種手法來維持的：顯然很亢奮（！），或顯然很懸疑（？）。

說到細膩的寫作手法，《哈迪男孩》不盡然是楷模。我們曾在本書中看過李歐納給的驚嘆號建議：「在每十萬字裡不能超過兩～三個」；《哈迪男孩》每十萬字有超過九百個驚嘆號。

就算你拿《哈迪男孩》的一般句子與章節結尾相較，也能清楚看出各章節就是要以驚奇作收。為了讓討論單純些，下列標點符號我們就稱為「明顯懸念式標點」：驚嘆號、問號、破折號（話說到一半）、刪節號。

《哈迪男孩》前七集的所有句子有 19% 以「明顯懸念式標點」斷句，章節末的句子卻有 71% 以「明顯懸念式標點」斷句。

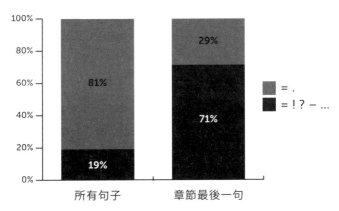

《哈迪男孩》系列小說斷句：
句點 VS 明顯懸念式標點

南西・茱兒（Nancy Drew）系列小說也是史崔梅爾集團的產物，並遵循同樣嚴格的一致性規範。以這系列的前七集為例，每集都有二十章、全書在三萬二千字到三萬七千字之間，也都以懸念式結局收尾。

以下是用與前面相同的方式統計南西・茱兒系列。各章節最後一句用「明顯懸念式標點」的頻率幾乎是書裡一般句子的四倍。

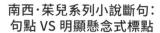

南西・茱兒系列小說斷句：
句點 VS 明顯懸念式標點

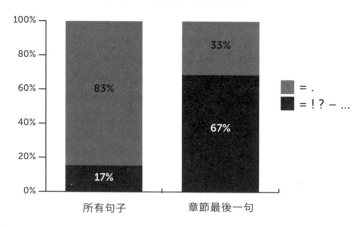

使用這種策略來吸引孩子往下讀的，不是只有史崔梅爾集團經營的書系。艾妮・布萊頓是多產的英國童書作家，自一九二二年起寫過一百八十六本小說，銷售量達五億本。《智仁勇探險小說》（The Famous Five）就是布萊頓的一個系列——描述五個孩子在寄宿學校放假期間的冒險經歷，該系列各章節有 83% 以「明顯懸念式標點」收尾。她書裡的一般句子只有 25% 會如此興奮作結。

在今日暢銷的兒童與青少年文學作品中，幾乎看不到這種寫法了。《哈利波特》的章節有 14% 是懸念式結尾；《雞皮疙瘩》系列有 18%；《飢餓遊戲》有 4%，而《分歧者》三部曲共一百四十二章都以句點結束。

想找出一個客觀方法來測量懸念式結尾有多「懸」，也不可能。《飢餓遊戲》的章節或許沒有用大呼小叫的標點符號收尾，不過這不表示作者沒有安排懸念。以問號或驚嘆號替每個章節作收，對現代讀者來說可能斧鑿過深，然而，幾乎所有暢銷小說家都會用另一種手法來營造結尾的懸念。

柯林斯的《飢餓遊戲》三部曲總共有八十二章，而在各部曲中，大約有 9% 的段落（不包括終曲）只有一句話。不過，我們要是來看各章節的最後一段，會發現有 62% 都只有一句話。比方說，這裡有幾個結尾段落是讀者決定要不要翻到下一章前會看到的：

然後，螞蟻擠進我的眼睛裡，我陷入一片黑暗。

換句話說，只要我不照章行事，大家就都得死。

這是他的死亡陷阱之一。

還有他的血，飛濺在地磚上。

就在爆炸的前一刻，我看到了一顆星星。

光是看上面列舉的單一句子，很難感受到短促結尾的全副威力。《飢餓遊戲》所有段落的平均字數是九十字，一段通常會占頁面的三分之一以上。不過，柯林斯會避免在章節結尾寫出看似一大篇的文字。她會丟給讀者一個簡短、引人注意的情節，維持讀者的興趣。

柯林斯那種簡潔有力的收尾法，其實幾乎所有的驚悚小說家都在用。派特森的二十二本「艾利克斯・克羅斯」（Alex Cross）章節末段全都比每本書裡的其他段落短。史蒂芬金在章節最後一段，用單句成段的機率是其他段落的兩倍。

驚悚、懸疑、神祕小說暢銷作家的短促章節結尾			
作家	書籍	結尾單句成段百分比	整體單句成段百分比
蘇珊・柯林斯	3 本《飢餓遊戲》小說	62%	9%
丹・布朗	4 本「蘭登教授」小說	53%	39%
詹姆斯・派特森	22 本「艾利克斯・克羅斯」小說	57%	26%
克萊夫・卡斯勒	23 本「德克比特」小說	48%	23%
大衛・鮑爾達奇	29 本小說	56%	37%
史蒂芬・金	51 本小說	50%	26%
吉莉安 ・ 弗林	3 小說	40%	27%
麥克・克萊頓	24 本小說	54%	33%
湯姆・克蘭西	13 本小說	19%	11%
薇若妮・卡羅斯	3 本《分歧者》小說	52%	25%

註：某些書的章節有明顯標記命名，另一些則只是換頁起頭，還有些則完全沒有換頁。對某些書來說，怎樣算是一章有時需以主觀認定。

出版時間距今最近的《紐約時報》冠軍暢銷書中，有四十本小說屬於驚悚、神祕或懸疑類，其中又有三十六本的章節結尾段落都比同一章的其他段落更短。在典型的驚悚小說裡，單句成段出現在章節結尾的頻率，比出現在章節中間的頻率要高 60%。

但不是每個人都喜歡這種短促的段落。在為克萊頓《侏儸紀公園》所寫的書評中，馬丁・艾米斯就批評這本小說有很多「只有一頁的章節、只有一句的段落、只有一字的句子」。就算艾米斯指的不是章節結尾處的文字，他顯然還是覺得克萊頓用的短段落在驚悚小說中很老套。

不過，在《The Information》裡，也就是艾米斯與上面那篇書評同年推出的小說，有 30% 的章節結尾都是單句成段。這幾乎是書中其他部分使用單句成段的兩倍。即便是艾米斯這樣的文學作家也會發現，想吸引讀者往下讀，讓章節突然喊卡還是有點用處的。

這種引人入勝的手法並未從驚悚小說大舉流向文學小說。在二○一三與二○一四年，有四十一本小說分別獲得下列榮譽至少其中之一的肯定：《紐約時報》年度十大好書、普立茲獎決選名單、曼布克獎決選短名單、美國國家圖書獎決選名單、美國國家書評獎決選名單、《時代》雜誌年度好書。這四十一本小說中的三十八本有章節之分，其中又有二十本在章節收尾時用的單句成段比在該章節中間來得多。這個比例只有將近一半，可以視為隨機出現。

小結

　　雖然沒有跡象顯示文學作家很快就會成群投身使用這種手法，但是對暢銷驚悚小說家來說，用單一句子形成的段落為章節收尾，似乎是《哈迪男孩》或《智仁勇探險小說》那種顯著懸念式標點自然演進的結果。

　　引人入勝的小說為何會一再使用簡短有力的結尾？有個很好的理由：《飢餓遊戲》三部曲與「艾利克斯・克羅斯」系列也正是因為這個理由才會各自賣了幾百萬冊。是什麼理由呢？

懸念式結尾很有效。

後記

在這整本書裡，我都在尋找規則與例外是如何混搭、一起讓文字發揮作用，甚至是如何讓文字出類拔萃。這些搭配堪稱古怪，結合了百發百中與出人意表、在簡單直白的表述中又有異想天開的趣味，不過也正是我們發現的這些事使得頂尖小說得以出眾。

我是讀羅德·達爾的書長大的。《巧克力冒險工廠》（Charlie and the Chocolate Factory）、《吹夢巨人》（The BFG）、《瑪蒂達》（Matilda）、《壞心的夫妻消失了》（The Twits）……在我唸小學的時候，這些書都廣受同學歡迎，即便它們是四十年前寫的也無妨。然而，在為本書研究與寫作期間，我發現自己一再重讀的是達爾被人淡忘的一部短篇小說：〈無敵自動文法機〉（The Great Automatic Grammatizator）。

有個名叫阿道夫·奈普的工程師，夢想是寫出人人捧讀的小說。奈普看著自己剛動筆就搞砸的最新嘗試——小說的開頭自然是「那是個月

黑風高的夜晚」了——然後，他靈光乍現：

> ……他突然悟出了一個強大又簡潔的真理，那就是：**英文文法所須遵循的規律之嚴謹，簡直有如數學！**只要給定了字、又給定了想表達的意思，我們便只能依照一種正確順序來組合這些字。

於是奈普發明了一部機器，並命名為「無敵自動文法機」——只要輸入情節，機器就能吐出完整故事。奈普先從短篇小說開始。很快地，他就增加了長度、讓小說更複雜，接著又放膽把機器設定成能寫「高度才情的小說」。奈普操控這部機器到了一個地步——用英語寫成的「所有小說的一半」都出自無敵自動文法機。

多虧了這部暢銷書製造機的威力，奈普現在成了小說大亨，把其他作家都逼到瀕臨餓死。這篇小說的敘事人不是工程師奈普，而是另一位對手作家。奈普向這位擔任敘事人的作家提出一份停筆合約。簽下合約能讓那位作家有飯吃，不過那些電腦自動生成的故事將一統文壇。那位作家也能決定不簽約，讓他在得以繼續寫作的同時破產。小說結尾便是那位作家發出的呼求：「神啊，請賜給我們力量，讓我們的孩子挨得了餓吧。」

我的書就像「無敵自動文法機」，是數字與文字的結合。當我們把客觀分析應用於藝術上，常會招來兩極的反應。就像在本書中討論過的，我也遇上了兩個相對陣營，而我在心裡把這兩方稱為「極度存疑派」與「末日降臨派」。

極度存疑派只要看到數字跟文字擺在一起，就超不舒服。寫作是一門藝術，不是科學，所以數學怎能提供任何實質用處呢？

如果這本書你都讀到這裡了，我希望我已經說服你脫離了極度存疑派。我已經盡力探討過讀者與作家都會有的問題，而能夠一口氣處理幾百萬個文字有個特別的好處：你可能會錯過一個字在特定段落中發揮的效應，卻能對作家有一番新的評價。散布在整個文學語料庫裡的寫作模式是如此多不勝數，數量也大到沒有一位讀者能夠消化。這些模式能夠指引我們新的趨勢、想法、技巧與智慧，若不透過數據，就看不到。

與存疑派相對的，則是那些只要看到數字和文字的結合，就會高呼天塌下來的人。如果數據能幫人預測哪些文字會廣受歡迎，哪天演算法是不是就要開始代替人寫小說了？這就是「無敵自動文法機」的核心概念。

就連在今天，距〈無敵自動文法機〉出版已有六十年時間，這個想法仍屬遙不可及的科幻小說。我在本書中檢視的數據、用過的計算方式，能協助我們閱讀並看出某些模式──不過，這些數據與計算無法讓我們得知何時該打破這些模式。我在本書想回答的問題很初階：是否該避用某些字？暢銷作家如何使用某些字詞？不同出身背景的人，下筆時最大的差異何在？

這些問題對作家或讀者來說都只是起點，而不是一種想以我們理解與描述藝術的方式來「操縱」藝術的企圖。如果你是一個生在一九〇〇年、有抱負的畫家，應該會想了解莫內正在採用哪些特定的顏料與技

巧。如果你在一九六〇年代組了一個樂團，應該也會想知道披頭四錄製歌曲的方法。不論是什麼，在創作出個人的傑作之前，你應該都會想在細節與技術層面對那門技藝有所了解。想知道小說是如何寫成的，閱讀是最簡單的方式。檢視數千本書的寫作模式能回答的與閱讀不一樣，但要了解書究竟是如何寫成的，這仍是可行之道。

我希望你在讀過本書以後，能在疑心派與末日派之間找到一個中間點。成功的作家在一生中會寫數十萬字，而對文學以外的任何領域來說，從數十萬筆資料中，顯然可以挖出能拿來檢視人類行為與心理的資訊。我相信，檢視文字也同樣可行。

當莫斯提勒與華萊士用數學方程式來判定《聯邦論》作者的身分，他們解決的只是文字世界的一個小問題。這個問題有明確的答案，所以比較簡單，但這個問題也告訴我們，乍看不明顯的資訊其實就在那裡，明明白白地藏在我們眼前。

文字與數字的世界不該涇渭分明。我們可以兩者都愛。透過文學與數學的結合，我們可以從喜愛的書、崇敬的作家中知道好多事。檢視其中的模式，也讓我們在這些模式被打破時，得以欣賞到妙思新生的美麗瞬間。

致謝

我很幸運，西蒙與舒斯特出版社（Simon & Schuster）給我一個機會寫這本書，在漫長的寫作過程中還有這麼多人相助。

我想感謝我的經紀人賈姬‧高（Jackie Ko）。她從一開始便對我所有的創作投入了寶貴的時間與精力。

我想感謝我的編輯強納森‧考克斯（Jonathan Cox）讓這個計畫成真。他的投入使得這本書在各方面都更為提升，對此我感激不盡。

我只要寫出點什麼來，艾力克‧布魯斯特（Eric Brewster）都是第一個過目的人。我要感謝他讓我知道，我有哪些意識流想法該留在腦海裡就好、哪些又該寫出來。

我想感謝我的父母史蒂芬‧布萊特（Stephen Blatt）與費絲‧敏納（Faith Minard），是他們在我身上灌注了創造本書所需的品德。我也要感謝我的哥哥查克‧布萊特（Zach Blatt），他自我出生開始便一直影響著我。

湯尼‧卡恩（Tony Khan）對我助益良多，也一直是個很棒的朋友，為此我深表感謝。

我想要感謝《哈佛諷刺雜誌》（Harvard Lampoon）的每個人，不論如今在世與否。要是我不曾參與過如此高竿的寫作團體，絕對培養不出完成這本書所需的心態與技巧。

此外，我也想感謝以下這些美好的人，謝謝他們的大方貢獻與寬待。感謝安迪‧史匹沃格（Andy Spielvogel）、查克‧沃特曼與裘蒂‧沃特曼（Zack and Jody Wortman）、克特‧史拉維茲卡（Kurt Slawitschka）、凱蒂‧萊恩（Katie Ryan）、班‧席爾瓦（Ben Silva）、艾力克‧艾佐恩（Eric Arzoian）、弗瑞安‧梅爾（Florian Mayr）、丹尼爾‧柯立芝（Daniel Claridge）、彼得‧曼傑斯（Peter Manges）、席亞拉‧凱特（Sierra Katow）、丹尼爾‧布雷達（Daniel Bredar）、泰勒‧理查（Tyler Richard）、伊森‧葛拉瑟曼（Ethan Glasserman）、E‧J‧本辛（E. J. Bensing）、梅若‧納朵（Meryl Natow）、阿里‧魯賓（Ari Rubin）、詹姆斯‧尤德（James Yoder）、傑弗瑞‧哈金（Jeffrey Hajdin）、妮可‧勒汶（Nicole Levin）、J‧J‧史帕爾（J. J. Shpall）。

參考資料

本書使用了多種樣本與研究方法，我也依序在各章介紹過其中的核心概念。不過，某些樣本與較龐大的書籍清單值得更仔細呈現，我也需要更深入解釋在寫作過程中為何會做某些決定。

為了這個寫作計畫，我總共蒐集了約一千五百本書（不包括幾萬部同人小說與情色文學網小說），並且把這些書轉成原始文字檔。這些書頭尾的獻詞、版權頁、前言、致謝詞等內容都從檔案中刪除，正文則未經更動，就算其中有些文字嚴格來說不算出自作者筆下也一樣（譬如「第十章：魔法部大亂」這類標題會保留）。因此，對一本書的不同版本進行相同分析，得到的結果會稍有差異。為了處理這個問題，我把焦點放在統計差異夠顯著的趨勢與模式上——顯著到書籍版本對這些統計結果不會造成有意義的影響。

這些文字檔的處理大部分是藉由 Python 完成，並以自然語言工具組（Natural Language Toolkit, NLTK）的分析為輔，只有第三章是例外，因為這一章主要是靠直接計算文字與標點符號的數量來處理文本。我想證明，要結合寫作智慧與數據分析，用這些基本方法來做，也是最簡單透明的方法。

本書有不少數據跟圖表均以手工處理，像是測量作者姓名在書籍封面上的大小、計算提到天氣的小說開場白有幾句等等。如果你重複這些研究，可能會因你如何給姓名畫框、怎麼判定天氣與氣候之別，而與我的結果有些微差異。然而，整體呈現的趨勢應該還是會與我的一致。

除非另外註明，所有作家的書目都取到二〇一四年為止，除了極少數例外。作家的所有作品只取小說──我選擇略過其他文類的作品（非虛構類、回憶錄、短篇小說等等），是為了讓本書的主要樣本有個重點與一致性。在實際操作上，雖然或許能收集到知名作家寫過的所有小說，但有些人寫的短篇小說實在很多，以致於我們很難全數囊括。

我在正文中提過一些例外，也就是我沒有使用全部小說作品的某些作家，像是羅琳等人，如果他們主要以某一系列小說聞名，我便不會納入其他規模較小的作品。還有一些作家主要以風格獨特的非虛構類作品聞名，像是米奇·艾爾邦（Mitch Albom）與楚門·卡波堤（Truman Capote），我也會納入他們非虛構類的敘事作品。

我承認，我在收集這些書目時也下了主觀判斷。小說與中短篇小說之別沒有明確定義，小說與非虛構敘事間也沒有清楚的界線。比方說，

像布萊柏利的《火星紀事》（The Martian Chronicles）這類書籍，其編排方式會讓有些人認為是短篇小說集，另一些人則會覺得是敘事不連貫型的小說。作家與他人合著只會讓事情更棘手。很多作家的作品身後才出版，有些人是生前完成的作品剛好在過世後才出版，也有一些是半成品。

為了決定是否將某部作品納入研究書目，我也常要下個人主觀判斷。你可以在接下來的篇幅中深探這些書。在某些圖表中，作家的排序可能會因為個人書目是否增減了一兩本書而稍有升降。不過，我還是把重點放在文本顯現的大趨勢上；就算原始樣本稍有更動，這些趨勢仍會保持不變。

資料來源

接下來要呈現本書用到的所有作家與書目。本書只要寫到「珍奧斯汀使用 X 字的頻率為 Y」，就表示「在這部分列出的六本珍奧斯汀作品中，她使用 X 字的頻率為 Y」。

在作者與書目之後，我也列出某些特殊樣本組。我在正文中已經解釋過採用這些樣本的方法，但並未列出樣本實際內容。比方說，「近代文學小說」這一組書籍是在特定期間獲得數個獎項的作品，但正文沒有空間容納全部的名單。你可以在下面看到這些樣本組的每一本書。

* 中文書名暫譯
★ 未有繁中版，現已改編為電影，此處以電影名呈現

奇奴瓦・阿契貝 | Chinua Achebe─5 本小說

分崩離析 | Things Fall Apart | 遠流

不再安逸 * | No Longer at Ease

神之箭 * | Arrow of God

與民同在 * | A Man of the People

莽原上的蟻丘 * | Anthills of the Savannah

道格拉斯・亞當斯 | Douglas Adams─7 本小說

銀河便車指南 | The Hitchhiker's Guide to the Galaxy | 木馬

宇宙盡頭的餐廳 | The Restaurant at the End of the Universe |
時報出版

掰掰，謝謝你們的魚啦 | So Long, and Thanks for All the Fish | 木馬

德克的全方位偵探事務所 * | Dirk Gently's Holistic Detective Agency

靈魂的幽暗午茶時光 * | The Long Dark Tea-Time of the Soul

大部無害 | Mostly Harmless | 木馬

生命，宇宙及萬事萬物 | Life, the Universe and Everything | 時報出版

米奇・艾爾邦｜Mitch Albom—6 本著作｜均由大塊出版

最後十四堂星期二的課｜Tuesdays with Morrie

在天堂遇見的五個人｜The Five People You Meet in Heaven

再給我一天｜For One More Day

一點小信仰｜Have a Little Faith

時光守護者｜The Time Keeper

來自天堂的第一通電話｜The First Phone Call from Heaven

以撒・艾西莫夫｜Isaac Asimov—7 本「基地」系列小說｜均由奇幻基地出版

基地前奏｜Prelude to Foundation

基地締造者｜Forward the Foundation

基地｜Foundation

基地與帝國｜Foundation and Empire

第二基地｜Second Foundation

基地邊緣｜Foundation's Edge

基地與地球｜Foundation and Earth

珍・奧爾｜Jean Auel—6 本「愛拉傳奇」系列小說｜
均由貓頭鷹出版

愛拉與穴熊族｜The Clan of the Cave Bear

野馬河谷｜The Valley of Horses

猛瑪象獵人｜The Mammoth Hunters

橫越冰原｜The Plains of Passage

石造庇護所｜The Shelters of Stone

最後的試煉｜The Land of Painted Caves

珍・奧斯汀｜Jane Austen—6 本小說

理性與感性｜Sense and Sensibility｜木馬

傲慢與偏見｜Pride and Prejudice｜木馬

曼斯菲爾德莊園｜Mansfield Park｜好讀

愛瑪｜Emma｜好讀

諾桑覺寺｜Northanger Abbey｜布拉格文創社

勸服｜Persuasion｜好讀

大衛・鮑爾達奇｜David Baldacci—29 本小說

駱駝俱樂部｜The Camel Club｜雅書堂

搶救費依絲 * ｜ Saving Faith

請你保重 * ｜ Wish You Well

最後贏家 * ｜ Last Man Standing

耶誕火車 * ｜ The Christmas Train

警察本色 * ｜ True Blue

真情夏日 * ｜ One Summer

艾妮·布萊頓｜Enid Blyton—21 本《智仁勇探險小說》｜
繁中版均由智茂圖書文化出版

古堡歷險記｜Five on a Treasure Island

麻布上的謎｜Five Go Adventuring Again

基林島謎案 * ｜ Five Run Away Together

走私峰｜Five Go to Smuggler's Top

篷車假期｜Five Go Off in a Caravan

基林島探奇｜Five on Kirrin Island Again

幽靈火車｜Five Go Off to Camp

梟莊脫險記｜Five Get into Trouble

紅塔之謎｜Five Fall into Adventure

神祕黑暗湖｜Five on a Hike Together

古堡疑雲｜Five Have a Wonderful Time

海盜船｜Five Go Down to the Sea

神祕荒原 | Five Go to Mystery Moor

冒險總動員 | Five Have Plenty of Fun

密道探險 | Five on a Secret Trail

毡帽山奇遇 | Five Go to Billycock Hill

舊城驚魂記 | Five Get into a Fix

消失的古堡 | Five on Finniston Farm

惡魔岩 | Five Go to Demon's Rocks

呢喃島尋寶 | Five Have a Mystery to Solve

馬戲團奇案 | Five Are Together Again

雷・布萊柏利 | Ray Bradbury—11 本小說

火星紀事 | The Martian Chronicles | 皇冠

華氏 451 度 | Fahrenheit 451 | 麥田

蒲公英酒 * | Dandelion Wine

闇夜嘉年華 | Something Wicked This Way Comes | 皇冠

萬聖樹 * | The Halloween Tree

死亡是件寂寞的事 * | Death Is a Lonely Business

狂人墓地 * | A Graveyard for Lunatics

綠影與白鯨 * | Green Shadows, White Whale

靈界家族之天使與花朵 | From the Dust Returned | 尖端

追殺康絲坦斯 * | Let's All Kill Constance

夏天再見 * ｜ Farewell Summer

安妮・布魯雪絲 ｜ Ann Brashares—9 本小說

牛仔褲的夏天 ｜ The Sisterhood of the Traveling Pants ｜ 遊目族

十七歲的承諾 ｜ The Second Summer of the Sisterhood ｜ 遊目族

牛仔褲女孩 * ｜ Girls in Pants

永遠的牛仔褲 * ｜ Forever in Blue

你我最後的夏日 * ｜ The Last Summer (of You and Me)

三株柳樹 * ｜ 3 Willows

不忘 ｜ My Name Is Memory ｜ 大塊

永遠的牛仔褲姊妹 * ｜ Sisterhood Everlasting

此時此地 * ｜ The Here and Now

夏綠蒂・勃朗特 ｜ Charlotte Brontë—4 本小說

簡愛 ｜ Jane Eyre ｜ 晨星

雪莉 * ｜ Shirley

小鎮維萊特 * ｜ Villette

女校教師 * ｜ The Professor

丹・布朗｜ Dan Brown─4 本「羅柏・蘭登」小說｜
均由時報出版

天使與魔鬼｜ Angels & Demons

達文西密碼｜ The Da Vinci Code

失落的符號｜ The Lost Symbol

地獄｜ Inferno

楚門・卡波提｜ Truman Capote─5 本書

草豎琴 *｜ The Grass Harp

別的聲音，別的房間 *｜ Other Voices, Other Rooms

夏日十字路口 *｜ Summer Crossing

第凡內早餐｜ Breakfast at Tiffany's ｜台灣商務

冷血｜ In Cold Blood ｜遠流

薇拉・凱瑟｜ Willa Cather─12 本小說

莎菲拉與奴隸女孩 *｜ Sapphira and the Slave Girl

我族之人 *｜ One of Ours

我的安東妮亞｜ My Ántonia

石頭上的陰影 *｜ Shadows on the Rock

迷失的女士 * ｜ A Lost Lady

露西・蓋哈特 * ｜ Lucy Gayheart

拓荒者 * ｜ O Pioneers!

總主教之死 ｜ Death Comes for the Archbishop ｜ 希代

雲雀之歌 * ｜ The Song of the Lark

教師之家 * ｜ The Professor's House

漢蕭之家 * ｜ My Mortal Enemy

亞歷山大的橋 * ｜ Alexander's Bridge

麥可・謝朋 ｜ Michael Chabon—7 本小說

那一年的神祕夏日 ｜ The Mysteries of Pittsburgh ｜ 皇冠

神奇男孩 * ｜ Wonder Boys

卡瓦利與克雷的神奇冒險 ｜ The Amazing Adventures of Kavalier & Clay ｜ 皇冠

最終解答 * ｜ The Final Solution

消釋的六芒星 ｜ The Yiddish Policemen's Union ｜ 皇冠

漂泊紳士 ｜ Gentlemen of the Road ｜ 皇冠

電報大道 ｜ Telegraph Avenue ｜ 聯經

約翰・契弗 │ John Cheever—5 本小說

瓦普肖紀事 * │ The Wapshot Chronicle

瓦普肖醜聞記 * │ The Wapshot Scandal

布雷特公園 * │ Bullet Park

法肯納監獄 * │ Falconer

愛慾天堂 * │ Oh What a Paradise It Seems

阿嘉莎・克莉絲蒂 │ Agatha Christie—66 本小說 │
均由遠流出版

史岱爾莊謀殺案 │ The Mysterious Affair at Styles

隱身魔鬼 │ The Secret Adversary

高爾夫球場命案 │ The Murder on the Links

褐衣男子 │ The Man in the Brown Suit

煙囪的祕密 │ The Secret of Chimneys

羅傑・艾克洛命案 │ The Murder of Roger Ackroyd

四大天王 │ The Big Four

藍色列車之謎 │ The Mystery of the Blue Train

七鐘面 │ The Seven Dials Mystery

牧師公館謀殺案 │ The Murder at the Vicarage

西塔佛密案 │ The Sittaford Mystery

危機四伏 │ Peril at End House

十三人的晚宴 │ Lord Edgware Dies

魂縈舊恨｜Sparkling Cyanide

池邊的幻影｜The Hollow

順水推舟｜Taken at the Flood

畸屋｜Crooked House

謀殺啟事｜A Murder Is Announced

巴格達風雲｜They Came to Baghdad

麥金堤太太之死｜Mrs McGinty's Dead

殺手魔術｜They Do It with Mirrors

葬禮變奏曲｜After the Funeral

黑麥滿口袋｜A Pocket Full of Rye

未知的旅途｜Destination Unknown

國際學舍謀殺案｜Hickory Dickory Dock

弄假成真｜Dead Man's Folly

殺人一瞬間｜4:50 From Paddington

無辜者的試煉｜Ordeal by Innocence

鴿群裡的貓｜Cat Among the Pigeons

白馬酒館｜The Pale Horse

破鏡謀殺案｜The Mirror Crack'd from Side to Side

怪鐘｜The Clocks

加勒比海疑雲｜A Caribbean Mystery

柏翠門旅館｜At Bertram's Hotel

第三個單身女郎｜Third Girl

湯姆・克蘭西 | Tom Clancy——13 本小說 | 均由星光出版

老虎牙｜The Teeth of the Tiger

紅色風暴｜Red Storm Rising

彩虹六號｜Rainbow Six

卡珊卓拉・克蕾兒｜Cassandra Clare—9 本小說｜
均由春天出版

骸骨之城｜City of Bones

灰燼之城｜City of Ashes

玻璃之城｜City of Glass

墮天使之城｜City of Fallen Angels

遊魂之城｜City of Lost Souls

天火之城＊｜City of Heavenly Fire

機械天使｜Clockwork Angel

機械王子｜Clockwork Prince

機械公主＊｜Clockwork Princess

蘇珊・柯林斯｜Suzanne Collins—3 本《飢餓遊戲》
系列小說｜**均由大塊出版**

飢餓遊戲｜The Hunger Games

星火燎原 | Catching Fire

自由幻夢 | Mockingjay

麥可・康納利 | Michael Connelly—27 本小說 |
均由聯經出版

黑暗回聲 | The Black Echo

黑冰 | The Black Ice

水泥中的金髮女子 | The Concrete Blonde

最後的美洲狼 | The Last Coyote

詩人 | The Poet

後車箱輓歌 | Trunk Music

血型拼圖 | Blood Work

天使班機 * | Angels Flight

空心月 * | Void Moon

比夜色更黑 * | A Darkness More Than Night

骨之城 * | City of Bones

徒勞無功 * | Chasing the Dime

失去的光 * | Lost Light

殺手末路 | The Narrows

懸案終結者 | The Closers

林肯律師 | The Lincoln Lawyer

回聲公園 * ｜ Echo Park

絕命監護 * ｜ The Overlook

街頭正義 * ｜ The Brass Verdict

稻草人 * ｜ The Scarecrow

九龍奇案 * ｜ Nine Dragons

翻案正義 * ｜ The Reversal

第五號證人 * ｜ The Fifth Witness

狹路相逢 * ｜ The Drop

黑盒子 * ｜ The Black Box

贖罪之旅 * ｜ The Gods of Guilt

火場之謎 * ｜ The Burning Room

約瑟夫・康拉德｜ Joseph Conrad—14 本小說

諾斯楚莫 * ｜ Nostromo

海隅逐客｜ An Outcast of the Islands ｜聯經

拯救 * ｜ The Rescue

黑暗之心｜ Heart of Darkness ｜印刻

水仙號上的黑鬼 * ｜ The Nigger of the "Narcissus"

奧邁耶的癡夢｜ Almayer's Folly ｜聯經

吉姆爺｜ Lord Jim ｜桂冠

颱風｜ Typhoon ｜聯經

勝利│ Victory │聯經

金箭 * │ The Arrow of Gold

在西方人的目光下 * │ Under Western Eyes

機遇 * │ Chance

密探 * │ The Secret Agent

陰影線 * │ The Shadow-Line

麥克・克萊頓│ Michael Crichton—24 本小說

勝券在握 * │ Odds On

尼斯驚魂記 * │ Scratch One

最後的法老王之墓 * │ Easy Go

死亡手術室│ A Case of Need │遠流

臨界冰點 * │ Zero Cool

天外病菌│ The Andromeda Strain │輕舟

蛇蠍機密 * │ The Venom Business

伊甸園之島 * │ Drug of Choice

牙買加沈船記 * │ Grave Descend

二元毒氣 * │ Binary

終端人│ The Terminal Man │遠流

火車大劫案│ The Great Train Robbery │輕舟

終極奇兵│ Eaters of the Dead │輕舟

剛果驚魂｜ Congo ｜皇冠

地動天驚｜ Sphere ｜輕舟

侏儸紀公園｜ Jurassic Park ｜新雨

旭日東昇｜ Rising Sun ｜輕舟

桃色機密｜ Disclosure ｜輕舟

失落的世界｜ The Lost World ｜輕舟

最高危險｜ Airframe ｜輕舟

時間線｜ Timeline ｜皇冠

奈米獵殺｜ Prey ｜遠流

恐懼之邦｜ State of Fear ｜遠流

危基當前｜ Next ｜遠流

克萊夫・卡斯勒｜ Clive Cussler—23 本「德克比特」系列小說

太平洋漩渦 ＊｜ Pacific Vortex

地中海搶案 ＊｜ The Mediterranean Caper

冰山 ＊｜ Iceberg

舉起鐵達尼號！＊｜ Raise the Titanic!

最毒婦人心 ＊｜ Vixen

夜渡關山｜ Night Probe! ｜皇冠

沈船諜計｜ Deep Six ｜皇冠

獨眼巨人 * ｜ Cyclops

尋寶記 * ｜ Treasure

屠龍記 ｜ Dragon ｜ 輕舟

撒哈拉 ★ ｜ Sahara

印加寶藏 ｜ Inca Gold ｜ 輕舟

衝擊波 * ｜ Shock Wave

洪流巨浪 * ｜ Flood Tide

發現亞特蘭提斯 * ｜ Atlantis Found

英靈神殿 * ｜ Valhalla Rising

特洛伊迷航記 * ｜ Trojan Odyssey

黑風 * ｜ Black Wind

可汗寶藏 * ｜ Treasure of Khan

極圈漂流 * ｜ Arctic Drift

新月破曉 * ｜ Crescent Dawn

海神之箭 * ｜ Poseidon's Arrow

哈瓦那風暴 * ｜ Havana Storm

詹姆士・達許納｜James Dashner—3 本《移動迷宮》系列小說｜均由三采出版

移動迷宮 ｜ The Maze Runner

焦土試煉 ｜ The Scorch Trials

死亡解藥 ｜ The Death Cure

唐·德里羅 ｜ Don DeLillo ─ 15 本小說 ｜
繁中版均由寶瓶出版

美國風情畫 * ｜ Americana

球門區 * ｜ End Zone

大鐘斯街 * ｜ Great Jones Street

拉特納之星 * ｜ Ratner's Star

球員 * ｜ Players

走狗 * ｜ Running Dog

名字 * ｜ The Names

白噪音 ｜ White Noise

天秤星座 * ｜ Libra

毛二世 ｜ Mao II

地下世界 * ｜ Underworld

身體藝術家 ｜ The Body Artist

大都會 ｜ Cosmopolis

墜落的人 * ｜ Falling Man

最終點 ｜ Point Omega

查爾斯 · 狄更斯 | Charles Dickens—20 本小說

匹克威克外傳 * | The Posthumous Papers of the Pickwick Club

孤雛淚 | The Adventures of Oliver Twist | 晨星

尼古拉斯 · 尼克貝 * | The Life and Adventures of Nicholas Nickleby

老古玩店 * | The Old Curiosity Shop

巴納比 · 拉奇 * | Barnaby Rudge

小氣財神 | A Christmas Carol | 木馬

教堂鐘聲 * | The Chimes

爐邊的蟋蟀 * | The Cricket on the Hearth

生命的奮鬥 * | The Battle of Life

艾德溫 · 德魯之謎 * | The Mystery of Edwin Drood

著魔的人 * | The Haunted Man and the Ghost's Bargain

馬丁 · 瞿澤威傳 * | The Life and Adventures of Martin Chuzzlewit

董貝父子 * | Dombey and Son

塊肉餘生記 | David Copperfield | 商周出版

荒涼山莊 | Bleak House | 敲門磚

艱難時事 * | Hard Times

小杜麗 * | Little Dorrit

雙城記 | A Tale of Two Cities | 商周出版

遠大前程 | Great Expectations | 野人

我們共同的朋友 * | Our Mutual Friend

西奧多・德萊賽｜ Theodore Dreiser—8 本小說

嘉莉妹妹｜ Sister Carrie ｜桂冠

珍妮姑娘 * ｜ Jennie Gerhardt

天才 * ｜ The "Genius"

金融家 * ｜ The Financier

美國的悲劇｜ An American Tragedy ｜光復網際網路

斯多葛 * ｜ The Stoic

巨人 * ｜ The Titan

堡壘 * ｜ The Bulwark

珍妮佛・伊根｜ Jennifer Egan—4 本小說

看不見的馬戲團 * ｜ The Invisible Circus

風雨紅顏 * ｜ Look at Me

塔樓｜ The Keep ｜時報出版

時間裡的癡人｜ A Visit from the Goon Squad ｜時報出版

戴夫・艾格斯｜ Dave Eggers—6 本小說

你該知道有多快 * ｜ You Shall Know Our Velocity

蘇丹的迷途男孩 * ｜ What Is the What

野獸國外傳 * ｜ The Wild Things

梭哈人生 ｜ A Hologram for the King ｜ 高寶

揭密風暴 ｜ The Circle ｜ 天下文化

你的父親們在哪裡？先知有永生嗎？ * ｜ Your Fathers, Where Are They? And the Prophets, Do They Live Forever?

傑佛瑞・尤金尼德斯 ｜ Jeffrey Eugenides — 3 本小說 ｜
均由時報出版

少女死亡日記 ｜ The Virgin Suicides

中性 ｜ Middlesex

結婚這場戲 ｜ The Marriage Plot

珍妮・伊凡諾維奇 ｜ Janet Evanovich — 40 本小說

頭號冤家 ｜ One for the Money ｜ 皇冠

二手情人 ｜ Two for the Dough ｜ 皇冠

玩命三人行 ｜ Three to Get Deadly ｜ 皇冠

四機而動 * ｜ Four to Score

與你為伍 * ｜ High Five

六人行不行 * ｜ Hot Six

幸運七星 * | Seven Up

八面玲瓏 * | Hard Eight

九死一生 * | To the Nines

十全不十美 * | Ten Big Ones

老手新人 * | Eleven on Top

十二萬分火急 * | Twelve Sharp

前夫鬧失蹤 * | Lean Mean Thirteen

囚犯鬧失蹤 * | Fearless Fourteen

名廚祕密檔案 * | Finger Lickin' Fifteen

老闆鬧失蹤 * | Sizzling Sixteen

熱火十七 * | Smokin' Seventeen

轉機驚魂 * | Explosive Eighteen

別殺自己人 * | Notorious Nineteen

追殺陽光大叔 * | Takedown Twenty

最高機密 * | Top Secret Twenty-One

聖誕甜梅 * | Visions of Sugar Plums

甜梅情人 * | Plum Lovin'

幸運甜梅 * | Plum Lucky

甜梅驚魂 * | Plum Spooky

甜蜜人生 * | Wicked Appetite

甜蜜合夥人 * | Wicked Business

捷運女孩 * | Metro Girl

飆車大嘴巴 * ｜ Motor Mouth

愛在芳鄰 * ｜ Back to the Bedroom

單親妙佳人 * ｜ Smitten

專業人妻 * ｜ Wife for Hire

汪星人公路愛情故事 * ｜ The Rocky Road to Romance

落跑英雄 * ｜ Hero at Large

邪惡的遊戲 ｜ Foul Play ｜ 希代

美麗的勝利 ｜ The Grand Finale ｜ 林白

小兔來作媒 * ｜ Thanksgiving

北國獵夫記 ｜ Manhunt ｜ 林白

伊凡娶老婆 ｜ Love Overboard ｜ 林白

小豬證人保護計畫 * ｜ Naughty Neighbor

威廉・福克納 ｜ William Faulkner—19 本小說

出殯現形記 ｜ As I Lay Dying ｜ 桂冠

聲音與憤怒 ｜ The Sound and the Fury ｜ 桂冠

不敗者 ｜ Unvanquished ｜ 桂冠

聖殿 * ｜ Sanctuary

八月之光 ｜ Light in August ｜ 聯合文學

掠奪者 * ｜ The Reivers

去吧，摩西 * ｜ Go Down, Moses

押沙龍，押沙龍！＊｜ Absalom, Absalom!

野棕櫚＊｜ The Wild Palms

村子＊｜ The Hamlet

大宅＊｜ The Mansion

修女安魂曲＊｜ Requiem for a Nun

闖入墳墓的人＊｜ Intruder in the Dust

塔門＊｜ Pylon

預言＊｜ A Fable

小鎮＊｜ The Town

蚊群＊｜ Mosquitoes

墳墓裡的旗幟＊｜ Flags in the Dust

士兵的報酬＊｜ Soldiers' Pay

約書亞・費瑞斯｜Joshua Ferris—3 本小說

然後，我們就 Bye 了｜ Then We Came to the End ｜木馬

無名病＊｜ The Unnamed

適時再起＊｜ To Rise Again at a Decent Hour

史考特・費茲傑羅｜ F. Scott Fitzgerald—4 本小說

大亨小傳｜ The Great Gatsby ｜漫遊者

夜未央｜ Tender Is the Night ｜一人出版社

塵世樂園｜ This Side of Paradise ｜南方家園

美麗與毀滅｜ The Beautiful and Damned ｜新雨

伊恩・佛萊明｜ Ian Fleming—12 本「龐德」系列小說

賭城喋血｜ Casino Royale ｜星光

哈林巨霸｜ Live and Let Die ｜星光

太空城｜ Moonraker ｜星光

金剛鑽｜ Diamonds Are Forever ｜星光

勇破間諜網｜ From Russia, with Love ｜星光

恐怖黨｜ Dr. No ｜星光

金手指｜ Goldfinger ｜臉譜

霹靂彈｜ Thunderball ｜星光

龐德吾愛｜ The Spy Who Loved Me ｜星光

女王密使｜ On Her Majesty's Secret Service ｜星光

你只能活兩次｜ You Only Live Twice ｜臉譜

金槍人｜ The Man with the Golden Gun ｜星光

吉莉安・弗琳 ｜ Gillian Flynn—3 本小說

暗處 ｜ Dark Places ｜ 木馬

控制 ｜ Gone Girl ｜ 時報出版

利器 ｜ Sharp Objects ｜ 木馬

EM・佛斯特 ｜ E. M. Forster—6 本小說

墨利斯的情人 ｜ Maurice ｜ 圓神

印度之旅 ｜ A Passage to India ｜ 聯經

最長的旅程 * ｜ The Longest Journey

此情可問天 ｜ Howards End ｜ 明田

窗外有藍天 ｜ A Room with a View ｜ 駿馬

倫敦落霧 ★ ｜ Where Angels Fear to Tread

強納森・法蘭岑 ｜ Jonathan Franzen—4 本小說

第二十七個城市 * ｜ The Twenty-Seventh City

強震 * ｜ Strong Motion

修正 ｜ The Corrections ｜ 新經典

自由 ｜ Freedom ｜ 新經典

查爾斯·佛雷澤｜Charles Frazier—3本小說

冷山★｜Cold Mountain

十三個月亮＊｜Thirteen Moons

夜山林＊｜Nightwoods

威廉·加迪斯｜William Gaddis—5本小說

聖愛＊｜Agape Agape

認可＊｜The Recognitions

木匠的歌德屋＊｜Carpenter's Gothic

訴訟遊戲＊｜A Frolic of His Own

JR＊｜JR

尼爾·蓋曼｜Neil Gaiman—7本小說

無有鄉｜Neverwhere｜木馬

星塵｜Stardust｜木馬

美國眾神｜American Gods｜木馬

第十四道門｜Coraline｜皇冠

蜘蛛男孩｜Anansi Boys｜木馬

墓園裡的男孩｜The Graveyard Book｜皇冠

萊緹的遺忘之海 | The Ocean at the End of the Lane | 繆思

馬克・格里尼 | Mark Greaney—6 本小說

協防戰 * | Support and Defend

怒火彈道 * | Ballistic

正中紅心 * | On Target

灰色人 ★ | The Gray Man

全效續存 * | Full Force and Effect

頂尖狙擊 * | Dead Eye

約翰・葛林 | John Green—4 本小說 | 均由尖端出版

尋找阿拉斯加 | Looking for Alaska

再見凱薩琳 | An Abundance of Katherines

紙上城市 | Paper Towns

生命中的美好缺憾 | The Fault in Our Stars

約翰・葛里遜 | John Grisham—28 本小說

糖衣陷阱 | The Firm | 台灣中華

絕對機密 ★ | The Pelican Brief

終極證人 | The Client | 輕舟

終極審判 | The Chamber | 智庫

造雨人 | The Rainmaker | 智庫

失控的陪審團 | The Runaway Jury | 智庫

律師野玫瑰 | The Partner | 智庫

街頭律師 | The Street Lawyer | 智庫

瘋人遺囑 | The Testament | 智庫

失控的總統醜聞 | The Brethren | 高寶

油漆未乾 * | A Painted House

蹺家大作戰 ★ | Skipping Christmas

死亡傳喚 | The Summons | 遠流

禿鷹律師 | The King of Torts | 遠流

露天看台 * | Bleachers

最後的陪審員 * | The Last Juror

掮客遊戲 * | The Broker

義式四分衛 * | Playing for Pizza

上訴風暴 * | The Appeal

幫兇律師 | The Associate | 遠流

福特郡短篇集 * | Ford County

自白 | The Confession | 遠流

藥命訴訟 * | The Litigators

残垒│Calico Joe │遠流

敲詐風雲錄 *│The Racketeer

灰山 *│Gray Mountain

殺戮時刻│A Time to Kill │輕舟

梧桐樹下 *│Sycamore Row

達許‧漢密特│Dashiell Hammett—5 本小說│
均由臉譜出版

紅色收穫│Red Harvest

丹恩詛咒│The Dain Curse

達爾他之鷹│The Maltese Falcon

玻璃鑰匙│The Glass Key

瘦子│The Thin Man

納撒尼爾‧霍桑│Nathaniel Hawthorne—6 本小說

范蕭 *│Fanshawe

紅字│The Scarlet Letter │立村文化

七角樓│The House of the Seven Gables │台灣商務

福谷傳奇 *│The Blithedale Romance

玉石雕像 ＊ ｜ The Marble Faun
生命靈藥 ＊ ｜ Septimius Felton

厄尼斯特・海明威 ｜ Ernest Hemingway—10 本小說

有錢，沒錢 ｜ To Have and Have Not ｜ 風雲時代
太陽依舊升起 ｜ The Sun Also Rises ｜ 逗點文創結社
戰地春夢 ｜ A Farewell to Arms ｜ 明田
春潮 ｜ The Torrents of Spring ｜ 風雲時代
戰地鐘聲 ｜ For Whom the Bell Tolls ｜ 木馬
海流中的島嶼 ｜ Islands in the Stream ｜ 遠景
老人與海 ｜ The Old Man and the Sea ｜ 麥田
伊甸園 ｜ The Garden of Eden ｜ 希代
渡河入林 ｜ Across the River and Into the Trees ｜ 臉譜
曙光示真 ＊ ｜ True at First Light

卡勒德・胡賽尼 ｜ Khaled Hosseini—3 本小說 ｜
均由木馬出版

追風箏的孩子 ｜ The Kite Runner
燦爛千陽 ｜ A Thousand Splendid Suns

遠山的回音｜And the Mountains Echoed

EL・詹姆絲｜EL James—《格雷的五十道陰影》三部曲｜均由春光出版

格雷的五十道陰影 I：調教｜Fifty Shades of Grey
格雷的五十道陰影 II：束縛｜Fifty Shades Darker
格雷的五十道陰影 III：自由｜Fifty Shades Freed

亨利・詹姆斯｜Henry James—20 本小說

時刻戒備＊｜Watch and Ward
赫德森傳＊｜Roderick Hudson
美國人＊｜The American
歐洲人＊｜The Europeans
愛的自信＊｜Confidence
華盛頓廣場＊｜Washington Square
一位女士的畫像｜The Portrait of a Lady｜光復網際網路
波士頓人＊｜The Bostonians
卡薩瑪西瑪公主＊｜The Princess Casamassima
小報悲喜劇＊｜The Reverberator

悲劇繆思 ＊｜ The Tragic Muse

女兒之死 ＊｜ The Other House

博隱敦劫寶記｜ The Spoils of Poynton ｜ 上承

梅西的世界｜ What Maisie Knew ｜ 遠流

尷尬歲月 ＊｜ The Awkward Age

聖泉 ＊｜ The Sacred Fount

慾望之翼 ★｜ The Wings of the Dove

奉使記｜ The Ambassadors ｜ 今日世界

金缽記｜ The Golden Bowl ｜ 桂冠

吶喊 ＊｜ The Outcry

愛德華・P・瓊斯｜ Edward P. Jones—3 本書

迷走城市 ＊｜ Lost in the City

我們已知的世界 ＊｜ The Known World

哈格姑媽的孩子 ＊｜ All Aunt Hagar's Children

詹姆斯・喬伊斯｜ James Joyce—3 本小說

尤利西斯｜ Ulysses ｜ 九歌

芬尼根守靈｜ Finnegans Wake ｜ 書林（節譯本）

一位青年藝術家的畫像｜A Portrait of the Artist as a Young Man ｜桂冠

史蒂芬‧金｜Stephen King—51 本小說

魔女嘉莉｜Carrie｜皇冠

撒冷地｜'Salem's Lot｜皇冠

鬼店｜The Shining｜皇冠

怒火 *｜Rage

末日逼近｜The Stand｜皇冠

大競走 *｜The Long Walk

再死一次｜The Dead Zone｜皇冠

燃燒的凝視｜Firestarter｜皇冠

道路施工 *｜Roadwork

狂犬庫丘｜Cujo｜皇冠

魔鬼阿諾 ★｜The Running Man

黑塔 I：最後的槍客｜The Dark Tower I: The Gunslinger｜皇冠

黑塔 II：三張預言牌｜The Dark Tower II: The Drawing of the

黑塔 III：荒原的試煉｜The Dark Tower III: The Waste Lands｜皇冠

黑塔 IV：巫師與水晶球｜The Dark Tower IV: Wizard and Glass｜皇冠

黑塔 V：卡拉之狼｜The Dark Tower V: Wolves of the Calla｜皇冠

黑塔 VI：蘇珊娜之歌｜The Dark Tower VI: Song of Susannah｜皇冠

黑塔 VII：業之門｜The Dark Tower VII: The Dark Tower｜皇冠

克麗斯汀 | Christine | 皇冠

寵物墳場 | Pet Sematary | 皇冠

銀色子彈 ★ | Cycle of the Werewolf

魔符 | The Talisman | 皇冠

銷形蝕骸 | Thinner | 皇冠

牠 | It | 皇冠

龍之眼 | The Eyes of the Dragon | 皇冠

Three | 皇冠

戰慄遊戲 | Misery | 皇冠

綠魔 ＊ | The Tommyknockers

黑暗之半 | The Dark Half | 遠流

必需品專門店 | Needful Things | 皇冠

傑羅德遊戲 ＊ | Gerald's Game

桃樂絲的祕密 | Dolores Claiborne | 新雨

失眠 | Insomnia | 皇冠

玫瑰狂人 ＊ | Rose Madder

綠色奇蹟 | The Green Mile | 遠流

絕望生機 ★ | Desperation

監管機構 ＊ | The Regulators

一袋白骨 | Bag of Bones | 遠流

愛著高登的女孩 ＊ | The Girl Who Loved Tom Gordon

捕夢網 ★ | Dreamcatcher

緣起別克 8* ｜ From a Buick 8

科羅拉多之子 * ｜ Colorado Kid

手機 ｜ Cell ｜ 皇冠

莉西的故事 ｜ Lisey's Story ｜ 皇冠

布萊澤 * ｜ Blaze

魔島 ｜ Duma Key ｜ 皇冠

穹頂之下 ｜ Under the Dome ｜ 皇冠

11/22/63 ｜ 11/22/63 ｜ 皇冠

穿越鑰匙孔的風 ｜ The Dark Tower: The Wind Through the Keyhole ｜
皇冠

忘憂地 ｜ Joyland ｜ 皇冠

安眠醫生 ｜ Doctor Sleep ｜ 皇冠

賓士先生 ｜ Mr. Mercedes ｜ 皇冠

魯德亞德・吉卜林 Rudyard Kipling—3 本小說

消失的光線 ｜ The Light That Failed ｜ 環華百科

怒海餘生 * ｜ Captains Courageous

基姆 ｜ Kim ｜ 遠景

DH・勞倫斯│ D. H. Lawrence—12 本小說

羽蛇 *│ The Plumed Serpent

兒子與情人│ Sons and Lovers │崇文館

樹叢裡的男孩 *│ The Boy in the Bush

彩虹│ The Rainbow │新雨

袋鼠 *│ Kangaroo

迷失的少女 *│ The Lost Girl

白色孔雀 *│ The White Peacock

逃跑的公雞 *│ The Escaped Cock

亞倫的手杖 *│ Aaron's Rod

踰矩的罪人 *│ The Trespasser

查泰萊夫人的情人│ Lady Chatterley's Lover │好讀

戀愛中的女人│ Women in Love │希代

愛爾默・李歐納│ Elmore Leonard—45 本小說

賞金獵人 *│ The Bounty Hunters

荒野正義 *│ The Law at Randado

逃出五重影 *│ Escape from Five Shadows

法不容情 ★│ Last Stand at Saber River

野狼 ★│ Hombre

黑道當家 ★｜ Get Shorty

鱷魚風雲 *｜ Maximum Bob

藍鷺大道｜ Rum Punch ｜宏觀文化

賭頭退休記 *｜ Pronto

賭頭綁架記 *｜ Riding the Rap

戰略高手 ★｜ Out of Sight

自由古巴｜ Cuba Libre

黑道比酷 ★｜ Be Cool

盧安達遺孤 *｜ Pagan Babies

帝修明哥藍調 *｜ Tishomingo Blues

屋子裡的土狼 *｜ A Coyote's in the House

天堂先生 *｜ Mr. Paradise

快槍手 *｜ The Hot Kid

視敵如歸 *｜ Comfort to the Enemy

納粹對決 *｜ Up in Honey's Room

鐵窗搭檔 *｜ Road Dogs

吉布地風雲 *｜ Djibouti

火線警探 ★｜ Raylan（相關作品改編影集名）

艾拉・萊文｜ Ira Levin—7 本小說

死前之吻｜ A Kiss Before Dying ｜遠流

蘿絲瑪麗的嬰兒｜ Rosemary's Baby ｜小異

完美的一天＊｜ This Perfect Day

超完美嬌妻★｜ The Stepford Wives

巴西來的男孩｜ The Boys from Brazil ｜遠流

銀色獵物｜ Silver ｜時報出版

蘿絲瑪麗的兒子｜ Son of Rosemary ｜小異

———————————————

CS・路易斯｜ C. S. Lewis ─7 本「納尼亞傳奇」系列小說｜均由大田出版

魔法師的外甥｜ The Magician's Nephew

獅子、女巫、魔衣櫥｜ The Lion, the Witch and the Wardrobe

奇幻馬和傳說｜ The Horse and His Boy

賈思潘王子｜ Prince Caspian

黎明行者號｜ The Voyage of the Dawn Treader

銀椅｜ The Silver Chair

最後的戰役｜ The Last Battle

———————————————

辛克萊・劉易士｜ Sinclair Lewis ─19 本小說

大街｜ Main Street ｜書林

巴比特｜ Babbitt ｜桂冠

自由空氣 *｜ Free Air

吉登‧普蘭尼斯 *｜ Gideon Planish

阿羅史密斯 *｜ Arrowsmith

貝謝爾‧美利疊 *｜ Bethel Merriday

孽海痴魂｜ Elmer Gantry ｜皇冠

職業婦女 *｜ The Job

王孫夢 *｜ Kingsblood Royal

揮霍的雙親 *｜ The Prodigal Parents

藝術品 *｜ Work of Art

海棠春怨 ★｜ Cass Timberlane

嚴肅喜劇 *｜ The Trail of the Hawk

天真之人 *｜ The Innocents

倫恩先生 *｜ Our Mr. Wrenn

搶救美國 *｜ It Can't Happen Here

大千世界 *｜ World So Wide

杜德伍斯夫人 ★｜ Dodsworth

追尋神的人 *｜ The God-Seeker

作者注：劉易士僅部分作品有數位版。本書使用了此處列出的十九本書，另有四本小說付之闕如：陷阱 *（Mantrap）、哈利 *（Harri）、風塵歷劫 ★（Ann Vickers）、認識柯立芝的男人 *（The Man Who Knew Coolidge）。

傑克‧倫敦 │ Jack London—20 本小說

頂尖號巡航記 * │ The Cruise of the Dazzler

雪地兒女 * │ A Daughter of the Snows

野性的呼喚 │ The Call of the Wild │ 國家

海狼 │ The Sea-Wolf │ 國家

拳賽 * │ The Game

白牙 │ White Fang │ 好讀

亞當之前 │ Before Adam │ 國家

鐵蹄 * │ The Iron Heel

馬丁‧伊登 │ Martin Eden │ 國家

烈焰日頭 * │ Burning Daylight

冒險 * │ Adventure

猩紅瘟疫 * │ The Scarlet Plague

太陽之子 * │ A Son of the Sun

深淵猛獸 * │ The Abysmal Brute

月亮谷 * │ The Valley of the Moon

船員叛變記 * │ The Mutiny of the Elsinore

星際遊人 * │ The Star Rover

大宅中的小婦人 * │ The Little Lady of the Big House

傑瑞 * │ Jerry of the Islands

麥可 * │ Michael, Brother of Jerry

露薏絲・勞瑞 ｜ Lois Lowry—4 本小說 ｜ 均由台灣東方出版

記憶傳承人 ｜ The Giver

歷史刺繡人 ｜ Gathering Blue

森林送信人 ｜ Messenger

我兒佳比 ｜ Son

喬治・馬汀 ｜ George R. R. Martin—8 本小說

光之逝 ｜ Dying of the Light ｜ 蓋亞

熾熱之夢 ｜ Fevre Dream ｜ 蓋亞

末日狂歌 ＊ ｜ The Armageddon Rag

冰與火之歌第一部：權力遊戲 ｜ A Game of Thrones ｜ 此系列均由高寶出版

冰與火之歌第二部：烽火危城 ｜ A Clash of Kings

冰與火之歌第三部：劍刃風暴 ｜ A Storm of Swords

冰與火之歌第四部：群鴉盛宴 ｜ A Feast for Crows

冰與火之歌第五部：與龍共舞 ｜ A Dance with Dragons

戈馬克・麥卡錫 ｜ Cormac McCarthy—10 本小說

果園守門人 ＊ ｜ The Orchard Keeper

外圍黑暗 ＊ ｜ Outer Dark

神之子 * ｜ Child of God

沙雀 * ｜ Suttree

血色子午線 * ｜ Blood Meridian

所有漂亮的馬 ｜ All the Pretty Horses ｜ 時報出版

穿越 * ｜ The Crossing

平原上的城市 * ｜ Cities of the Plain

險路 ｜ No Country for Old Men ｜ 麥田

長路 ｜ The Road ｜ 麥田

伊恩・麥克尤恩 ｜ Ian McEwan─13 本小說

水泥花園 ｜ The Cement Garden ｜ 商周出版

陌生人的慰藉 ｜ The Comfort of Strangers ｜ 漫步

時間中的孩子 * ｜ The Child in Time

無辜者 ｜ The Innocent ｜ 業強

黑犬 * ｜ Black Dogs

持續的愛 ｜ Enduring Love ｜ 天培

阿姆斯特丹 ｜ Amsterdam ｜ 商周出版

贖罪 ｜ Atonement ｜ 大田

星期六 ｜ Saturday ｜ 天培

卻西爾海灘 ｜ On Chesil Beach ｜ 商周出版

太陽能 ｜ Solar ｜ 漫步

甜食控｜ Sweet Tooth ｜漫步

判決｜ The Children Act ｜麥田

蕾夏爾・米德｜ Richelle Mead—23 本小說

魅魔喬琪娜 1：西雅圖藍調＊｜ Succubus Blues

魅魔喬琪娜 2：人命優先＊｜ Succubus on Top

魅魔喬琪娜 3：解夢人＊｜ Succubus Dreams

魅魔喬琪娜 4：烈焰對決＊｜ Succubus Heat

魅魔喬琪娜 5：暗影伴娘＊｜ Succubus Shadows

魅魔喬琪娜 6：罪惡之城＊｜ Succubus Revealed

黑天鵝 1：風暴再生＊｜ Storm Born

黑天鵝 2：荊棘王后＊｜ Thorn Queen

黑天鵝 3：鐵皇冠＊｜ Iron Crowned

黑天鵝 4：暗黑繼承人＊｜ Shadow Heir

X 年代 1：諸神遊戲＊｜ Gameboard of the Gods

X 年代 2：永生桂冠＊｜ The Immortal Crown

吸血鬼學院 1：吸血族守護者｜ Vampire Academy ｜此系列均由耕林出版

吸血鬼學院 2：冰烙印｜ Frostbite

吸血鬼學院 3：影之吻｜ Shadow Kiss

吸血鬼學院 4：血之盟｜ Blood Promise

吸血鬼學院 5：絕命感應力｜ Spirit Bound

吸血鬼學院 6：最後的犧牲｜ Last Sacrifice

鍊金者 1：生之血＊｜ Bloodlines

鍊金者 2：黃金百合＊｜ The Golden Lily

鍊金者 3：靛藍魔咒＊｜ The Indigo Spell

鍊金者 4：烈焰之心＊｜ The Fiery Heart

鍊金者 5：銀之影＊｜ Silver Shadows

赫爾曼・梅爾維爾｜ Herman Melville—9 本小說

提比＊｜ Typee

渥姆＊｜ Omoo

瑪地＊｜ Mardi

雷德本＊｜ Redburn

白外衣＊｜ White-Jacket

白鯨記｜ Moby Dick ｜桂冠

皮耶＊｜ Pierre

伊斯雷爾・波特＊｜ Israel Potter

騙子的化妝術＊｜ The Confidence-Man

史蒂芬妮・梅爾 | Stephenie Meyer—《暮光之城》四部曲 |
均由尖端出版

暮光之城 | Twilight
暮光之城:新月 | New Moon
暮光之城:蝕 | Eclipse
暮光之城:破曉 | Breaking Dawn

大衛・米契爾 | David Mitchell—6本小說

靈魂代筆 | Ghostwritten | 天下文化
九號夢 | number9dream | 天下文化
雲圖 | Cloud Atlas | 商周出版
黑天鵝綠 | Black Swan Green | 天下文化
雅各的千秋之年 | The Thousand Autumns of Jacob de Zoet | 天下文化
骨時鐘 | The Bone Clocks | 商周出版

童妮・摩里森 | Toni Morrison—10本小說 |
均由台灣商務出版

寵兒 | Beloved
爵士樂 | Jazz

LOVE ｜ Love

所羅門之歌 ｜ Song of Solomon

黑寶貝 ｜ Tar Baby

樂園 ｜ Paradise

家園 * ｜ Home

一種慈悲 * ｜ A Mercy

蘇拉 ｜ Sula

最藍的眼睛 ｜ The Bluest Eye

弗拉基米爾‧納博科夫 ｜ Vladimir Nabokov—8本小說

愛妲或愛慾 * ｜ Ada, or Ardor

庶出的標誌 * ｜ Bend Sinister

蘿莉塔 ｜ Lolita ｜ 三采

看哪，小丑！ * ｜ Look at the Harlequins!

幽冥的火 ｜ Pale Fire ｜ 大塊

普寧 ｜ Pnin ｜ 臉譜

奈特的真實人生 * ｜ The Real Life of Sebastian Knight

透明之物 * ｜ Transparent Things

喬治‧歐威爾｜ George Orwell—6 本小說

上來透口氣 ＊｜ Coming Up for Air

動物農莊｜ Animal Farm ｜商周出版

緬甸歲月｜ Burmese Days ｜聯經

讓葉蘭飛舞 ＊｜ Keep the Aspidistra Flying

一九八四｜ 1984 ｜好讀

牧師的女兒 ＊｜ A Clergyman's Daughter

恰克‧帕拉尼克｜ Chuck Palahniuk—14 本小說

鬥陣俱樂部｜ Fight Club ｜麥田

倖存者｜ Survivor ｜尖端

隱形怪物｜ Invisible Monsters ｜尖端

窒息 ＊｜ Choke

搖籃曲｜ Lullaby ｜麥田

孤島日記 ＊｜ Diary

惡搞研習營｜ Haunted ｜小異

撞車俱樂部 ＊｜ Rant

金氏性愛紀錄 ＊｜ Snuff

浩劫行動 ＊｜ Pygmy

要命回憶錄 ＊｜ Tell-All

地獄派對 * ｜ Damned

重返人間 * ｜ Doomed

美好的你 * ｜ Beautiful You

詹姆斯・派特森｜ James Patterson―22 本「艾利克斯・克羅斯」系列小說

雙面人魔｜ Along Came a Spider ｜雅書堂

死亡誘惑｜ Kiss the Girls ｜雅書堂

殺人直覺｜ Jack & Jill ｜雅書堂

嗜血狂魔｜ Cat & Mouse ｜雅書堂

死神九點 ON LINE ｜ Pop Goes the Weasel ｜雅書堂

謀略者的死亡遊戲｜ Roses Are Red ｜雅書堂

背叛｜ Violets Are Blue ｜雅書堂

四隻瞎老鼠｜ Four Blind Mice ｜雅書堂

惡狼遊戲｜ The Big Bad Wolf ｜雅書堂

倫敦鐵橋｜ London Bridges ｜雅書堂

瑪麗，瑪麗 * ｜ Mary, Mary

奪情殺手 * ｜ Cross

重返火線 * ｜ Double Cross

進擊黑色大陸 * ｜ Cross Country

絕命審判 * ｜ Alex Cross's Trial

絕命追緝令 ｜ I, Alex Cross ｜ 馥林

火線交鋒 * ｜ Cross Fire

奪命綁票令 * ｜ Kill Alex Cross

耶誕驚魂 * ｜ Merry Christmas, Alex Cross

絕命狂奔 ｜ Alex Cross, Run ｜ 馥林

親情追緝令 * ｜ Cross My Heart

求生代價 * ｜ Hope to Die

露意絲・佩妮 ｜ Louise Penny—10 本小說

風和日麗謀殺案 ｜ Still Life ｜ 臉譜

致命誘惑 * ｜ A Fatal Grace

凶屋的詛咒 * ｜ The Cruelest Month

謀殺之石 * ｜ The Murder Stone

暗夜訴說 * ｜ Brutal Telling

將你埋葬 * ｜ Bury Your Dead

光之戲法 * ｜ A Trick of the Light

絕美謎案 * ｜ The Beautiful Mystery

讓光進來 * ｜ How the Light Gets In

絕命歸途 * ｜ The Long Way Home

朱迪・皮考特｜ Jodi Picoult—21 本小說｜
均由台灣商務出版

大翅鯨之歌｜ Songs of the Humpback Whale

最初的心跳｜ Harvesting the Heart

失去的幸福時光｜ Picture Perfect

當愛遠行｜ Mercy

死亡約定｜ The Pact

留住信念｜ Keeping Faith

完全真相｜ Plain Truth

罪證｜ Salem Falls

魔鬼遊戲｜ Perfect Match

門廊上的嬰兒鞋｜ Second Glance

姊姊的守護者｜ My Sister's Keeper

消逝之行｜ Vanishing Acts

第十層地獄｜ The Tenth Circle

事發的十九分鐘｜ Nineteen Minutes

換心｜ Change of Heart

小心輕放｜ Handle with Care

家規｜ House Rules

凡妮莎的妻子｜ Sing You Home

孤狼｜ Lone Wolf

說故事的人｜ The Storyteller

離別時刻 | Leaving Time

湯瑪斯・品瓊 | Thomas Pynchon—8 本小說

V | V | 聯合文學
第四十九號拍賣物 | The Crying of Lot 49 | 聯合文學
引力之虹 * | Gravity's Rainbow
葡萄園 * | Vineland
梅森和狄克遜 * | Mason & Dixon
抵抗白晝 * | Against the Day
固有瑕疵 | Inherent Vice | 木馬
血色前沿 * | Bleeding Edge

艾茵・蘭德 | Ayn Rand—3 本小說

活著的人 * | We the Living
阿特拉斯聳聳肩 | Atlas Shrugged | 太陽社
源泉 | The Fountainhead | 漫步

雷克・萊爾頓｜Rick Riordan—5本「波西傑克森」系列小說｜均由遠流出版

神火之賊｜The Lightning Thief
妖魔之海｜The Sea of Monsters
泰坦魔咒｜The Titan's Curse
迷宮戰場｜The Battle of Labyrinth
終極天神｜The Last Olympian

瑪莉蓮・羅賓遜｜Marilynne Robinson—4本小說

管家｜Housekeeping｜麥田
基列系列I：遺愛基列｜Gilead｜此系列均由漫步出版
基列系列II：家園｜Home
基列系列III：｜萊拉｜Lila

薇若妮卡・羅斯｜Veronica Roth—《分歧者》三部曲｜均由高寶出版

分歧者｜Divergent
赤誠者｜Allegiant
叛亂者｜Insurgent

JK・羅琳 | J. K. Rowling ─《哈利波特》七部曲 |
均由皇冠出版

哈利波特：神祕的魔法石 | Harry Potter and the Sorcerer's Stone

哈利波特：消失的密室 | Harry Potter and the Chamber of Secrets

哈利波特：阿茲卡班的逃犯 | Harry Potter and the Prisoner of Azkaban

哈利波特：火盃的考驗 | Harry Potter and the Goblet of Fire

哈利波特：鳳凰會的密令 | Harry Potter and the Order of the Phoenix

哈利波特：混血王子的背叛 | Harry Potter and the Half-Blood Prince

哈利波特：死神的聖物 | Harry Potter and the Deathly Hallows

薩爾曼・魯西迪 | Salman Rushdie ─ 9 本小說

格里茅斯 * | Grimus

午夜之子 | Midnight's Children | 台灣商務

羞恥 | Shame | 台灣商務

魔鬼詩篇 | The Satanic Verses | 雅言

摩爾人的最後嘆息 | The Moor's Last Sigh | 台灣商務

她腳下的土地 * | The Ground Beneath Her Feet

憤怒 | Fury | 皇冠

小丑沙利瑪 * | Shalimar the Clown

佛羅倫斯的妖女 * | The Enchantress of Florence

艾莉絲・希柏德｜ Alice Sebold—3 本小說

折翼女孩不流淚｜ Lucky ｜新苗

蘇西的世界｜ The Lovely Bones ｜時報出版

近月｜ The Almost Moon ｜時報出版

莎娣・史密斯｜ Zadie Smith—4 本小說

白牙｜ White Teeth ｜大塊

簽名買賣人｜ The Autograph Man ｜大塊

論美｜ On Beauty ｜大塊

NW*｜ NW

雷蒙尼・史尼奇｜ Lemony Snicket—13 本「波特萊爾大遇險」小說｜均由未來出版

悲慘的開始｜ The Bad Beginning

可怕的爬蟲屋｜ The Reptile Room

鬼魅的大窗子｜ The Wide Window

糟糕的工廠｜ The Miserable Mill

嚴酷的學校｜ The Austere Academy

破爛的電梯｜ The Ersatz Elevator

邪惡的村子｜The Vile Village

恐怖的醫院｜The Hostile Hospital

吃人的樂園｜The Carnivorous Carnival

絕命的山崖｜The Slippery Slope

陰森的洞穴｜The Grim Grotto

混亂的旅館｜The Penultimate Peril

大結局｜The End

尼可拉斯‧史派克｜Nicholas Sparks—18 本小說

手札情緣｜The Notebook｜輕舟

瓶中信｜Message in a Bottle｜時報出版

留住一片情 ★｜A Walk to Remember

愛情救火員 ＊｜The Rescue

轉捩點 ＊｜A Bend in the Road

羅丹島之戀｜Nights in Rodanthe｜天培文化

守護人 ＊｜The Guardian

婚禮情緣 ＊｜The Wedding

與老哥有約 ＊｜Three Weeks with My Brother

真愛靈光 ＊｜True Believer

一見鍾情之後 ＊｜At First Sight

分手信｜Dear John｜麥田

抉擇｜ The Choice ｜麥田

幸運符｜ The Lucky One ｜麥田

最後一曲 ★｜ The Last Song

愛情避風港｜ Safe Haven ｜時報出版

最美的錯過｜ The Best of Me ｜時報出版

愛情沒有終點 ★｜ The Longest Ride

丹妮爾・斯蒂｜ Danielle Steel─92 本小說｜
繁中版均由皇冠出版

歸人｜ Going Home

熱情的誓約 *｜ Passion's Promise

永世情 *｜ Now and Forever

誓言｜ The Promise

熱戀季節 *｜ Season of Passion

夏日終曲 *｜ Summer's End

有緣走天涯｜ The Ring

情奔｜ Palomino

又見春天｜ To Love Again

此情可追憶｜ Remembrance

愛你 *｜ Loving

曾經有一次｜ Once in a Lifetime

情錯｜ Crossings

陌路緣｜ A Perfect Stranger

悲歡歲月｜ Thurston House

情結｜ Changes

圓｜ Full Circle

情緣｜ Family Album

星河祕密｜ Secrets

旅情｜ Wanderlust

范恩之家 *｜ Fine Things

萬花筒 *｜ Kaleidoscope

最後的女伯爵｜ Zoya

星辰戀曲 *｜ Star

老爸談戀愛 *｜ Daddy

越戰情緣 *｜ Message from Nam

心跳 *｜ Heartbeat

最好的愛 *｜ No Greater Love

珠寶｜ Jewels

三段戀曲 *｜ Mixed Blessings

隨愛而逝｜ Vanished

夜半驚情｜ Accident

禮物 *｜ The Gift

翼｜ Wings

親情 * ｜ Family Ties

尋根情緣 * ｜ Legacy

查爾街四十四號 * ｜ 44 Charles Street

生日快樂 * ｜ Happy Birthday

凡登大飯店 * ｜ Hotel Vendôme

背叛 * ｜ Betrayal

今生摯友 * ｜ Friends Forever

母愛之罪 * ｜ The Sins of the Mother

直到時光盡頭 * ｜ Until the End of Time

一見鍾情 * ｜ First Sight

贏家 * ｜ Winners

權力遊戲 * ｜ Power Play

完美人生 * ｜ A Perfect Life

飛馬 * ｜ Pegasus

―――――――――――

約翰・史坦貝克 John Steinbeck―19 本小說

令人不滿的冬天｜ The Winter of Our Discontent ｜遠景

勝負未決 ★｜ In Dubious Battle

憤怒的葡萄｜ The Grapes of Wrath ｜春天

甜蜜星期四 * ｜ Sweet Thursday

人鼠之間｜ Of Mice and Men ｜春天

伊甸園東｜East of Eden｜桂冠

滄海淚珠｜The Pearl｜文言

前進列車｜The Wayward Bus｜德華

查理與我：史坦貝克攜犬橫越美國｜Travels with Charley｜馬可孛羅

亞瑟王與騎士列傳＊｜The Acts of King Arthur and His Noble Knights

灼眼之光＊｜Burning Bright

罐頭街＊｜Cannery Row

平原傳奇｜Tortilla Flat｜聯經

皮平四世短祚紀＊｜The Short Reign of Pippin IV

金杯＊｜Cup of Gold

小紅馬｜The Red Pony｜漢風

投彈群英傳＊｜Bombs Away

仰望未知之神＊｜To a God Unknown

月亮下去了｜The Moon Is Down｜大林

RL・史坦恩｜R. L. Stine—62本「雞皮疙瘩」系列小說

我的新家是鬼屋｜Welcome to Dead House

遠離地下室｜Stay Out of the Basement

魔血｜Monster Blood

倒楣照相機｜Say Cheese and Die!

古墓毒咒｜The Curse of the Mummy's Tomb

怪獸召集令 * ｜ Calling All Creeps!

小心雪人 ｜ Beware, the Snowman

學飛記 * ｜ How I Learned to Fly

雞型魔女 * ｜ Chicken, Chicken

千萬別睡著！ ｜ Don't Go to Sleep!

真言打字機 * ｜ The Blob That Ate Everyone

冷湖魔咒 ｜ The Curse of Camp Cold Lake

我的朋友是隱形人 ｜ My Best Friend Is Invisible

深海奇遇 2* ｜ Deep Trouble II

校園幽魂 ｜ The Haunted School

狼人皮 ｜ Werewolf Skin

地下室怪客 * ｜ I Live in Your Basement

魔血 4* ｜ Monster Blood IV

譚恩美 ｜ Amy Tan—6 本小說

喜福會 ｜ The Joy Luck Club ｜ 聯合文學

灶神娘娘 ｜ The Kitchen God's Wife ｜ 時報出版

百種神祕感覺 ｜ The Hundred Secret Senses ｜ 時報出版

接骨師的女兒 ｜ The Bonesetter's Daughter ｜ 時報出版

沉魚 * ｜ Saving Fish from Drowning

驚奇谷 * ｜ The Valley of Amazement

唐娜・塔特｜ Donna Tartt—3 本小說

祕史｜ The Secret History ｜馬可孛羅

我的小朋友 ＊｜ The Little Friend

金翅雀｜ The Goldfinch ｜馬可孛羅

JRR・托爾金｜ J. R. R. Tolkien—4 本小說｜
均由聯經出版

魔戒首部曲：魔戒現身｜ The Fellowship of the Ring

魔戒二部曲：雙城奇謀｜ The Two Towers

魔戒三部曲：王者再臨｜ The Return of the King

哈比人歷險記｜ The Hobbit

馬克・吐溫｜ Mark Twain—13 本小說

鍍金時代 ＊｜ The Gilded Age

湯姆歷險記｜ The Adventures of Tom Sawyer ｜商周

乞丐王子｜ The Prince and the Pauper ｜雅書堂

赫克歷險記｜ The Adventures of Huckleberry Finn ｜聯經

亞瑟王座上的北佬 ＊｜ A Connecticut Yankee in King Arthur's Court

美國原告 ＊｜ The American Claimant

湯姆跨洋記 *｜ Tom Sawyer Abroad

傻瓜威爾遜 *｜ Pudd'nhead Wilson

湯姆偵探記 *｜ Tom Sawyer, Detective

聖女貞德自述 *｜ Personal Recollections of Joan of Arc

案中案 *｜ A Double Barrelled Detective Story （中篇小說）

一匹馬的寓言 *｜ A Horse's Tale （中篇小說）

神祕的陌生人｜ The Mysterious Stranger ｜志文

約翰・厄普代克｜ John Updike—26 本小說

兔子，快跑｜ Rabbit, Run ｜兔子四部曲均由晨星出版

兔子歸來｜ Rabbit Redux

兔子富了｜ Rabbit Is Rich

兔子安息｜ Rabbit at Rest

貝克 *｜ Bech: A Book

貝克回來了 *｜ Bech Is Back

貝克在海灣 *｜ Bech at Bay

福特執政紀事 *｜ Memories of the Ford Administration

東村女巫｜ The Witches of Eastwick ｜聯合文學

東村寡婦｜ The Widows of Eastwick ｜聯合文學

整個月都是星期天 *｜ A Month of Sundays

羅傑教授的版本 *｜ Roger's Version

S* ｜ S

貧民院市集 * ｜ The Poorhouse Fair

馬人 * ｜ The Centaur

農莊 * ｜ Of the Farm

夫婦 * ｜ Couples

嫁給我 * ｜ Marry Me

政變 * ｜ The Coup

巴西 * ｜ Brazil

聖潔百合 * ｜ In the Beauty of the Lilies

末日 * ｜ Toward the End of Time

葛楚德與克勞迪斯 * ｜ Gertrude and Claudius

找我的面孔 * ｜ Seek My Face

村落 * ｜ Village

恐怖分子 * ｜ Terrorist

馮內果 ｜ Kurt Vonnegut —14 本小說 ｜ 均由麥田出版

時震 ｜ Timequake

第五號屠宰場 ｜ Slaughterhouse-Five

鬧劇 ｜ Slapstick

泰坦星的海妖 ｜ The Sirens of Titan

自動鋼琴 ｜ Player Piano

夜母 | Mother Night

囚犯 | Jailbird

戲法 | Hocus Pocus

金錢之河 | God Bless You, Mr. Rosewater

加拉巴哥群島 | Galápagos

槍手迪克 | Deadeye Dick

貓的搖籃 | Cat's Cradle

冠軍的早餐 | Breakfast of Champions

藍鬍子 | Bluebeard

愛麗絲‧華克 | Alice Walker—8 本小說

柯普蘭重生三記 * | The Third Life of Grange Copeland

梅瑞迪恩 * | Meridian

紫色姐妹花 | The Color Purple | 大地

聖殿 * | The Temple of My Familiar

喜樂的祕密 * | Possessing the Secret of Joy

父親的笑容 * | By the Light of My Father's Smile

帶著破碎的心前進 * | The Way Forward Is with a Broken Heart

正是時候開心門 * | Now Is the Time to Open Your Heart

伊迪絲・華頓｜Edith Wharton—22 本小說

伊坦・弗洛美 * ｜ Ethan Frome

峽谷之約 * ｜ The Valley of Decision

邦納姊妹 * ｜ Bunner Sisters

夏日 * ｜ Summer

至聖所 * ｜ Sanctuary

諸神降臨 * ｜ The Gods Arrive

試金石 * ｜ The Touchstone

搭了架子的哈德遜河 * ｜ Hudson River Bracketed

鄉間風俗 * ｜ The Custom of the Country

馬恩河 * ｜ The Marne: A Tale of War

戰地之子 * ｜ A Son at the Front

暗礁 * ｜ The Reef

結果 * ｜ The Fruit of the Tree

純真年代 ｜ The Age of Innocence ｜ 台灣商務

海盜 * ｜ The Buccaneers

一瞬月影 * ｜ The Glimpses of the Moon

半醒之間 * ｜ Twilight Sleep

母親的補償 * ｜ The Mother's Recompense

孩子們 * ｜ The Children

輕率的愛 * ｜ Fast and Loose

崔家夫人 * ｜ Madame de Treymes

歡樂之家 ★│ The House of Mirth

EB・懷特│ E. B. White—3 本小說

夏綠蒂的網│ Charlotte's Web │聯經
一家之鼠 ★│ Stuart Little
天鵝的喇叭│ The Trumpet of the Swan │聯經

湯姆・沃爾夫│ Tom Wolfe—4 本小說

完美之人 *│ A Man in Full
邁阿密風雲 *│ Back to Blood
我是夏綠蒂・西門斯 *│ I Am Charlotte Simmons
名利火 *│ The Bonfire of the Vanities

維吉尼亞・吳爾芙│ Virginia Woolf—9 本小說

出航 *│ The Voyage Out
夜與日 *│ Night and Day
雅各的房間 *│ Jacob's Room
戴洛維夫人│ Mrs. Dalloway │高寶
航向燈塔│ To the Lighthouse │志文

歐蘭朵 | Orlando | 遊目族
海浪 | The Waves | 麥田
歲月 * | The Years
幕間 * | Between the Acts

馬格斯‧朱薩克 | Markus Zusak—5 本小說

敗犬 * | The Underdog
拳師魯賓 * | Fighting Ruben Wolfe
追馬子 * | Getting the Girl
傳信人 | The Messenger | 木馬
偷書賊 | The Book Thief | 木馬

研究方法與延伸書單

Chapter 1

十五位作家的副詞使用率圖表

　　這個圖表在貫穿本章的「傑出好書名單」之前就出現了，而我會選擇表中的那些作家，是因為他們代表的時代與文類很多元。在採用完整的五十位作家名單前，我想先從比較小的樣本開始。在本章中出現的其他名單，包括「傑出作家的傑出好書」書單，都已在正文中解釋過由來。

好讀網資料：平均評價 VS 評價次數

　　好讀網（Goodreads.com）的巨量樣本能超越任何特定書評家的個人偏好——書評家可能會因為個人或特殊原因，而較喜歡某些書。然而，如果我們只採用數值評分（像是在 5 顆星裡得到 3.5 顆這種）還是不夠完善。一本書得到的評價**次數**，反而比較能反映書籍的優劣。以平均評價作為衡量標準有個缺點：每本書的評價樣本數量可能會天差地遠，最後會以出人意料的方式扭曲了評價結果。

　　想了解評價系統會產生的採樣問題，可以來看《暮光之城》系列在好讀網得到的分數。暮光四部曲的第一集有超過 230 萬次評價，平均評價是 5 星中的 3.56 星。該系列第四集的評價次數比較少（超過 85 萬次），

但平均評價是 3.72 星。在暮光第一集的評價中，有 23% 的讀者只給了 1 或 2 星。我們可以假設這些不愛第一集的人會讀續集的比例，不會跟喜歡該系列的人相當。因此，那些本來就喜歡暮光系列的人會接著讀續集，對這些書的平均滿意程度也會反映在他們持續給出的好評上。

要是我們來看《午夜之陽》（Midnight Sun），這種選擇偏差又會更明顯。二〇〇八年，梅爾原本想重寫暮光系列第一集（改以吸血鬼艾德華‧庫倫〔Edward Cullen〕的視角敘述），可是有人在網路上洩漏了她未完成的手稿《午夜之陽》。這本書從未完稿，也未經編輯或宣傳，在好讀網上卻得到了比其他暮光系列作都更高的 4.06 星。不過《午夜之陽》獲得的評價次數確實比較少，大約是 12 萬 5 千次。給出這 12 萬 5 千次評價的人是費了一番功夫才讀到那份稿子的，意味著其中絕大多數應該都是超級粉絲。他們是已經很喜愛梅爾的讀者，也已經鍾情於庫倫——這也部分解釋了一本未出版的書為何能得到這麼高的評分。

許多系列小說的評分模式也是如此。《哈利波特：死神的聖物》是《哈利波特》系列第七集，也是最後一集。這本書獲得的評價次數是《哈利波特》第一集的一半，平均評價卻是全系列最高，反觀第一集的平均評價是全系列的倒數第二。《魔戒》三部曲每本書得到的平均評價依序上漲，評價次數則依序下降。艾西莫夫的「基地」三部曲也有完全相同的評價模式。

所以，這跟副詞又有什麼關係？由此可見，想找出客觀尺度來評價書籍，這任務可不簡單。《滄海淚珠》在好讀網上有超過 9 萬 7 千次評價，平均分數是 3.33 星。同一時間，史坦貝克另一本小說《仰望未知之

神》的平均分數是 3.90 星，評價次數則只有 4,200 次。不論想不想，很多人都得在英文課時讀《滄海淚珠》，而小眾書迷則會在拜讀過史坦貝克其他作品後，才去讀後面那本《仰望未知之神》。《仰望未知之神》在好讀網上的評價甚至比《憤怒的葡萄》與《人鼠之間》還高，即使後面這兩本書有多出數十萬次的評價，也被公認是史坦貝克最偉大的作品。我們也能在亞馬遜網站上觀察到同樣的模式。續作的評價量會縮減到以作者的忠實粉絲為主，當我們比較一位作家較不為人知的作品與他的經典之作，也能看到評價樣本數較少所造成的評價偏差。出於這個原因，一本書獲得的全部評價次數，其實比較能反映它的好壞與地位。

Chapter 2

經典小說組

　　這份名單選自史丹佛大學圖書館員昆德的「二十世紀最佳英文小說」綜合名單，男女作家各取排名前五十名作品。

褐色天堂 ★｜A Thousand Acres｜珍・斯邁利

布魯克林有棵樹｜A Tree Grows in Brooklyn｜貝蒂・史密斯｜如果

純真年代｜The Age of Innocence｜伊迪絲・華頓｜台灣商務

來自卡羅萊納的私生女｜Bastard Out of Carolina｜朵拉思・愛麗森｜女書

寵兒｜Beloved｜童妮・摩里森｜台灣商務

柏格的女兒 ＊｜ Burger's Daughter｜ 娜汀‧葛蒂瑪

小城風波 ★ ｜ Cold Sassy Tree ｜ 歐麗芙‧安‧伯恩斯

總主教之死｜ Death Comes for the Archbishop ｜ 維拉‧凱瑟｜ 希代

愛倫的故事｜ Ellen Foster ｜ 凱伊‧吉本絲｜ 台灣商務

伊坦‧弗洛美 ＊｜ Ethan Frome ｜ 伊迪絲‧華頓

飄｜ Gone with the Wind ｜ 瑪格麗特‧米契爾｜ 麥田

好人難遇｜ A Good Man Is Hard to Find ｜ 芙蘭納莉‧歐康納｜ 聯經

爵士樂｜ 童妮‧摩里森｜ 台灣商務

大森林裡的小木屋｜ Little House in the Big Woods ｜ 羅蘭‧英格斯‧懷
德｜ 英文漢聲

蝴蝶夢｜ Rebecca ｜ 達芬‧杜‧莫里哀｜ 方向

戴洛維夫人｜ Mrs. Dalloway ｜ 維吉尼亞‧吳爾芙｜ 高寶

我的安東妮亞｜ My Ántonia ｜ 維拉‧凱瑟｜ 大明

拓荒者 ＊｜ O Pioneers! ｜ 維拉‧凱瑟

凡夫俗子 ★ ｜ Ordinary People ｜ 茱蒂絲‧蓋斯特

歐蘭朵｜ Orlando ｜ 維吉尼亞‧吳爾芙｜ 遊目族

白馬、白騎士 ＊｜ Pale Horse, Pale Rider ｜ 凱瑟琳‧安‧波特

迷情書蹤｜ Possession ｜ AS‧拜雅特｜ 時報出版

阿特拉斯聳聳肩｜ Atlas Shrugged ｜ 艾茵‧蘭德｜ 太陽社

紅寶果叢林 ＊｜ Rubyfruit Jungle ｜ 麗塔‧梅‧布朗

所羅門之歌｜ Song of Solomon ｜ 童妮‧摩里森｜ 台灣商務

蘇拉｜ Sula ｜ 童妮‧摩里森｜ 台灣商務

臥談會 ＊｜ Talk Before Sleep ｜ 伊莉莎白‧柏格

豆樹青青 * ｜ The Bean Trees ｜芭芭拉・金索夫

瓶中美人 ｜ The Bell Jar ｜雪維亞・普拉絲 ｜麥田

最藍的眼睛 ｜ The Bluest Eye ｜童妮・摩里森 ｜台灣商務

紫色姐妹花 ｜ The Color Purple ｜愛麗絲・華克 ｜大地

心之死 * ｜ The Death of the Heart ｜伊莉莎白・鮑恩

源泉 ｜ The Fountainhead ｜艾茵・蘭德 ｜漫步

金色筆記 ｜ The Golden Notebook ｜多麗斯・萊辛 ｜時報出版

大地 ｜ The Good Earth ｜賽珍珠 ｜輕舟

使女的故事 ｜ The Handmaid's Tale ｜瑪格麗特・愛特伍 ｜天培

寂寞獵人 ｜ The Heart Is a Lonely Hunter ｜卡森・麥克勒絲 ｜小知堂

歡樂之家 ★ ｜ The House of Mirth ｜伊迪絲・華頓

喜福會 ｜ The Joy Luck Club ｜譚恩美 ｜聯合文學

亞法隆迷霧 ｜ The Mists of Avalon ｜瑪麗安・布蕾利 ｜繆思

春風不化雨 ★ ｜ The Prime of Miss Jean Brodie ｜繆麗兒・絲帕克

覓殼人 * ｜ The Shell Seekers ｜蘿莎蒙・皮爾契

真情快遞 ｜ The Shipping News ｜安妮・普露 ｜麥田

金石年代 ｜ The Stone Diaries ｜卡蘿・席兒德 ｜時報出版文化

刺鳥 ｜ The Thorn Birds ｜柯林・馬嘉露 ｜木馬

他們眼望上蒼 ｜ Their Eyes Were Watching God ｜柔拉・涅爾・賀絲頓 ｜聯合文學

梅岡城故事 ｜ To Kill a Mockingbird ｜哈波・李 ｜麥田

航向燈塔 ｜ To the Lighthouse ｜維吉尼亞・吳爾芙 ｜志文

網之下 ｜ Under the Net ｜艾瑞斯・梅鐸 ｜木馬

夢迴藻海｜Wide Sargasso Sea｜珍‧瑞絲｜先覺

發條橘子｜A Clockwork Orange｜安東尼‧伯吉斯｜臉譜

戰地春夢｜A Farewell to Arms｜海明威｜風雲時代

印度之旅｜A Passage to India｜EM‧佛斯特｜聯經

一位青年藝術家的畫像｜A Portrait of the Artist as a Young Man｜喬伊斯｜桂冠

窗外有藍天｜A Room with a View｜EM‧佛斯特｜駿馬

國王的人馬｜All the King's Men｜羅伯特‧潘‧華倫｜高寶

美國的悲劇｜An American Tragedy｜西奧多‧德萊賽｜光復網際網路

動物農莊｜Animal Farm｜喬治‧歐威爾｜商周出版

出殯現形記｜As I Lay Dying｜威廉‧福克納｜桂冠

美麗新世界｜Brave New World｜阿道思‧赫胥黎｜野人

第二十二條軍規｜Catch-22｜約瑟夫‧海勒｜星光

夏綠蒂的網｜Charlotte's Web｜懷特｜聯經

華氏451度｜Fahrenheit 451｜雷‧布萊伯利｜麥田

戰地鐘聲｜For Whom the Bell Tolls｜海明威｜木馬

山巔宏音｜Go Tell It on the Mountain｜詹姆斯‧鮑爾溫｜允晨文化

黑暗之心｜Heart of Darkness｜約瑟夫‧康拉德｜印刻

此情可問天｜Howards End｜EM‧佛斯特｜明田

我，克勞迪亞斯＊｜I, Claudius｜羅伯特‧葛瑞夫茲

隱形人＊｜Invisible Man｜勞夫‧艾理森

查泰萊夫人的情人｜Lady Chatterley's Lover｜DH‧勞倫斯｜商周出版

蘿莉塔｜Lolita｜納博科夫｜三采

蒼蠅王｜Lord of the Flies｜威廉‧高汀｜高寶

魔戒三部曲｜The Lord of the Rings｜托爾金｜聯經

土生子＊｜Native Son｜理查‧萊特

一九八四｜1984｜喬治‧歐威爾｜好讀

人鼠之間｜Of Mice and Men｜約翰‧史坦貝克｜春天

在路上｜On the Road｜傑克‧凱魯亞克｜漫遊者

飛越杜鵑窩｜One Flew Over the Cuckoo's Nest｜肯‧凱西｜太陽社

第五號屠宰場｜Slaughterhouse-Five｜馮內果｜麥田

兒子與情人｜Sons and Lovers｜DH‧勞倫斯｜崇文館

蘇菲的抉擇｜Sophie's Choice｜威廉‧史岱隆｜自由之丘

異鄉異客＊｜Stranger in a Strange Land｜海萊因

夜未央｜Tender Is the Night｜費茲傑羅｜一人出版社

野性的呼喚｜The Call of the Wild｜傑克倫敦｜國家

麥田捕手｜The Catcher in the Rye｜沙林傑｜J. D. Salinger｜麥田

好兵＊｜The Good Soldier｜福特‧梅鐸斯‧福特

憤怒的葡萄｜The Grapes of Wrath｜約翰‧史坦貝克｜春天

大亨小傳｜The Great Gatsby｜費茲傑羅｜漫遊者

哈比人歷險記｜The Hobbit｜托爾金｜聯經

魔鬼的叢林｜The Jungle｜厄普頓‧辛克萊｜柿子

老人與海｜The Old Man and the Sea｜海明威｜好讀

聲音與憤怒｜The Sound and the Fury｜威廉‧福克納｜桂冠

太陽依舊升起｜The Sun Also Rises｜海明威｜逗點文創結社

眾生之路 * ｜ The Way of All Flesh ｜ 山謬‧巴特勒

慾望之翼 ★ ｜ The Wings of the Dove ｜ 亨利‧詹姆斯

綠野仙蹤 ｜ The Wonderful Wizard of Oz ｜ 法蘭克‧鮑姆 ｜ 笛藤

蓋普眼中的世界 ｜ The World According to Garp ｜ 約翰‧厄文 ｜ 春天

尤利西斯 ｜ Ulysses ｜ 喬伊斯 ｜ 九歌

小城畸人 ｜ Winesburg, Ohio ｜ 舍伍德‧安德森 ｜ 遠流

小熊維尼 ｜ Winnie the Pooh ｜ 米恩 ｜ 聯經

近代暢銷小說組

　　這份名單取自《紐約時報》小說榜的冠軍暢銷書，自二〇一四年末往前推算，男女作家的作品各取五十本，多人合著者則不計。

冬季裡的一星期 * ｜ A Week in Winter ｜ 梅芙‧賓奇

相信謊言 * ｜ Believing the Lie ｜ 伊莉莎白‧喬治

小謊言 ｜ Big Little Lies ｜ 黎安‧莫瑞亞蒂 ｜ 春光

算計謎蹤 * ｜ Calculated in Death ｜ JD‧羅勃

名流謎蹤 * ｜ Celebrity in Death ｜ JD‧羅勃

逐火 * ｜ Chasing Fire ｜ 諾拉‧羅伯特

双生 ｜ Daddy's Gone a Hunting ｜ 瑪莉‧海金斯‧克拉克 ｜ 馬可孛羅

吸血鬼童話 ｜ Dead Ever After ｜ 莎蓮‧哈里斯 ｜ 奇幻基地

精靈的聖物 ｜ Dead Reckoning ｜ 莎蓮‧哈里斯 ｜ 奇幻基地

神祕的魔法鎖 ｜ Deadlocked ｜ 莎蓮‧哈里斯 ｜ 奇幻基地

喜悅之夢 * ｜ Dreams of Joy ｜馮麗莎

掩藏謎蹤 * ｜ Concealed in Death ｜ JD・羅勃

轉機驚魂 * ｜ Explosive Eighteen ｜珍妮・伊凡諾維奇

第一桶白骨｜ Flash and Bones ｜凱絲・萊克斯｜皇冠

冰霜灼身 * ｜ Frost Burned ｜派翠西亞・布麗格

控制｜ Gone Girl ｜吉莉安・弗琳｜時報出版

絕命名單 * ｜ Hit List ｜羅芮兒・漢彌頓

家園前線 * ｜ Home Front ｜克利絲汀・漢娜

讓光進來 * ｜ How the Light Gets In ｜露意絲・佩妮

你是下一個｜ I've Got You Under My Skin ｜瑪莉・海金斯・克拉克｜
馬可孛羅

逝者之吻 * ｜ Kiss the Dead ｜羅芮兒・漢彌頓

離別時刻｜ Leaving Time ｜朱迪・皮考特｜台灣商務

孤狼｜ Lone Wolf ｜朱迪・皮考特｜台灣商務

戀人終曲 * ｜ Lover at Last ｜ JR・沃德

戀人重生 * ｜ Lover Reborn ｜ JR・沃德

紐約到達拉斯 * ｜ New York to Dallas ｜ JD・羅勃

別殺自己人 * ｜ Notorious Nineteen ｜珍妮・伊凡諾維奇

權力遊戲 * ｜ Power Play ｜丹妮爾・斯蒂

血魅夜影｜ Shadow of Night ｜黛博拉・哈克妮斯｜大塊

熱火十七 * ｜ Smokin' Seventeen ｜珍妮・伊凡諾維奇

愛戀，從現在開始 * ｜ Starting Now ｜黛比・瑪康珀

追殺陽光大叔 * ｜ Takedown Twenty ｜珍妮・伊凡諾維奇

絕命狂奔｜ Alex Cross, Run ｜詹姆斯・派特森｜馥林

殘壘｜ Calico Joe ｜約翰・葛里遜｜遠流

寒日＊｜ Cold Days ｜吉姆・布契

沒有色彩的多崎作和他的巡禮之年｜ Colorless Tsukuru Tazaki and His Years of Pilgrimage ｜村上春樹｜時報出版

親情追緝令＊｜ Cross My Heart ｜詹姆斯・派特森

最後期限＊｜ Deadline ｜約翰・山弗

安眠醫生｜ Doctor Sleep ｜史蒂芬・金｜皇冠

永恆邊緣＊｜ Edge of Eternity ｜肯・弗雷特

灰山＊｜ Gray Mountain ｜約翰・葛里遜

求生代價＊｜ Hope to Die ｜詹姆斯・派特森

地獄｜ Inferno ｜丹・布朗｜時報出版

奪命綁票令＊｜ Kill Alex Cross ｜詹姆斯・派特森

致命一擊＊｜ Kill Shot ｜文斯・弗林

生命中的危險缺憾｜ Missing You ｜哈蘭・科本｜臉譜

賓士先生｜ Mr. Mercedes ｜史蒂芬・金｜皇冠

永不回頭｜ Never Go Back ｜李查德｜皇冠

私人恩怨｜ Personal ｜李查德｜皇冠

復活＊｜ Revival ｜史蒂芬・金｜皇冠

別找到我｜ Six Years ｜哈蘭・科本｜臉譜

表面遊戲＊｜ Skin Game ｜吉姆・布契

最親密的陌生人｜ Stay Close ｜哈蘭・科本｜臉譜

世界的凜冬 ＊｜ Winter of the World ｜肯‧弗雷特

燦軍箴言｜ Words of Radiance ｜布蘭登‧山德森｜奇幻基地

零日攻擊 ＊｜ Zero Day ｜大衛‧鮑爾達奇

近代文學小說組

　　自二〇一四年底前頒發的獎項往前推算，男女作家的作品各取五十本。這個樣本組中的書籍曾獲得下列任一項榮譽肯定：《紐約時報》年度十大好書、普立茲獎決選名單、曼布克獎決選短名單、美國國家圖書獎決選名單、美國國家書評獎決選名單、《時代》雜誌年度好書。本組不會排除暢銷書，例如史蒂芬金的《11-22-63》。

樓梯口的門 ＊｜ A Gate at the Stairs ｜羅麗‧摩爾

時光的彼岸｜ A Tale for the Time Being ｜尾關露絲｜聯經

時間裡的癡人｜ A Visit from the Goon Squad ｜珍妮佛‧伊根｜時報出版

美國史跡 ＊｜ Americanah ｜奇瑪曼達‧恩格茲‧阿迪契

狼廳二部曲：血祭｜ Bring Up the Bodies ｜希拉蕊‧曼特爾｜天下文化

困境 ＊｜ Dept. of Speculation ｜珍妮‧歐菲爾

摯愛部落 ＊｜ Euphoria ｜莉莉‧金

神祕回聲｜ Faithful Place ｜塔娜‧法蘭琪｜皇冠

大宅｜ Great House ｜妮可‧克勞斯｜天下文化

莉莉：半馴之馬｜ Half Broke Horses ｜珍奈特‧沃爾斯｜樂果

混血藍調 ＊｜ Half-Blood Blues ｜艾希‧艾鐸真

兩全之計 ＊｜ How to Be Both ｜艾莉‧史密斯

樂在其中 *｜ The Interestings ｜梅格・沃里茲

燈塔 *｜ The Lighthouse ｜艾莉森・摩爾

小陌生人｜ The Little Stranger ｜莎拉・華特絲｜木馬

長歌 *｜ The Long Song ｜安卓利亞・勒維

低地的風信子｜ The Lowland ｜鐘芭・拉希莉｜天培

發光體｜ The Luminaries ｜伊蓮諾・卡頓｜聯經

鴿疫 *｜ The Plague of Doves ｜露意絲・艾芮綺

圓屋 *｜ The Round House ｜露意絲・艾芮綺

我知道誰殺了他｜ The Secret Place ｜塔娜・法蘭琪｜皇冠

愛瑪｜ The Signature of All Things ｜伊莉莎白・吉兒伯特｜馬可字羅

雪地裡的女孩｜ The Snow Child ｜愛歐文・艾維｜博識圖書

老虎的妻子｜ The Tiger's Wife ｜蒂亞・歐布萊特｜時報出版

我們全都瘋了 *｜ We Are All Completely Beside Ourselves ｜凱倫・裘依・芙勒

新名字 *｜ We Need New Names ｜諾維歐蕾・布拉瓦耀

囧媽的極地任務｜ Where'd You Go, Bernadette ｜瑪麗亞・桑波｜本事文化

狼廳｜ Wolf Hall ｜希拉蕊・曼特爾｜天下文化

11/22/63 ｜ 11/22/63 ｜史蒂芬・金｜皇冠

七殺簡史 *｜ A Brief History of Seven Killings ｜馬龍・詹姆斯

冰與火之歌第五部：與龍共舞｜ A Dance with Dragons: Book Five of A Song of Ice and Fire ｜喬治・馬汀｜高寶

梭哈人生｜ A Hologram for the King ｜戴夫・艾格斯｜高寶

上帝鳥 * ｜ The Good Lord Bird ｜詹姆士・麥克布萊德

迷戀 * ｜ The Infatuations ｜哈維爾・馬利亞斯

笑面獸 * ｜ The Laughing Monsters ｜丹尼斯・強生

他者的人生 * ｜ The Lives of Others ｜尼爾・穆克吉

結婚這場戲｜ The Marriage Plot ｜傑佛瑞・尤金尼德斯｜時報出版

行過地獄之路｜ The Narrow Road to the Deep North ｜理查・費納根｜
時報出版

萊緹的遺忘之海｜ The Ocean at the End of the Lane ｜尼爾・蓋曼｜繆思

沒有名字的人｜ The Orphan Master's Son ｜亞當・強森｜馬可孛羅

蒼白帝王 * ｜ The Pale King ｜大衛・福斯特・華萊士

特權 * ｜ The Privileges ｜強納森・狄

回憶的餘燼｜ The Sense of an Ending ｜朱利安・拔恩斯｜天下文化

淘金殺手｜ The Sisters Brothers ｜派崔克・德威特｜時報出版

旅居 * ｜ The Sojourn ｜安德魯・克里瓦克

德州之子 * ｜ The Son ｜菲力普・梅爾

陌生人的孩子｜ The Stranger's Child ｜艾倫・霍林赫斯特｜天下遠見

屈服者 * ｜ The Surrendered ｜李昌來

瑪利亞的泣訴｜ The Testament of Mary ｜科姆・托賓｜時報出版

失去靈魂的女人 * ｜ The Woman Who Lost Her Soul ｜包柏・夏科奇斯

要地 * ｜ The Zone of Interest ｜馬丁・艾米斯

適時再起 * ｜ To Rise Again at a Decent Hour ｜約書亞・費瑞斯

火車夢 * ｜ Train Dreams ｜丹尼斯・強生

雨傘 * ｜ Umbrella ｜威爾・賽爾夫

黃鳥｜Yellow Birds ｜凱文・鮑爾斯｜衛城

男女性別指示性字詞

第 47 頁圖表資料來源如下：

1. **臉書動態消息**：H. A. Schwartz、J. C. Eichstaedt、M. L. Kern、L. Dziurzynski、S. M. Ramones 與 M. Agrawal 等人，2013 年。社群媒體語言中的人格、性別與年齡（Personality, Gender, and Age in the Language of Social Media: The Open-Vocabulary Approach）。公共科學圖書館期刊（Public Library of Science One），8（9）：e73791. 2。

2. **聊天室表情符號**：S. Kapidzic 與 S. C. Herring，2011 年。再論青少年聊天室中的性別、溝通與自我呈現：模式是否已變？（Gender, Communication, and Self-presentation in Teen Chatrooms Revisited: Have Patterns Changed？），電腦中介溝通（Journal of Computer-Mediated Communication），17，39 － 59。

3. **推特上的同意或反對用語**：D. Bamman、J. Eisenstein 與 T. Schnoebelen，2006 年。社群媒體上的性別認同與用詞變異（Gender Identity and Lexical Variation in Social Media）。社會語言學（Journal of Socio-linguistics），18，135–160, doi: 10.1111/josl.12080。

4. **部落格**：J. Schler、M. Koppel、S. Argamon 與 J. Pennebaker，2006 年。年齡與性別對部落格創作之影響（Effects of Age and Gender on Blogging）。網路部落格分析的電腦運算取向—AAAI 春季研討會論文集技術型報告（Computational Approaches to Analyzing Weblogs—Papers from the AAAI Spring Symposium, Technical Report），vol. SS-06-03，pp. 191–197。

自第 52 頁起，我也探討了克拉維茲為了推測作者性別而創造的研究法。我所描述的是比學術論文內容更基礎的版本，會想納入這個方法也是因為它很簡單明瞭。每個字得到的加權分數，是根據它在兩性筆下出現的差異程度而定，而我把克拉維茲的「正式」與「非正式」分數綜合使用。此外，如同第二章內文所述，我把顯示性別的代詞從評分系統中移除，以避免 she 或 he 這類代詞洩漏答案。

在克拉維茲原本的研究法中，字詞的加權分數都按比例分配，以便讓平均樣本的男、女性字詞加權分數比能達到 1：1。因為我移除了性別代詞，而這些性別代詞在克拉維茲的研究法中又屬於女性指示性字詞，所以在我使用的三個樣本組中，男性字詞與女性字詞的加權分數比更接近6:5。為了消除這個差異，我重新分配了各字詞的加權分數比重，以便讓三個樣本組的男女指示字詞加權分數比回到 1：1。

如果我沒有改動克拉維茲的原創研究法（不移除性別代詞、不改變加權分數比例），那麼在經典組、近代暢銷組、近代文學組中，正確預測作者性別的次數分別是 63 次、71 次、59 次。這比我在第二章內文中所述的 58 次、66 次、58 次更高。然而，因為我選擇檢視的是在大家熟知的文學作品中，中性字詞與作者性別之間是否有相關性，所以重新分配加權比例有其必要。你可以在以下網站看到克拉維茲的研究法： www.hackerfactor.com/GenderGuesser，請見其中的「Genre: Formal」欄位。

以下是克拉維茲研究法選出的四十七個字詞與它們的加權值。為了配合第二章所述的研究目標，這裡的女性指示字詞總加權數大約是男性指示字詞的 1.19 倍。

男性指示字詞（根據克拉維茲研究法）

a+6	good+31	something+26
above+4	in+10	the+24
are +28	is+18	these+8
around+42	it+6	this+44
as+60	many+6	to+2
at+6	now+33	well+15
below+8	said+5	what+35
ever+21	some+58	who+19

女性指示字詞（根據克拉維茲研究法）

actually +49	if +22	too +38
am +42	like +43	was +1
and +4	more +7	we +8
be +17	not +27	when +17
because +55	out +39	where +18
but +43	should +7	with +52
everything +44	since +25	your +19
has +33	so +54	

Chapter 3

五十位作家名單

　　這份名單所選出的作家類型混合了文學與暢銷小說、近代與經典作品。我從本書使用過的作家名單開始挑選，並加入多位不同作家（像是李歐納）以涵蓋更廣泛的文類與時代。後面其他章節也用過這份名單，只不過自第四章起，我以哈波・李取代了品瓊。莫斯提勒與華萊士用來辨認作者身分的統計法需要至少兩部作品：一部作者已知、一部作者未知。然而，在我整合這份名單時，哈波・李只出版過一本書。所以我以品瓊取代她，以調查在第三章提過的品瓊與沙林傑之謎。

珍・奧斯汀——6 本小說

丹・布朗——4 本「蘭登教授」小說

薇拉・凱瑟——14 本小說

麥可・謝朋——7 本小說

阿嘉莎・克莉絲蒂 ——66 本小說

蘇珊・柯林斯——3 本《飢餓遊戲》小說

約瑟夫・康拉德——14 本小說

查爾斯・狄更斯——20 本小說

西奧多・德萊賽——8 本小說

珍妮佛・伊根——4 本小說

戴夫・艾格斯——6 本小說

威廉・福克納——19 本小說

史考特・費茲傑羅──4 本小說

吉莉安・弗琳──3 本小說

EM・佛斯特──6 本小說

強納森・法蘭岑──4 本小說

威廉・加迪斯──5 本小說

尼爾・蓋曼──7 本小說

約翰・葛林──4 本小說

厄尼斯特・海明威──10 本小說

卡勒德・胡賽尼──3 本小說

EL・詹姆絲──3 本《格雷的五十道陰影》小說

詹姆斯・喬伊斯──3 本小說

史蒂芬・金──51 本小說

DH・勞倫斯──12 本小說

愛爾默・李歐納──45 本小說

辛克萊・劉易士──19 本小說

傑克倫敦──20 本小說

史蒂芬妮・梅爾──4 本《暮光之城》小說

童妮・摩里森──10 本小說

弗拉基米爾・納博科夫──8 本小說

喬治・歐威爾──6 本小說

恰克・帕拉尼克──14 本小說

詹姆斯・派特森──22 本「艾利克斯・克羅斯」小說

湯瑪斯・品瓊──8 本小說

艾茵・蘭德──3 本小說

薇若妮卡・羅斯──3 本《分歧者》小說

JK・羅琳──7 本《哈利波特》小說

薩爾曼・魯西迪──9 本小說

莎娣・史密斯──4 本小說

約翰・史坦貝克──十 9 本小說

JRR・托爾金──《魔戒三部曲》與《哈比人歷險記》

馬克・吐溫──13 本小說

約翰・厄普代克──26 本小說

寇特・馮內果──14 本小說

愛麗絲・華克──8 本小說

伊迪絲・華頓──22 本小說

EB・懷特──3 本小說

湯姆・沃爾夫──4 本小說

維吉尼亞・吳爾芙──9 本小說

──────────────

Chapter 5

普立茲獎得主

　　我在本書中常提到一組得過普立茲獎的小說名單，得獎名單請見 www.pulitzer.org。除非某項研究有特別說明，不然我檢測的對象只有每年的「普立茲小說獎」得主（僅入圍決選名單者不計）。我選取的年分跨度則常因各項研究所需而有變化，但分析的都是小說正文。有些年度出現過得獎者從缺。

《紐約時報》冠軍暢銷書

　　本章探討閱讀級別下降所使用的主要資料來源，主要是一九六〇年到二〇一四年間於《紐約時報》暢銷榜上排名第一的書籍。你可以在 www.hawes.com 上看到這些榜單。這些年來，《紐約時報》暢銷榜的選書標準有些變化，而本書統計所用的是精裝版的榜單。

　　本章後面幾個小節也使用了來自 www.hawes.com 的相同榜單。在某些案例中，像是第六章提到的作者國籍問題，我除了榜首也納入所有上過排行榜的作家。這一點已在正文中說明。

Chapter 6

《紐約時報》暢銷書

本章關於英國暢銷書與作者國籍的資料來源是《紐約時報週日版》（New York Sunday Times）每週十大暢銷書。我所選取的書籍來自小說「精裝版」排行榜。如同正文所述，我納入統計的只有一九七四年、一九八四年、一九九四年、二〇〇四年、二〇一四年的榜單。無法分析四十年間所有榜單是因為資料並非連貫無缺，不過在正文探討的年度之外，其他年度的榜單也顯示出類似模式，也就是說，我探討的那五個年度不是特例。

Chapter 7

《出版者週刊》年度十大暢銷書

派特森即是從這組樣本中脫穎而出，成為陳腔濫調冠軍。這組書籍選自《出版者週刊》年度十大暢銷書榜單。我採計的年度從二〇〇〇年到二〇一三年，表示總共應該有 140 本書，不過其中有 13 本書也在前一年度的榜單上。此外，我也排除了為年齡層較低的讀者所創作的小說（像是《葛瑞的囧日記》〔Diary of a Wimpy Kid〕）。最後採用的 127 本書如下：

失控的總統醜聞｜ The Brethren ｜約翰・葛里遜

災難餘生｜ The Remnant ｜曾健時／黎曦庭｜福音證主協會

蘇西的世界｜ The Lovely Bones ｜艾莉絲・希柏德｜時報出版

奈米獵殺｜ Prey ｜麥克・克萊頓｜遠流

石造庇護所｜ The Shelters of Stone ｜珍奧爾｜貓頭鷹

四隻瞎老鼠｜ Four Blind Mice ｜詹姆斯・派特森｜雅書堂

史蒂芬金的十四張牌｜ Everything's Eventual : 14 Dark Tales ｜史蒂芬・金｜皇冠

豪門保母日記｜ The Nanny Diaries ｜艾瑪・麥克勞林／尼可拉・克勞斯｜遠流

哈利波特：鳳凰會的密令｜ Harry Potter and the Order of the Phoenix ｜JK・羅琳｜皇冠

達文西密碼｜ The Da Vinci Code ｜丹・布朗｜時報出版

在天堂遇見的五個人｜ The Five People You Meet in Heaven ｜米奇・艾爾邦｜大塊

禿鷹律師｜ The King of Torts ｜約翰・葛里遜｜遠流

露天看台＊｜ Bleachers ｜約翰・葛里遜

最後反擊｜ Armageddon ｜黎曦庭／曾健時｜福音證主協會

老虎牙｜ The Teeth of the Tiger ｜湯姆・克蘭西｜星光

惡狼遊戲｜ The Big Bad Wolf ｜詹姆斯・派特森｜雅書堂

綠頭蒼蠅｜ Blow Fly ｜派翠西亞・康薇爾｜臉譜

最後的陪審員＊｜ The Last Juror ｜約翰・葛里遜

榮耀再臨｜ Glorious Appearing ｜黎曦庭／曾健時｜福音證主協會

天使與魔鬼｜ Angels and Demons ｜丹・布朗｜時報出版

恐懼之邦｜ State of Fear ｜麥克‧克萊頓｜遠流

倫敦鐵橋｜ London Bridges ｜詹姆斯‧派特森｜雅書堂

微物證據｜ Trace ｜派翠西亞‧康薇爾｜臉譜

四的法則｜ The Rule of Four ｜伊恩‧柯德威 / 達斯汀‧湯瑪遜｜皇冠

掮客遊戲 * ｜ The Broker ｜約翰‧葛里遜

瑪莉，瑪莉 * ｜ Mary, Mary ｜詹姆斯‧派特森

一見鍾情之後 * ｜ At First Sight ｜尼可拉斯‧史派克

掠食者｜ Predator ｜派翠西亞‧康薇爾｜臉譜

真愛靈光 * ｜ True Believer ｜尼可拉斯‧史派克

來自天堂的光 * ｜ Light from Heave ｜甄‧凱倫

歷史學家｜ The Historian ｜伊麗莎白‧柯斯托娃｜大塊

美人魚的椅子｜ The Mermaid Chair ｜蘇‧蒙克‧奇德｜遠流

老手新人 * ｜ Eleven on Top ｜珍妮‧伊凡諾維奇

再給我一天｜ For One More Day ｜米奇‧艾爾邦｜大塊

奪情殺手 * ｜ Cross ｜詹姆斯‧派特森

分手信｜ Dear John ｜尼可拉斯‧史派克｜麥田

危基當前｜ Next ｜麥克‧克萊頓｜遠流

人魔崛起｜ Hannibal Rising ｜湯瑪士‧哈里斯｜皇冠

莉西的故事｜ Lisey's Story ｜史蒂芬‧金｜皇冠

十二萬分火急 * ｜ Twelve Sharp ｜珍妮‧伊凡諾維奇

手機｜ Cell ｜史蒂芬‧金｜皇冠

海灘路 * ｜ Beach Road ｜詹姆斯‧派特森 / 彼得‧狄雍

第五位騎師 * ｜ The 5th Horseman ｜詹姆斯・派特森 / 梅可馨・佩楚

哈利波特：死神的聖物｜ Harry Potter and the Deathly Hallows ｜ JK・羅琳｜皇冠

燦爛千陽｜ A Thousand Splendid Suns ｜卡勒德・胡賽尼｜木馬

義式四分衛 * ｜ Playing for Pizza ｜約翰・葛里遜

抉擇｜ The Choice ｜尼可拉斯・史派克｜麥田

前夫鬧失蹤 * ｜ Lean Mean Thirteen ｜珍妮・伊凡諾維奇

甜梅情人 * ｜ Plum Lovin' ｜珍妮・伊凡諾維奇

停屍間日誌｜ Book of the Dead ｜派翠西亞・康薇爾｜臉譜

快飲愛情 * ｜ The Quickie ｜詹姆斯・派特森 / 麥克・萊德維奇

第六個目標 * ｜ The 6th Target ｜詹姆斯・派特森 / 梅可馨・佩楚

至暗之夜 * ｜ The Darkest Evening of the Year ｜丁昆士

上訴風暴 * ｜ The Appeal ｜約翰・葛里遜

索特爾家的狗｜ The Story of Edgar Sawtelle ｜大衛・羅布列斯基｜時報出版

宿主｜ The Host ｜史蒂芬妮・梅爾｜木馬

進擊黑色大陸 * ｜ Cross Country ｜詹姆斯・派特森

幸運符｜ The Lucky One ｜尼可拉斯・史派克｜麥田

囚犯鬧失蹤 * ｜ Fearless Fourteen ｜珍妮・伊凡諾維奇

聖誕毛衣｜ The Christmas Sweater ｜葛蘭・貝克｜時報出版

獵殺史卡佩塔｜ Scarpetta ｜派翠西亞・康薇爾｜臉譜

你心屬於我 * ｜ Your Heart Belongs to Me ｜丁昆士

失落的符號｜ The Lost Symbol ｜丹・布朗｜時報出版

幫兇律師 | The Associate | 約翰‧葛里遜 | 遠流

絕命追緝令 | I, Alex Cross | 詹姆斯‧派特森 | 馥林

最後一曲 * | The Last Song | 尼可拉斯‧史派克

福特郡短篇集 * | Ford County | 約翰‧葛里遜

名廚祕密檔案 * | Finger Lickin' Fifteen | 珍妮‧伊凡諾維奇

穹頂之下 | Under the Dome | 史蒂芬‧金 | 皇冠

海盜經緯 | Pirate Latitudes | 麥克‧克萊頓 | 遠流

直搗蜂窩的女孩 | The Girl Who Kicked the Hornet's Nest | 史迪格‧拉森 | 寂寞

自白 | The Confession | 約翰‧葛里遜 | 遠流

姊妹 | The Help | 凱瑟琳‧史托基特 | 商周出版

愛情避風港 | Safe Haven | 尼可拉斯‧史派克 | 時報出版

反恐任務 | Dead or Alive | 湯姆‧克蘭西 / 葛蘭特‧布萊克伍

老闆鬧失蹤 * | Sizzling Sixteen | 珍妮‧伊凡諾維奇

火線交鋒 * | Cross Fire | 詹姆斯‧派特森

自由 | Freedom | 強納森‧法蘭岑 | 新經典

婚外殺機 * | Port Mortuary | 派翠西亞‧康薇爾

暗夜無星 | Full Dark, No Stars | 史蒂芬金 | 皇冠

藥命訴訟 * | The Litigators | 約翰‧葛里遜

11/22/63 | 11/22/63 | 史蒂芬‧金 | 皇冠

最美的錯過 | The Best of Me | 尼可拉斯‧史派克 | 時報出版

熱火十七 * | Smokin' Seventeen | 珍妮‧伊凡諾維奇

冰與火之歌第五部：與龍共舞 | A Dance with Dragons: Book Five of A

Song of Ice and Fire ｜喬治‧馬汀｜高寶

轉機驚魂 *｜ Explosive Eighteen ｜珍妮‧伊凡諾維奇

奪命綁票令 *｜ Kill Alex Cross ｜詹姆斯‧派特森

微境殺機｜ Micro ｜麥克‧克萊頓｜遠流

精靈的聖物｜ Dead Reckoning ｜莎蓮‧哈里斯｜奇幻基地

鎖閉門 *｜ Locked On ｜湯姆‧克蘭西／馬克‧格里尼

格雷的五十道陰影 I：調教｜ EL‧詹姆絲｜春光

格雷的五十道陰影 II：束縛｜ EL‧詹姆絲｜春光

格雷的五十道陰影 III：自由｜ EL‧詹姆絲｜春光

飢餓遊戲｜ The Hunger Games ｜蘇珊‧柯林斯｜大塊

星火燎原｜ Catching Fire ｜蘇珊‧柯林斯｜大塊

自由幻夢｜ Mockingjay ｜蘇珊‧柯林斯｜大塊

混血營英雄 3：智慧印記｜ The Mark of Athena ｜雷克‧萊爾頓｜遠流

控制｜ Gone Girl ｜吉莉安‧弗琳｜時報出版

地獄｜ Inferno ｜丹‧布朗｜時報出版

混血營英雄 4：冥王之府｜ The House of Hades ｜雷克‧萊爾頓｜遠流

分歧者｜ The Divergent ｜薇若妮卡‧羅斯｜高寶

梧桐樹下 *｜ Sycamore Row ｜約翰‧葛里遜

赤誠者｜ Allegiant ｜薇若妮卡‧羅斯｜高寶

安眠醫生｜ Doctor Sleep ｜史蒂芬‧金｜皇冠

生命中的美好缺憾｜ The Fault in Our Stars ｜約翰‧葛林｜尖端

———————————————

Chapter 8

一鳴驚人的處女作小說

這組樣本的取書標準是：

（1）作家的處女作

（2）於一九八〇年至二〇一四年間出版

（3）入圍或贏得普立茲小說獎、美國國家圖書獎、美國國家書評獎

鳥人 ★｜ Birdy ｜威廉‧華頓

管家｜ Housekeeping ｜瑪麗蓮‧羅賓遜｜麥田

遠離家園 *｜ Leaving the Land ｜道格拉斯‧昂傑

傑尼根小傳 *｜ Jernigan ｜大衛‧蓋茲

修補匠 *｜ Tinkers ｜保羅‧哈汀

消失 *｜ Vanished ｜瑪莉‧M‧莫里斯

喜福會｜ The Joy Luck Club ｜譚恩美｜聯合文學

戰時謊言 *｜ Wartime Lies ｜路易斯‧貝格雷

夢繫古巴 *｜ Dreaming in Cuban ｜克麗絲汀娜‧嘉西亞

冷山 ★｜ Cold Mountain ｜查爾斯‧費萊澤

那一夜 *｜ That Night ｜愛麗斯‧麥德莫

三個六月天｜ Three Junes ｜茱莉亞‧葛拉絲｜台灣商務

瑪德蓮睡著了 *｜ Madeleine Is Sleeping ｜何舜蓮

然後我們就 Bye 了｜ Then We Came to the End ｜約書亞‧費瑞斯｜木馬

古巴電報 *｜ Telex from Cuba ｜瑞秋‧庫什納

波斯皇后 * ｜ During the Reign of the Queen of Persia ｜瓊安・雀斯

伊巴拉之石 * ｜ Stones for Ibarra ｜哈麗葉・杜爾

愛情靈藥 * ｜ Love Medicine ｜露意絲・艾芮綺

三個農夫去跳舞 * ｜ Three Farmers on Their Way to the Dance ｜理查・
鮑爾斯

典型美國人 * ｜ Typical American ｜任璧蓮

頂西街王子 * ｜ The Prince of West End Avenue ｜艾倫・伊斯勒

白牙｜ White Teeth ｜莎娣・史密斯｜大塊

紅磚巷 * ｜ Brick Lane ｜蒙妮卡・艾利｜ Monica Ali

一分為二的童年｜ In the Country of Men ｜希沙姆・馬塔爾｜天培

塔格爾之歌 * ｜ The Ballad of Trenchmouth Taggart ｜ M・葛倫・泰勒

Chapter 9

哈迪男孩 (Hardy Boys)

第九章關於懸念式結尾的圖表與統計數據，選自《哈迪男孩》系列小說前七集。該系列小說曾於一九五九年修訂，而我統計用的所有版本也包括這些一九五九年的修訂版。

高塔尋寶記 * ｜ The Tower Treasure

懸崖謎屋 * ｜ The House on the Cliff

老磨坊之謎 * ｜ The Secret of the Old Mill

老友失蹤記 * ｜ The Missing Chums

尋金記 * ｜ Hunting for Hidden Gold

肖爾路竊案 * ｜ The Shore Road Mystery

洞穴探奇 * ｜ The Secret of the Caves

南西·茱兒（Nancy Drew）

　　第九章關於懸念式結尾的圖表與統計數據，來自南西茱兒系列小說前七集。該系列小說曾於一九五九年修訂，而我統計用的所有版本也包括這些一九五九年的修訂版。

老鐘之謎 * ｜ The Secret of the Old Clock

祕密樓梯 * ｜ The Hidden Staircase

小木屋謎案 * ｜ The Bungalow Mystery

客棧失竊記 * ｜ The Mystery of Lilac Inn

牧場的祕密 * ｜ The Secret of Shadow Ranch

紅門農場的祕密 * ｜ The Secret of Red Gate Farm

日記裡的線索 * ｜ The Clue in the Diary

2APA11

文學大數據：
如何找出暢銷書指紋？解構 1500 本經典與名作家的寫作祕密

Nabokov's Favorite Word Is Mauve: What the Numbers Reveal About the
Classics, Bestsellers, and Our Own Writing

作　　　　者	班‧布萊特（Ben Blatt）
譯　　　　者	林凱雄
責 任 編 輯	許瑜珊
封 面 設 計	日央設計
內 頁 設 計	張庭婕

行 銷 企 畫	辛政遠、楊惠潔
總 　 編 　 輯	姚蜀芸
副 社 　 長	黃錫鉉
總 經 　 理	吳濱伶
發 　 行 　 人	何飛鵬

出　　　　版	創意市集
發　　　　行	英屬蓋曼群島商家庭傳媒股份有限公司城邦分公司

香 港 發 行 所	城邦（香港）出版集團有限公司 香港灣仔駱克道 193 號東超商業中心 1 樓 電話：(852) 25086231 傳真：(852) 25789337 E-mail：hkcite@biznetvigator.com
馬 新 發 行 所	城邦（馬新）出版集團 Cite (M) Sdn Bhd 41, Jalan Radin Anum, Bandar Baru Sri Petaling, 57000 Kuala Lumpur, Malaysia. 電話：(603) 90578822 傳真：(603) 90576622 E-mail：cite@cite.com.m
展 售 門 市	台北市民生東路二段 141 號 7 樓
製 版 印 刷	凱林彩印股份有限公司
初 版 一 刷	2018(民 107) 年 4 月
I S B N	978-957-9199-02-5
定　　　　價	420 元

客戶服務中心
地址：10483 台北市中山區民生東路二段 141 號 2F
服務電話：(02)2500-7718、(02)2500-7719
服務時間：週一至週五 9:30-18:00
24 小時傳真專線：(02)2500-1990 ～ 3
E-mail：service@readingclub.com.tw

若書籍外觀有破損、缺頁、裝訂錯誤等不完整現象，想要換書、退書，或您有大量購書的需求服務，都請與客服中心聯繫。

國家圖書館出版品預行編目 (CIP) 資料

文學大數據：如何找出暢銷書指紋？解構
1500 本經典與名作家的寫作祕密 / 班．布萊
特 (Ben Blatt) 作；林凱雄譯 . -- 初版 . -- 臺
北市：創意市集出版：家庭傳媒城邦分公司
發行, 民 107.04
　面；　公分
譯　自：Nabokov's Favorite Word Is Mauve:
What the Numbers Reveal About the
Classics, Bestsellers, and Our Own Writing
ISBN 978-957-9199-02-5(平裝)

1. 寫作法

811.1   107003519